英国貴族の本棚①

公爵家の図書係の正体

サマンサ・ラーセン　吉野山早苗 訳

A Novel Disguise

by Samantha Larsen

コージーブックス

A NOVEL DISGUISE
by
Samantha Larsen

Japanese translation rights arranged with CROOKED LANE BOOKS,
an imprint of the Quick Brown Fox & Company LLC
through Japan UNI Agency, Inc., Tokyo

挿画／こより

公爵家の図書係の正体

主な登場人物

ティファニー・ウッダール……………………独身女性
ユライア・ウッダール……………………ティファニーの異母兄
サミール・ラスロップ……………………書店主。治安官
ワシントン・シャーリー……………………教会区牧師
テレサ・サリー……………………ティファニーの友人。サリー公爵の寡婦
フランシス・ボーフォート……………………公爵
キャサリン・ボーフォート……………………公爵夫人。フランシスの妻
ミセス・ホイートリー……………………家政婦長
セアラ・ドッドリッジ……………………公爵夫人のレディーズ・メイド
エミリー・ジョーンズ……………………雑役メイド
シメオン・フォード……………………執事
トーマス・モンターギュ……………………ファースト・フットマン
バーナード・コラム……………………セカンド・フットマン
セプティマス・ヒッケンルーパー……………………従者
ムッシュー・ボン……………………シェフ
メアリ・ジョーンズ……………………エミリーの妹

1

ミス・ティファニー・ウッダールの四十回目の誕生日は、かなり不愉快にはじまった。彼女は太陽といっしょに起きだしてパンをつくろうとしたものの、ひとつ目はうまくいかなかった。大きなため息をつくと、イーストからそっと虫を取り除き、新しいものに取りかかった。やかんを火にかける——台所はすでに、悪魔の舞踏会場よりも暑くなっていた。額《ひたい》の汗を拭うと、お湯を木製のボウルに注ぎ、慎重にイーストを加えた。イーストが起きるのを待つあいだ、卵をふたつ取ってきて茹でた。イーストがぷつぷつしてくると、こんろのとなりの湿気っていない戸棚から、小麦粉と塩を取りだして加えた。

ティファニーはパン種を捏《こ》ねはじめた。

叩きつける。

ぐいっと摑《つか》む。

ひねる。

彼女はしょっちゅう、パン種をあいつの顔だと思うようにしていた。そうすれば、おおいに慰められた。

異母兄のユライアにとって、わたしは妹というより使用人のよう。ティファニーはほとんど毎日、そう感じていた。二十年以上、兄のために家の用事をこなしてきた。父親が亡くなってから、ずっとだ。ほかに行けるところがなかったから。ユライアはティファニーのために、キリスト教徒としての務めは果たしてくれた。彼があちこちで薄給の教会区の牧師補をし、ふたりで貧しくとも品位を保って暮らしてこられた。そしてようやく半年ほどまえに、彼はボーフォート公爵から公爵家の本宅、アストウェル・パレスでの図書係の仕事を提示されるという幸運に巡り合った。

ユライアがその仕事を引き受けるにあたり、兄妹ふたりで住む、すてきなコテッジまで用意された。自分自身の家というのは、父親の牧師館に住んでいたとき以来だ。たいてい、だれかの家で一部屋か二部屋を間借りする余裕しかなかった。コテッジは、ユライアの世話をする価値があるほどのご褒美だった。

まあ、だいたいは。

最後にもういちど、生地を力任せに叩きつけてから、発酵させるためにチーズクロスで覆った。

やかんがピーッと鳴った。ティファニーは火のそばの鎖にかかった布巾を摑んだ。でも、茶葉を入れることはできない。兄が茶葉の缶を開けないことには。使用人を雇っていないのだから、缶に錠をかける必要はない。それなのにユライアはしみったれで、自分がいないときに妹が少しでも紅茶を飲むことがないようにしておきたいのだ。

ティファニーはまた額の汗を拭い、こんろの火を消しはじめた。

「ユライア！」彼女は階上《うえ》に呼びかけた。「やかんが熱いうちに紅茶の葉っぱを入れたいの」

ユライアから返事はない。

茹でた卵をボウルに入れ、そして待った。ユライアは自分より先にティファニーが食べるのを許さない。なんといっても、彼がこの家のご主人さまなのだ。ティファニーは目をぐるりと回した。哀れを誘うことに、兄は雇い主との遠い関係（高祖父母がおなじ）をあまりにも強いものに感じている。彼はまるで、自分こそが公爵だというように振る舞い、村の住人たちのことは、ティファニーも含めて、だれもが自分より下だと見なしている。食事ができたと呼ばれれば、ティファニーを差しおいてさっさと食事にありつこうとする。骨に飛びつく犬のように。世間の兄という立場のひとたちの中でも、いちばん忌々しい存在だ。半分しか血がつながっていない兄でも。

「ユライア」ティファニーは階上に向かって、もういちど声をかけた。「朝食が冷めるし、遅刻するわよ」

反応はない。

ティファニーはじっと待った。卵はすっかり冷えたけれど、腹立たしさにきょうの暑さが加わって、彼女自身は熱くなった。お腹はすいているし、イライラするし、わたしの誕生日なのに。

四十歳。

そう考えると気が滅入る。年齢をうかがわせるようすは、ほとんど見られないけれど。スプーンを手に取り、自分の前の卵の殻を割った。こんなささやかな反抗で、口許《くちもと》に笑みが浮かぶ。彼女はやかんからお湯を注いで飲んだ。

すぐにでもおりてこなければ、ユライアは仕事に遅れてしまう。ティファニーは頭をふるふると振り、兄に小言を言ってしまわないよう口唇を嚙《か》んでおかなくては、と思った。扶養されている家族や未婚の女の言うことなど、だれも気にかけない。自分の意見を言うなんて愚かなことだから。そう考えるひとたちはつねに周りにいたから、ほかのだれよりも身に沁みてわかっている。それに、意見を言ったりしたら、いまの境遇をユライアに台無しにされてコテッジを追い出されるより先に、絞首刑になるだろう。

身震いしながらティファニーは静かに階段をのぼり、ユライアの部屋のドアをノックした。なんの返事もない。

もういちどノックした。さっきよりも強く。それでもまだ返事はない。ティファニーの頭の中で得体の知れない恐怖が芽生えはじめ、胸がきゅっと張りつめて痛いほどだった。まえの晩のユライアは荒ぶるクマさながらだった。だれかにダイアモンドのクラスターピンを盗まれたとわめき、胃が痛いと訴えていた。彼は胃腸が弱く、よく嘔吐した。ただ、吐いたものを自分で片づけたことなど、めったになかった。お楽しみはティファニーのためにとっておかれた。

ティファニーがゆっくりとドアを開けると、ユライアはベッドの中にいた。彼女は安堵して、ほっと息をついた。

「ユライア、お寝坊さん！　ベッドから出てちょうだい。いままででいちばんのお仕事をクビになるわよ」

まさにそのときだった。ひどく不快なにおいがティファニーの鼻をついた。ユライアは夜のあいだずっと、胃腸の具合が悪かったらしい。その痕跡が床のうえにたっぷりと残されていた。彼女が前日にこすり洗いをした床に。こんな悪臭のする部屋で、どうして眠っていられるのかしら。ティファニーには信じられなかった。彼女は鼻を指でつまむとユライアに近づき、その肩に手を置いて身体を揺すった。

「起きて！」

ユライアの身体はほんの少し動いたけれど、元の位置にもどった。生気がない。鼻をつまんでいたティファニーの指が、だらりと落ちた。ユライアはぴくりとも動かない。呼吸しているることを示す、膨《ふく》らんだり萎《しぼ》んだりする胸の動きも見られない。脈を診ようと、ティファニーは指を二本、彼の首に当てた。なにも感じられなかった。

兄は四十五歳で死んだ。

悪臭とショックに恐れをなし、ティファニーは部屋から走りでて階段をおり、台所を通って裏庭に出た。ゆっくりと息を吸ってから吐いた。思い切り。不愉快な中身をぶちまけないでね、と自分の胃に言い聞かせながら。

ユライアは死んだ。

涙がティファニーの頬を流れおちたけれど、それは半分だけ血のつながった兄の死を哀しむ涙ではなかった。彼女はむせび泣き、息をあえがせた。何の痛みも感じないなんて罪深いことだと思ったから。よきキリスト教徒の女性としては、家族のひとりが亡くなったことを悼《いた》むべきだ。その死を思って嘆き、声をあげて泣かないと。創造主の腕に抱《いだ》かれたその魂が安らかでありますように、と祈らないと。でも、ティファニーの四十年の人生で、彼女の心の安らぎや好みをユライアが考えてくれたことなど、いちどとしてなかった。彼にとってティファニーは、椅子だか靴だかだったのかもしれない——使い道はあるけれど、とくに重要ではないなにか。助言を求めたり意見に耳を傾けたりするほどの相手でなかったことはたしかだ。

そう。ユライアの死になにかしら哀しみを感じるふりをするなんて、ティファニーにはできなかった。

あらたな悔し涙が目からあふれた。ティファニーの嘆きは、兄ではなくブリストル・コテッジを失うと思ってのことだ。父親の牧師館に住んでいたとき以来、はじめて我が家だと感じられた場所だったのだから。コテッジは完璧だった。私生活を守れるほどにはメイプルダウンの町から離れているけれど、そこへ歩いていくにはちょうどよい距離にある。建っている地所の環境もすばらしく、アストウェル・パレスの敷地を引き立てている人造の湖を眺めることができた。ただ、ティファニーがその湖にほんのつま先を入れることさえ、ユライアは許さなかった。

三つの寝室、美しい客間《パーラー》、新しく設《しつら》えられた台所のあるブリストル・コテッジは、ティファニーがこれまでに望んだもののすべてだった。あんなにもすばらしい開放式こんろを手に入れるだけの余裕は、この先、けっしてできないだろう。自分だけの台所は二度と持てないのだ。ティファニーにはお金がない。父親はダイアモンドのクラスターピンや家具類、それに少しばかりの財産をユライアに遺した。でも彼は、父親が亡くなって五年もしないうちに、貧しい牧師補にはふさわしくない細々《こまごま》した贅沢品に、そのお金を使ってしまった。

ティファニーが相続したものはなにもなかった。

コテッジには、食料品を買うための硬貨が何枚か残っている。ティファニーとユライアが、この月末までなにかしら口に入れられるようにするためのものだ。ユライアは三カ月ごとの月末にお給金をもらっていた。でもこのままでは、十月一日にはお金はなくなるだろう。三カ月ごとの最後の月はいつも、足りなくなっていた。ユライアには節約の才能がなかったから。今月末までなら食べる分には困らないかもしれないけれど、町で部屋を借りられるほどにはない。

お給金がもらえる仕事を見つけないと。家政婦とか、貴婦人の話し相手《コンパニオン》とかをする？　でも、ひとりの女の能力を宣伝するには、どうすればいい？　将来の雇い主からは、そういった役割にふさわしいと判断するだけの経験があることを期待される？　ティファニーは父親の牧師館で、ふたりの使用人を仕切っていた。何年もまえのことだ。でも、そのふたりはお手伝いというより家族のようだった。それに、大きなお屋敷を切り盛りするのに、どこから手を付ければいいのか見当がつかない。コテッジくらいの広さが理想だ。

さらに涙が頬を伝い落ち、ティファニーは身体中の水分がなくなってしまったように思えた。ボーフォート公爵は、つぎの図書係にわたしのコテッジを渡してしまう。

石積みの塀の端にある、ポッキリヤナギが目に留まった。すっかり泣き濡れているように見える、墓地でよく目にする木だ。ティファニーはため息をついた。ユライアを埋葬するためのお金さえない。ましてや、葬儀をするなんて。地元の教会区牧師のミスター・シャーリーは、報酬がなければ教会でのどんな務めも果たさないような人物だ。聖書をひらくまえに、手に硬貨を握らせろと要求する。

墓掘り人に払う分のお金を浮かせるために、自分で墓地に穴を掘ることはできる？

ティファニーは両手を見下ろした。家事や料理や、それにコテッジの裏につくった庭の手入れをしてきたせいで荒れている。この両手はきつい仕事には慣れっこだ。墓穴《はかあな》だって掘れるはず。彼女は背が高い。兄とおなじくらいだ。たいていの男のひとより身長がある。ドレスやパニエを身に着けなければ男性にまちがわれるのでは、とティファニーはよく考えた。

顔立ちはユライアにそっくりで、そのさまは残念なまでに際立っていた。ふたりとも顔の輪郭は卵形で、薄青の瞳にふっくらした口唇をしていた。学生時代の友人の思いつきで、兄の恰好をして両親をからかったことがあった。それはティファニーだとふたりが気づいたときには、まるまる一時間が過ぎていた。彼女の変装を、父親はおもしろがらなかった。ユライアとおなじ、ユーモアのセンスに欠けていたのだ。母親は涙が出るまで笑った。その年のうちに母親は亡くなった。

いまこそユライアの衣服を身に着けて、彼になりすますことができたらいいのに！ティファニーは声を出して笑った。ばかげている。申し分なくすばらしく、そしてばかげている。ユライアの衣服を着れば、図書係という彼の仕事をつづけられるし、コテッジにも住みつづけられるかもしれない。住む家を手放すことも、だれかの慈悲に頼ることもしないですむ。ティファニーはさっきよりも大きな声で笑った。ヒステリーを起こす寸前だった。自分は男だと周囲に思わせたら読めるかもしれない、あらゆる本のことを考えた。読みたい本は何だって読める！　論文を読めるほどに賢くもないのにとか、猥褻《わいせつ》な内容の小説を読むには繊細すぎるんじゃないかなどと、言われることもないだろう。

ティファニーは大笑いしすぎて、涙は出るし息をあえがせもした。ユライアがいなくなっても、だれも気にしそうにない。ティファニーは気にしない。公爵はじっさいにユライアに会ったことがあるにしても、大勢いる使用人のひとりが死んだところで、関心を示さないだろう。ユライアは、村で友人をつくらなかった。シャフツベリー準男爵やサー・ウォルター・アブニーとは親しくしようとがんばっていたけれど、相手にされていなかった。それにユライアは、地元のひとたちとのつきあいのなかで、自分はだれよりも上にいると考えて振舞っていた。ティファニーにも、そのつきあいの輪にはいらないように仕向けていた。でも、ふたりだけできた友人と呼べそうな人物が、ワシントン・シャーリー牧師だった。彼にふたりに共通するところはほとんどなかった。歳が四十代後半で、自分のことをかなり買いかぶっている点を除いては。牧師はふたりの妻と死別していたけれど、二度の結婚生活のあいだに、不機嫌そうな顔つきをした十四人の子どもを得ていた。

目元を拭い、ティファニーは冷静になった。兄の死体はコテッジの階上に横たわり、すでにひどいにおいを放っている。自分の嘔吐物にまみれている。死はユライアにやさしくなかった。身体をきれいにして、埋葬のための準備をしてあげなくては、と彼女は思った。そして死体といっしょに、もっとすてきな人生を送りたいというわたしの望みも埋めてしまおう。

ただ……ユライアになりすましたら。その思いつきは、検討するには突拍子もない。それでも、いちどでも頭にはいりこんでしまえば、ネズミのように追いだすのに骨が折れた。ユライアになりすましたら、コテッジはこのまま自分のものだ。男性として、自分だけのお金と、未婚女性ではけっして経験したことのない自由を手に入れられる。

選択肢を。

自分の運命を動かす力を。

2

ティファニーはくしゃくしゃの髪に指を走らせながら、コテッジの裏庭を数分のあいだ行ったり来たりして、そんな奇抜な偽装をして起こり得るリスクと成功する確率についてじっくりと考えた。ずっとユライアでいることはできない。ほんとうのティファニーのことを村人たちに尋ねられたら、どう言いつくろえばいい？　ともかく、自分自身とユライア、ふたりを演じ分けないといけない。それがうまくできれば、じつはひとりしかいないとはだれも気づかないはず。だれもがティファニーのことを知っているわけではないけれど。彼女は図書係の妹で、兄の許可がなければけっして口をひらくことのできない、物静かな未婚の女にすぎないのだから。

ばれたらどうしよう？

兄を殺した罪で訴えられる？　自分を男と偽るなど節操がないと、首を吊られる？

教会の鐘の音で、ティファニーはぞっとするような物思いから目が覚めた。ほんとうならユライアは、一時間まえにはすでにアストウェル・パレスにいるはずだった。コテッジにもどると、パン種がボウルの縁《ふち》からあふれんばかりに膨らんでいた。ティファニーは種をふたつの山に成形し、もういちど発酵させるために型に入れた。エプロンを脱ぐと、髪をまっすぐに梳《す》いた。アストウェル・パレスに行って、ユライアは病気だと伝えよう。少しでも時間を稼ぐのだ。

ティファニーはベルジェール帽（つばが広くフラットな麦わら帽子。マリー・アントワネットが愛用していた）をかぶり、ショールを羽織った。肩はとっくに熱を持っていたから、必要なかったけれど。深呼吸をすると、コテッジの玄関のドアを開けて湖沿いの小道を進んだ。喉がどくどくと鳴っている。アストウェル・パレスの使用人用玄関に着くころには、頭のてっぺんからつま先まで、がくがくと震えていた。母屋にはこれまで足を踏み入れたことはなく、湖の反対側から眺めるだけだった。直《じか》に見るとてつもなく大きく、いっそう近寄りがたく感じられた。石の色は明るめで、午前中も半ばを過ぎたころの太陽の下では、ほとんど白く見えた。円柱と窓が、左右対称に整然とどこまでもつづいていた。ティファニーにはこれ以上に美しい建物を思い浮かべることはできなかった。天国にさえも。

ティファニーがドアの前に立ちながら、中にはいるための勇気を奮い起こそうとしていると、彼女より少し年かさの女性がどこからか、姿を現した。洗練された装いをしているけれど、フリルの着いた白いエプロンと、ごく薄いオーガンジーのボンネットを着けていた。背は低いもののがっしりした体格で、緑色の目は鋭い――些細なことも見逃さないという鋭さだ。ティファニーの爪のあいだの小麦粉も。まえの晩に降った雨のせいで、履き古したブーツについた泥も――ブーツの靴底にくくりつけた木製のあぶみは、泥をよけられるほどに高くなかった。

「なにかご用でしょうか、ミス?」女性は礼儀正しく言った。

「兄が——兄のことでお伝えしたいことがあります。兄のミスター・ウッダールは、きょうは病気でお勤めができません」

女性はうなずいた。「お話しになるまえから、あなたがミスター・ウッダールの妹さんだとわかりました。顔立ちだけでなく、仕草も似ていますもの」

このひとはたしかに鋭い。

ティファニーは膝を曲げてお辞儀をした。「ミス・ティファニー・ウッダールです」

相手も膝を曲げてお辞儀をした。「家政婦長のミセス・ホイートリーです」

「兄のことを公爵家のみなさま方に伝えていただけますか?」

ミセス・ホイートリーはうなずいた。「公爵はただいま、こちらにいらっしゃいません。ご子息を学校に送り届けるのに、ロンドンまで行っておいでですから。でも、きょうはミスター・ウッダールの昼食はいらないと、執事のミスター・フォードに知らせておきますね」

ティファニーは目をぱちぱちと瞬《また》かせ、束の間、呆然とした。「昼間にもお食事をするんですか?」

「たいていはお昼の二時に」ミセス・ホイートリーは答えた。「そうすれば、公爵が四時に召しあがる夕食の準備をするまでに、じゅうぶんな余裕ができますから」

ティファニーは返事のつもりで、どうにか口許を歪めることしかできなかった。倹約のために昼間はなにも食べないよう、ユライアはしつこく言っていた。まちがいない、倹約とはティファニーだけがするものだったのだ。裏庭にユライアを埋めようと考えたことで覚えたどんな罪悪感も、沸騰した水が蒸発するみたいに消えた。兄はつねに、自分自身がほしいものを第一に考えていた。ティファニーもおなじようにするときが来たようだ。

「きょう休めば、あすは元気に仕事ができるとお約束します」ティファニーは言った。

「わかりました」

ティファニーはユライアのクラスターピンのことを思いだした。「えっと、それでですね。兄はダイアモンドのクラスターピンをどこかに置き忘れたようなんです。使用人のどなたかが見つけたら、兄に知らせていただけますか？　とても気を揉んでいますので」

ミセス・ホイートリーは鼻をふんと鳴らした。あなたが盗んだのでしょう、と責められたとでもいうように。「そのピンは、どういう形状でしょう？」

ティファニーは息をのんだ。「とても小さいものです。てっぺんを細かいダイアモンドがぐるりと囲んで、ピンの部分は金《きん》でできています。いつもコートのラペルに着けています。落としてしまったんでしょうね。たぶん、図書室とか廊下とかで」

「しっかりと目を光らせておきますわ、ミス・ウッダール」

ティファニーはほほえみ、優雅さの欠けたお辞儀をしてから、玄関前の踏み段をおりた。ここに来るまえより気持ちが楽になっていた。コテッジにもどっても、中にははいらなかった。ユライアの死体と嘔吐物が放つにおいが、すでに玄関でも感じられたからだ。だから裏庭にある納屋に行って、シャヴェルを取ってきた。

ティファニーはポッキリヤナギの下の土をすくった。それから、もういちど。掌《てのひら》にまめができて血がにじみはじめるまで、何度も何度も。それでも、穴の深さは兄の死体を埋めるのにじゅうぶんではなかった。ひと休みすることにして、コテッジの脇に置いたバケツで手を洗い、パンを焼く準備をした。香しいにおいでさえも、コテッジを覆う悪臭を追い払うことはできない。ティファニーはユライアの朝食にするつもりだった卵を食べ、やかんに残る冷めた湯を飲んだ。穴掘りをつづけるのに、気力が必要だった。

パンが焼きあがるのを待つあいだ、ユライアがボーフォート公爵やその家族や使用人たちについて、どんな話をしていたかを思いだそうとした。公爵はだな、とユライアはティファニーに請けあった。完璧な貴族だ、と。夫人については、いつも極めて親切にしてくださる、と言っていた――けれど、話を大きくしていたにちがいない。兄は恐ろしいほどにうぬぼれ屋さんだったから。公爵家のほかの家族のことはなにも言っていなかった。使用人たちのことも。使用人は使用人で、ご自分は紳士、というわけだ。使用人たちの名前や役割を知っていたら、すごく役に立ったのに！

ティファニーは裏庭にもどって穴を掘った。穴の縁が目の高さにくるほどに深くなった。頭から足先まで泥と土にまみれて、穴を這いのぼって外に出た。太陽は沈みはじめていた。まもなく薄暗くなる。死体を埋めるにはうってつけの時間帯だ。コテッジにはいり、スカーフを手に取って鼻をしっかり覆った。それから階段をあがり、兄の部屋に向かう。八時間たってもその光景はおぞましいままで、悪臭も収まっていなかった。ティファニーは意を決し、ユライアにかぶせてあった毛布やシーツをはぎ取ると、彼を引きずって部屋を出た。

すごく重い！

階段までたどり着いたころには息が切れていた。ユライアの墓穴を掘った時点で、もう疲れ果てていたのだ。ユライアの身体が階段の木製の踏み板に当たってドスンドスンと音が鳴り、ティファニーの心臓は跳ねあがった。でも、やめるわけにはいかない。やめるなんてできない。自由が手の届くところにあるのだから。自分で選択できるようになるのだから。自分のお金を手にできるようになるのだから。頭がくらくらするような、ふしぎな気持ちだった。男性とおなじ恩恵を受けられるなんて！

ティファニーはユライアを引きずってパーラーを抜け、台所を通り、裏口を出た。穴の縁まで死体を寄せ、転がして落とした。土をかけて穴を埋めるのは、穴を掘るよりもずっと早くできた。それでも埋め終わったときには太陽はすっかり沈み、東の空に月がのぼっていた。

膝をつき、墓に向かって祈りのことばをつぶやく。兄の魂をお受け入れください、ちゃんとした墓地に埋めないわたしをお許しください、と必死に主《しゅ》に訴えた。

シャヴェルを納屋にしまい、コテッジにもどった。悪臭はまだ居座っている。窓という窓を開けようと、ティファニーはコテッジ中を走り回った。最後はユライアの部屋——不快なにおいの出所《でどころ》だ。マットレスは救いようのないほどに汚れていた。父親は——魂が安らかでありますように——いつも言っていた。死は、どれほど偉大な男性のことさえも尊厳を持って扱わない、と。ユライアは偉大な男性ではなかったけれど、もう少しましに扱われてもよかったのでは、と思わずにいられなかった。

ぼろ布で床をこすってきれいにしてから、ティファニーはその布をマットレスで包んだ。それを持って階段をおりる。死体を運んだあとでは、たいした苦行ではなかった。新しく掘りだした土の上にマットレスを置き、それから火を放った。どんな動物も死体のにおいを嗅ぎつけませんように、と願いながら。

自分の着ているものはもう救いようがないと気づいたとき、火はまだくすぶっていた。ティファニーは中古のブーツ以外、身に着けているものはすべて脱ぎ、だめになったドレスとスカーフを火の中に投げいれた。炎の勢いはふたたび増したけれど、数分後には弱くなり、やがて灰だけが残された。彼女は残り火を足で踏んで消した。

煙たく、泥にまみれ、悪臭を放つティファニーは、禁じられた湖に憧れのまなざしを向けた。兄は死んだ。兄はもう、わたしにああしなさい、こうしなさいと指図することはできない。決然として、彼女は大股で湖のほうに歩いていき、その中にはいった。ひんやりとした水に、掌にできたまめがヒリヒリと痛んだけれど、その痛みをいくらか和らげてもくれた。もっと深いところまで進むと、水面が腰の高さになった。ティファニーはそこでしゃがみ、その日の垢を振るい落とそうとした。アヒルが雨粒を羽から振るい落とそうとするように。冷たい水は、このうえなく心地よかった。彼女は頭を水中に潜らせ、湖に自分をすっかり呑みこませた。

水の中は平穏だった——二本の荒々しい腕に腰を摑まれ、小石が敷き詰められた岸に引きずりもどされるまでは。

「放して！」ティファニーは金切り声をあげた。

「とんだお礼のことばじゃないか」荒々しい腕の男が言った。帽子で顔は隠されていたけれど、彼は言われたとおりにした。ティファニーの身体から手を放すと、彼女を岸にどさりと落とした。

「泳いでいるところをじゃまされて、どうしてお礼を言わなくちゃいけないの？」

ティファニーはよろよろと立ちあがった。そして気づいた。四十年、生きてきてはじめて、ひとりの男性の前に全裸でいることに。恥ずかしくて、どこに置けば効果的かを考えながら、腕や掌で身体を隠した。満月でもそれほど明るくなかったとはいえ、自分のことを救ったと思っている男の顔を、ティファニーは見分けることができた。温かみのあるブラウンの肌とハンサムな顔立ち。書店主のミスター・ラスロップだ。このひとはわたしが溺《おぼ》れていると思いこんだにちがいない。だから湖にはいって助けたのね。

しばらくふたりで見つめあってから、彼のほうが目をそらして訊いた。「着るものはどこ？」

「持ってきていないの」

なにも身に着けていないティファニーの身体に、ミスター・ラスロップはちらりと視線をもどした。ティファニーは顔がほてるのを感じた。彼はまた、目をそらした。「ブーツ以外は素っ裸で、町からはるばる歩いてきたの？」

「住んでいるのはメイプルダウンじゃないの！」ティファニーは思わず、きつい口調で答えた。

「名前は？」

ミスター・ラスロップはティファニーだと気づいていなかった。これまでにちゃんと自己紹介しあったわけではないけれど、彼も名前くらいは知っているとティファニーは思っていた。メイプルダウンはそれなりの規模の町だとはいえ、そこまで大きくはない。でも、ティファニーは透明人間だった。服を着ていようがいまいが、どこにでもいる未婚女性にすぎないのだ。

「あなたには関係ないわ」

「それなら、名前を知って関係あるものにしないといけない」

ティファニーはびっくりして息が詰まった。こんなときに身元調査をされるなんて、身の破滅を招くかもしれない。「ティファニー・ウッダールよ」

正式に紹介されたとでもいうように、ミスター・ラスロップはお辞儀をした。とはいえティファニーには背中を向けていたので、彼女に見えたのは彼のお尻という、たいへんよい光景だった。「では、ミス・ウッダール。走って帰ったほうがいい。そうすれば風邪もひかない」

「あなたが立ち去ったら、すぐにそうするわ」ティファニーは歯を食いしばって言った。

3

ティファニーは朝の早い時間を、ユライアの鬘《かつら》のシラミを取り除くことに費やした。鬘をかぶるだけでも頭がチクチクするのに、さらにシラミなんていらない。これで髪の中に小さなお友だちははいってこないと確信できると、こんどは兄の箪笥《たんす》を開けた。コテッジにあるなにもかもとおなじように、その中身はティファニーの持ちものより上等なものばかりだった。彼女は寝間着を脱ぎ、亜麻布のブリーチズを取りだして穿《は》くと、膝のところでボタンを留めた。すこし小さめだけれど、それほど悪くはない。それから膝下周りに当て物をしてから、刺繍《ししゅう》が施された絹のストッキングを引っ張りあげてガーターで固定した。ユライアは当て物を使って、ふくらはぎをより力強く見せようとしていたのだ。彼はまた、ブリーチズの前部をより大きく見せようと、そこにもおなじような当て物を使っていた。でもわたしは、そんなものをズボンの中に入れる気などない、とティファニーは思った。朝食をつくるときに、こんろの火の中に投げ入れてしまおう。

つぎにシャツを着たものの、主《しゅ》は上半身に多くを与えてくださらなかったのに、男性に見えない程度のものは与えてくださったとわかっただけだった。ティファニーはぷりぷりしながらリネン庫に行き、一枚きりの替えのシーツを手に取った。それを裂いて長いさらしをつくると、痛みを感じるまで胸に巻きつけた。そのあとでシャツを着たところ、ほぼぴったり身体に合った。都合のいいことに、ユライアはウェストをほっそり見せるためにステイズ（張り骨入りのコルセット）も使っていた。それからウェストコートと、それに合わせたダブルブレストのコートを着た。コートの裾はたっぷりと長く、襟はキルト仕上げで、袖口にはカフスがついている。すべてが調和していた。鏡を見ると、コートの裾は膝のあたりまでの長さがあり、お尻がうまく隠れていた。おどろくほど兄にそっくりだった。彼とちがい、顔に白粉《おしろい》をはたいていないだけで。

白色顔料の瓶を開けると、ユライアの衣服を着たときよりも、どういうわけかもっと彼の中に踏みこんでいるように感じられた。でも、こうしなければならない。ティファニーは白い粉を顔にはたき、ミョウバンと安息香《ベンゾイン》の樹脂を粉にしたものとブランディからつくられた紅をつけて、頬と口唇を紅色にした。最後に丸形の黒いつけぼくろを三つ、左の頬に貼りつけた。そこには天然痘の痕が残っていたので、ユライアはいつもつけぼくろで隠していた。頭に鬘を載せる。そこで鏡に目をやると、二度見しないではいられなかった。鏡に映る自分自身の姿を見ることは、ユライアの亡霊を感じるようなものだった。

いちばんの目利きである自分さえも欺けることに満足して、ティファニーは階段をおりた。深く息を吸ってから、山《クラウン》は小ぶりでつばが上向きの茶色の帽子をかぶり、それから杖を手に取った。

アストウェル・パレスまでは、前日に歩いていったときよりも時間がかかった。ユライアのブーツが脱げないようにしなければならず、そのせいで小石が敷かれた道を歩くのに骨が折れたのだ。ようやく、使用人用玄関にたどり着いた。もういちど景気づけに深呼吸をして、中にはいった。扉を開けるとそこはせまい踊り場で、四段の階段の先の半地下に、正方形のダイニング・ルームがあった。宴会用の大きなテーブルが二卓置いてある。ティファニーは階段をおりた。ダイニング・ルームの一角から見えるアーチ道が家事場につづいていた。そこでは使用人たちが忙しく動きまわり、おいしそうなにおいが漂っている。

ダイニング・ルームの反対側の階段をあがると、廊下に出た。廊下の一方は、大きな部屋と階段につづいていた。階段は、階上にも地階にも行けるようになっている。部屋には統一感のない椅子がたくさんあった。使用人たちの休憩室にちがいない。反対側は、両側にいくつかのドアが並ぶ廊下につづいていた。つきあたりにもドアがひとつある。それは母屋につづいているのだろう、とティファニーは見当をつけた。

ひとつ目のドアの前を通りかかると、ドアがひらいてミセス・ホイートリーが出てきた。家政婦長用のこぢんまりとした専用の執務室のようだ。「ミスター・ウッダール、きょうはもう体調はよろしいんですか？」

ティファニーは膝を曲げてお辞儀をするところだったけれど、すんでのところで思いだして頭をさげた。「ずいぶんとよくなりました、ミセス・ホイートリー」出せるかぎりの低い声で答える。ほとんどささやき声だった。「お気遣い、ありがとうございます」

家政婦長は笑みを見せ、反対方向に歩いていった。

ティファニーは使用人用宿舎に通じるドアのところにやってきたものの、そこでふと、図書室がどこにあるのか知らないことに気づいた。アストウェル・パレスは広大で、いま自分がいる廊下も、両側にドアが無限に並んでいるように思える。注意を惹かないよう気をつけながら、彼女はつぎつぎにドアを開けはじめた。応接室が三つ、ダイニング・ルームがふたつ、舞踏室がひとつあった。どの部屋も華麗な内装が施されていた。でも、図書室はない。

「公爵夫人の私的な居間になにか用ですか、ミスター・ウッダール？」

ティファニーはふり返った。声の主は、とても背の高い若者だった。アフリカ出身のようだ。公爵家のお仕着せを粋に着こなし、黒い肌を際立たせる白い鬘を着けていた。彼の柔らかな茶色い瞳は、まじまじとティファニーを観察している。ティファニーもおなじように、青い瞳に興味の色を浮かべて思った。この若者、これまで会ったなかでいちばんのハンサムだわ。少なくとも十五は歳下にちがいないけれど。

若者にほほえみかけないようにしながら、ティファニーは咳払いをした。「わたしはきのう、体調を崩しましてね。きょうはすっかり回復したのだが、図書室がどこなのか、見つけられそうにない。ちょっと案内してもらえるかね？」

若者は両眉を吊りあげ、それでもうなずいた。「もちろんです、ミスター・ウッダール――こちらへ」

ティファニーはあとにつづいた。この若者の身長はゆうに百八十センチはあるはず。肩幅は広く、ふくらはぎはなんとも魅力的だ。でも、ティファニーは男性ということになっている。男性はそういうことには気づかないものだ。二日のうちに、まったくタイプのちがうふたりの男性に目をみはる、兄以外とはほとんどだれとも接してこなかった未婚女性とはちがう。しっかり気を引き締めないと！　わたしはあまりにも長い時間、ひとりきりで過ごしてきたのだわ、と彼女は思った。

若者が図書室のドアを開けた。先ほどの部屋からドア三つ分、離れていただけだった。

「ほかにもなにかあればお尋ねください、ミスター・ウッダール」

今回ばかりは、ティファニーも抑えきれずににっこりとした。「それは、どうもありがとう」

ティファニーが図書室にはいると、若者はドアを閉めた。閉めてくれてよかった。うれしくて叫んでいたかもしれないから。これまで生きてきて、こんなにもたくさんの本を見たのははじめてだった！　広い部屋の壁に整然と、二階分の高さにまで並んでいる。彼女はすぐそばの書棚に近づいた――ラテン語の本が収められていた。

「すごい」声に出してつぶやいた。こんなこと、考えたこともなかった。ユライアは古代ギリシア語、ラテン語、フランス語、それにドイツ語を父親から教わり、その後、ケンブリッジ大学に入学した。ティファニーは、通っていた女学校でフランス語会話を習ったにすぎない。ただ、それでも幸運だった。父親は彼女の教育にちっともお金を使おうとしなかったけれど、母親が牧師館の後援者であるトプハム伯爵を説き伏せてくれたのだ。伯爵自身の娘のテス——レディ・テレサ——といっしょに、ティファニーを学校に通わせてほしい、と。

ティファニーは部屋の中を移動した。つぎの書棚にはフランス語で書かれた本が収められていた。うれしいことに、その題名のほとんどが読めた。そのつぎの書棚はドイツ語の本のようだ。彼女はほかの書棚も見てまわった。ここにある本のほとんどが英語で書かれているとわかってほっとした。いつも細かいことに注意を払っていたユライアは、蔵書を著者の名字順に並べていた。どの書棚もきれいに整頓されていた。どの本もきちんとしまわれていた。

ユライアのダイアモンドのクラスターピンは、どこかにある気配もなかった。コテッジの彼の部屋にあるのかもしれない。夕方に帰宅したら、確認しないと。

ところで、わたしは一日、なにをすることになっているの？

ティファニーは以前、図書係の責務についてユライアに尋ねたことがあった。でも、すぐさま鼻であしらわれた。「わたしの職業の奥深さなど、女のおつむではとうてい理解できまい」

ため息をついて、ティファニーはもういちど図書室をじっくりと眺めた。すると、机の上に紙片が何枚か置いてあるのに気づいた。筆跡はユライアのものだとわかる。ミスター・ラスロップに依頼して、ロンドンから取り寄せてもらう本の注文リストだ。彼女はリストを取りあげた。それほど心躍るものではなかった。すべて、道徳か哲学に関する講義本だった。

ユライアはある晩、エールを飲みすぎたあとで、ぽろりと口を滑らせたことがある。アストウェル・パレスには悔い改める必要のある人物が何人かいる、と。それがだれなのか、そのひとたちがなにをしたのか、彼は言おうとしなかった。妹の耳に入れるには、淫《みだ》らすぎると思ったのだろう。楽しいことはなにもかも、ティファニーが見たり聞いたりするにはふさわしくないとユライアは考えていた。彼女はまたリストに目をやった。見たところ、小説は一冊もない。下唇を噛んだ。わたしは小説を読みたいのに！

図書室のドアがひらき、ここに案内してくれた若者が姿を見せた。彼はドアを押さえ、女性を中に入れた。その女性はティファニーと同い年、ひょっとしたら少し年上だろうか。どうも判断がつかないのは、彼女が顔にたっぷりと化粧をして、巨大な白髪の鬘を頭に載せているからだった。リボンと羽根飾りと何本もの巻き毛でできた、手の込んだ被り物だ。でも、ティファニーをほんとうに羨ましがらせたのは、彼女が着ているドレスだった。緑色と金色の太い縞と栗色の細い縞で彩られたもので、腰のところできゅっと締まり、ドレスの下の黄金色のペチコートを見せている。袖は肘までの長さで、レースで飾られていた（当時、ペチコートは下着ではなくドレスの一部だった）。

彼女につづいて若い娘がはいってきた。着ているものは上等ではないけれど、まちがいなく美しい。髪粉ははたかず、縮れさせた黄金の髪を巻いてコワフュール・フリズアというスタイルにまとめ、顔はハート形だ。

年上のほうの女性がじれったそうになにやら言った。

ティファニーはお辞儀をするべきだったのに、女性の美しい装いにずっと見とれていたからだ。ティファニーはゆっくりと深く頭をさげてから、女性の顔をちらりと見た。気取った笑みを口許に浮かべたままだった。ティファニーは、思わず顔が赤くなるのを感じた。この方はボーフォート公爵夫人にちがいない――お屋敷の女主人だ。

「なにかご用でしょうか、奥さま?」ティファニーは低く小さな声で訊いた。

公爵夫人は鼻を鳴らした。「二週間後にハウス・パーティをするの。それで、お招きするみなさんのお部屋に一冊か二冊、本をご用意したいと思って」

「かしこまりました、奥さま」

公爵夫人はまた、鼻に皺《しわ》を寄せた。「古めかしくて退屈じゃないものよ。わたくしのお客さまは、最新の小説しか読みたがらないの。そうね、地元の書店に行って何冊か購入するといいわ」

ミスター・ラスロップのことが頭に浮かんで、ティファニーの顔に一気に血がのぼった。あのひととまた顔を合わせるなんて、すごく恥ずかしい。でも、会うのはティファニーではない。ユライアだ。わたしは男性の恰好をする。だから恥ずかしがる必要はない。それに、裸でいた自分の姿を彼がどう思ったかを知る必要もない。あるいは、服を着ている姿をどう思うかなんてことも、ぜんぜん。

「か――かしこまりました、奥さま」ティファニーはもごもごと答えた。

公爵夫人は最後にもういちどティファニーのほうを見てから図書室を出ていった。かわいらしい若い娘がそのあとにつづく。彼女はたぶん使用人だ。ふたりの背後で、若者がドアをぴたりと閉めた。ティファニーはため息をついたけれど、それは笑いに変わった。自分が陥っているあらゆる窮地のばかばかしさを思った。

ティファニーは兄の書いたリストをじっくり読みながら数時間を過ごした。そこに挙げられたどれもが、公爵夫人の客人のために評判の本を探すのに、何の役にも立たないことはすぐにわかった。文学に関して、ユライアは気取り屋だった。書棚には、とくに優れた劇作家や詩人の作品しか置かれていない。

胃がぐるぐる鳴った。その朝、ティファニーは緊張しすぎてなにも食べていなかった。でもお昼になったいま、はっきりとお腹がすいていた。紙片をまとめると、彼女は（どれが正しい図書室のドアかを、慎重に記憶に留めながら）図書室を出て、半地下のダイニング・ルームへふらふらと向かった。ミセス・ホイートリーと女性の使用人たちは左側のテーブルについて座っていた。二重顎の年かさの男性（おそらく執事だ）が右側の上座に座っていた。ティファニーがはいっていくと、彼はかすかに右脚をかばうようにして立ちあがった。

「ミスター・ウッダール、いっしょに食べないのかと思っていましたよ」

「遅れて申し訳ない」ティファニーは言い、この部屋の中でひとつだけの空席へと向かった。年かさの男性の右手の席だ。ミセス・ホイートリーはその隣のテーブルにいたけれど、鋭い目でティファニーの一挙手一投足をじっと見つめている。空腹と緊張のあまり胃は大騒ぎしていたけれど、ティファニーはどうにかシチューとミートパイを自分でよそった。パイをひとくち食べる。できたてで軟らかく、とてもおいしい。製粉業者は、このパイの元である小麦粉に、乾燥した骨やら混ぜものやらを加えなかったようだ。

「ところで、ミスター・フォード」シェフらしき男性が強いフランス語のアクセントで言った。「これから先の二週間、われわれはハウス・パーティの準備でてんやわんやになりそうなんですが」

執事の名前はミスター・フォード。ティファニーは記憶した。

「お食事は何名分、ご用意すればいいでしょう？」シェフが訊いた。

「五名です、ムッシュー・ボン」ミスター・フォードが答える。「ですが、みなさまそれぞれ、使用人を何人かお連れになります。その方たちの食事や寝床の準備もしなくてはなりません」

客人は五人。

ミスター・ラスロップのところで十冊の本を買うだけでよさそうだ。それなら、さほど大仕事ではない。ティファニーはシチューを食べつづけた。咀嚼《そしゃく》するたびに、口の中でシンフォニーが響くような気がした。そうなるのが食材の質のおかげであれ、さまざまな食材が使われているからであれ、こんなにもおいしいものはこれまで口にしたことはなかった。食欲が満たされると、彼女はゆっくりと水を飲み、部屋の中を見回した。

ミセス・ホイートリーの左側に座っているのは、先ほど公爵夫人についていた若い女性だ。公爵夫人のレディーズ・メイドのはず。その彼女の隣には、年齢も体格もさまざまな女性たちがずらりと座っていた。だれもが白いモブキャップをかぶり、質素なドレスのうえにエプロンを着けている。それぞれにおしゃべりをしながら、男性使用人たちのテーブルにちらちらと視線を向けていた。そのことをティファニーがとやかくは言うことはできない。彼女の向かいに座る男性は、メダカのような目をした温和そうな小柄の男性だったけれど、そのとなりの男性は、視線を向けるにふさわしかったのだから。青い瞳、がっしりした顎、厚い口唇。彼もメイドたちににやりと笑みを返した。ティファニーの隣に座るのは、図書室に案内してくれた男性だった。彼も向かいのテーブルに視線を向けていたけれど、その目はただひとりのかわいらしいレディーズ・メイドに釘づけにされているようだった。

青い瞳の男性と図書室に案内してくれた男性はおなじくらい背が高く、ふたりが座る使用人用テーブルの席順から判断して、どちらもフットマンだと思われた。ふたりの浮ついた態度に、ユライアはむかむかしていたことだろう。でも、魅力的なほほえみに不道徳なところなどなにもなかった。

ティファニーの向かいの小柄な男性は、公爵の従者にちがいない。テーブルにつくみんなの目が、すばやく彼に向く。ミスター・フォードが必要以上に音を立ててカップを置いた。「バーナード、時計を巻いておきなさい」

がっしりした顎のフットマンが立ちあがった。まだ笑みを浮かべている。

「トーマスは銀器を磨いておきなさい」

もうひとりのフットマンはうなずきながら立ちあがり、最後にもういちど、ふり返ってレディーズ・メイドをちらりと見た。かわいらしい娘も彼にほほえんだ。頬はピンクに染まり、彼女の魅力を引き立てている。ハンサムな若者はすでに虜《とりこ》になっているようだ。お気の毒さま。

4

ティファニーはこんなにも日曜日をありがたいと思ったことはなかった。ユライアの部屋の掃除もしっかりできるし、衣類もぜんぶ洗濯できる。石鹼を泡立てた水の中に洗濯ものを入れるまえに、ダイアモンドのクラスターピンがないか、一枚一枚、念入りに確認した。でも、どこにも見つからなかった。彼はどこでなくしたというの？

自分はなにをすることになっているのかを探ったり、すでに知っているはずの使用人の名前の見当をつけたりして、神経をすり減らす一日を過ごす必要もない。ステイズの窮屈さは気にならなかった。胸をさらしでぐるぐる巻きにすることに比べたら、些細なことだ。ティファニーはパニエを引きあげた――それがなければ、彼女のお尻の存在感はごく薄い。でもそのおかげで、男性に扮するときにはなにかと助かった。地味な灰色のドレスを着ると、公爵夫人の洗練されたデイ・ドレスのことを考えずにはいられなかった。ユライアは、ティファニーが華やかな生地にお金を使うことを許さなかった。彼女には地味で丈夫で質素なものが似合うと言い張った。でも、いまはだれからもなにも言われない。いまのわたしはだれからも支配されていないし、お給金をもらったらすぐ店に行って、そこにあるものの中でいちばんすてきな生地を買える。

教会まで歩きながら、靴が足にぴったり合っていることをありがたく思った。日曜日の礼拝に行くのをやめることも考えたけれど、自分もユライアも欠席したら、教会区牧師はなにごとかと訪ねてくるかもしれない。それに、彼はティファニーのなりすましを見抜けるほど、ユライアのことをよく知るただひとりの人物である可能性は高い。

礼拝堂にはいっても、ティファニーの心臓は胸の中で固まったままだった。聖人たちの彫像に見下ろされながら、変装していることや、ユライアを墓地に埋葬しなかったことを非難されているような気がした。するとそのとき、ひとりの男性が席から立ちあがり、彼女に向かって黒いシルクハットを傾けた。

ミスター・ラスロップじゃない！

顔がかっと熱くなった。炎みたいに真っ赤になっているはずだとティファニーにはわかる。でも、だいじょうぶ。男性というものは、裸の姿を見てようやく、それが女性だと認識するのだから。ミスター・ラスロップが満面の笑みを見せた。まるで、ティファニーにまた会えたことを歓んでいるみたいだ。笑うと、いっそうハンサムだった。ティファニーはお返しに短くうなずき、ユライアの席までゆっくりと歩いていった。彼女の苦行は終了した。

牧師はお説教を三つした。でも、罪悪感と恥ずかしさと、気づかれるのではという恐怖のせいで、ティファニーの耳にはほんの一語もはいってこなかった。それでよかったのだけれど。シャーリー牧師は毎週日曜日、教会に集まるひとたちみんなに悔い改めるよう求め、町の住人のほとんどは来世で地獄の業火に焼かれることになるとほのめかしている。ティファニーは常々、自分は業火に焼かれない、数少ないほうのひとりだと思っていた。けれど今週になってからの行ないのあとでは、ほとんどの住人とともに、自分もごうごうと燃えることになるのだろうという気がしていた。せめて寂しくなさそうなのはいい。

礼拝が終わった。ティファニーはうまく抜けだそうとしたのに、牧師に肘を摑まれて失敗した。

「今朝、兄上は具合でも悪いのかな？」

ティファニーは奥歯をかみしめ、嘘をつくよう自分に強いた。「残念ながら、そうなんです。いつものことですが、また胃がムカムカすると言ってつらそうにしています」

「見舞いに行きましょうか？」

「いいえ、けっこうです！」ティファニーはすぐさま答えた。「ユライアは恥ずかしく思うでしょうから……これくらいのことで、と。でも、お見舞いのことばはかならず伝えます。ありがとうございます、牧師さま」

ティファニーはその場を立ち去ろうとしたけれど、牧師に肘をがっちりと摑まれていた。万力さながらだ。このまますぐに、彼女を帰らせるつもりはないようだ。

「ミス・ウッダール、教会区民たちを見送るまで待ってくれたら」シャーリー牧師は言った。「歓んであなたを家まで送りますよ。ほら、兄上の付き添いがないのだから」

わたしはまったく歓びませんけど。ティファニーはそう思ったものの、もっともらしい言い訳をすぐに思いつけない。だから、痛いというようにほほえんで、肘に向かって小さくうなずいた。牧師はようやく彼女の肘から手を放して、扉のほうへ移動した。その先では教会から帰るひとたちとおしゃべりできる。ティファニーはほっとため息をつき、頭をふるふると振った。

「牧師の三番目の妻になる気なの？」

ティファニーには声の主がわかった。どこまでも洗練され、たしかな教養が感じられるところに、軽やかな外国語のアクセントが混じっている。書店主のミスター・ラスロップがとなりに立ち、ケーキを手にした子どものように、にっこり笑っていた。袖口と裾に金糸で刺繍が施された、とても上品な青いコートを着ている。がっしりした肩のおかげで、コートはどこまでも美しくピンと張っていた——そこに注目したわけではないけれど。彼女の顔がまた、かっと熱くなった。何てひとなの！

「つまらないことを言わないでちょうだい」待ち望んでいたとおり、相手をへこまそうとティファニーは言った。

ラスロップはいっそう笑みを大きくしただけだった。ティファニーはまたため息をついて、目をぐるりと回した。この半年、メイプルダウンでわざわざ話しかけてくる男性などひとりもいなかったのに、ユライアの付き添いなしでやってきたたったいちどの日曜日に、ふたりの男性から声をかけられるなんて。

「もちろん、きみは牧師のまえのふたりの妻のことは知らないよね。ぼくは知ってるけど」

居心地悪そうにしているティファニーを、あいかわらずまじまじと見つめてラスロップは言った。表情には罪深い歓びをたたえている。「でも、きみならうまくできるんじゃないかな。髪の色は明るいし、瞳は青いし、美しいし、じつに生き生きしている。まあ、きみから生気を奪ってしまうのは、彼のほうが早いと思うけどね、きみの十四人の継子ではなく」

ティファニーは瞬きをした。しばらく時間をかけて、彼の言ったことを頭の中でとくと分析した。主な理由としては、美しいと言われたからだ。そんな単語を聞いたのは、少女のとき以来はじめてだった。さらに言えば、母親が生きていたとき以来だ。わたしのことを魅力的だと、このひとは本気で思っているの？　こんな歳だから、目や口の周りに皺ができはじめていても？

十四人の継子。不機嫌そうな顔つきをした牧師の子どもたちという、果てしない血筋への責任を負うと考えて、ティファニーは正気にもどった。「とんでもないわ」

ミスター・ラスロップは厚かましくも声をあげて笑った。

ティファニーはむりやり下唇を噛んだ。なぜだかわからないけれど、彼といっしょに、ばかばかしいことをぜんぶ笑い飛ばしたかったから。わたしが牧師さまと結婚？　そんなの、ユライアと暮らすよりもっと悪いじゃない。少なくともユライアとの生活では、コテッジをきれいにして食事をつくるだけでよかった。牧師は、子どもたちの世話をすることも、彼とベッドをともにすることも、とうぜんのように期待するだろう。そんな忌まわしい考えに、身体がぶるぶる震えた。

「牧師といるときは、振る舞いには気をつけるんだよ、ミス・ウッダール」ミスター・ラスロップは言った。声はおちついていたけれど、目はあいかわらず、楽しくて躍っているようだった。

「そんなことをする必要はありません」

彼はティファニーに向かって目をぱちぱちさせた。彼女の返事が意外だとでもいうように。

「だって、夫はほしいだろう？」

「やめて」ティファニーは言ったけれど、このとき笑っているのは彼女のほうだった。「でもあなたには、わたしのことを気にかけてもらうわ。湖でもそうしてくれたじゃない」

ラスロップのブラウンの肌がほてるのを見て、ティファニーは満足感を覚えた。彼はずいぶんと決まり悪そうにしている。

「ミス・ウッダール」シャーリー牧師が呼ばわり、それからふたりのところにやってきた。「ミスター・ラスロップといっしょに、なにを話しあっていたのかな？」

「本についてです」ティファニーは言った。そのことばが真っ先に頭に浮かんだのだ。「最新の小説を何冊か購入するよう、ボーフォート公爵夫人が兄に強くお望みなんです。近々、ハウス・パーティをなさるそうで」

「そしてわたしの書店には、じつにさまざまな小説がそろっているというわけです」ミスター・ラスロップがあとをつづけた。

「小説とは感心しませんね」牧師は頭蓋骨さながらの頭を振りながら言った。「ああいったものの中身は、たいていが破廉恥ですからね。とくに女性にとっては。女性の心というのはただでさえか弱く、悪魔の影響を受けやすいものです。あなたには小説など読んでほしくない、ミス・ウッダール」

ティファニーは頭を左右に振った。「わたしは一冊も読んだことはありません」

「それは残念だ。あなたなら楽しめるだろうに」ミスター・ラスロップはそう言ってから、リボンが巻かれ、つばの端がくるんと上向いた黒いシルクハットに触れた。「では、失礼します。ミス・ウッダール、牧師さま」

ティファニーは教会から出ていくラスロップを見つめた。彼がいなくなると、礼拝堂が陰《いん》鬱《うつ》になったように感じられた。シャーリー牧師がティファニーに笑みを向けた——その笑みを見たら、ウサギも脅えたことだろう。牧師の歯は黄ばみ、ずいぶんと尖っていた。ただでさえ痩せこけた顔が、その歯のせいでさらに骸骨のように見えた。

「では行きましょうか、ミス・ウッダール？」

「ええ、よろしくお願いします」ティファニーはそう答えたけれど、牧師を待つことなく扉のほうに歩きはじめた。腕を差しだされることは避けたかった。コテッジまでの道のりを、ずっとこの牧師に触れながら歩くなんて、もうひとつの墓穴を素手で掘ることよりも耐えられない。

「説教はどうでした？」

ちょっと待って。ほとんど耳にはいってこなかったの。「とてもすばらしかったです」

「説教壇から見下ろして、主の御言葉を話すわたしをじっと見つめるあなたのかわいらしい顔が目に留まることは、このうえない慰めなんですよ」

ラスロップに美しいと言われたとき、ティファニーはうれしかった。でも、シャーリー牧師にかわいらしいと言われるのは気持ち悪い。牧師から顔を背けざるを得なかった。

「ずいぶんと慎《つつ》ましいですね」彼は言った。「それもまた、あなたの美点のひとつですよ」〝慎ましい〟ということばが、自分の考えや本心を口にできないことを意味するなら、ティファニーはまさにそのことばを体現していた。

「あなたくらいの年齢の女性のほとんどは、それほど魅力的ではありません」牧師は話をつづける。「ですが、あなたが花を失っていないのは、未婚だからだと思いますよ。あるいは、子どもを産み育てた経験がないからだ、と。どちらも女性を一気に老けさせます。あなたはおそらく、人生でそういった時期を過ぎたのでしょう」

牧師の無神経さにティファニーの喉が詰まった。彼の不愉快さに。どう答えればいいのか、わからなかった。

「あなたくらいの年齢の女性には、月のものはないでしょう？」

ティファニーはほんの四十歳だ。いまでも二十八日ごとに血を流す。でもそれは、自分はけっして結婚できないし子どもを持つこともないと、毎月、念を押されているようで恐ろしいことだった。「シャーリー牧師、そのようなお尋ねに答えることが適切だとは思えません」

骨張った顔の男は、その顔を赤くするだけの嗜《たしな》みは持っていた。牧師は咳払いをした。

「レディにたいしてことばが過ぎたのでしたらお詫びします。ただあなたの兄上とは、もっとも重要な件について、ずっと真剣に話していたものですから」

ミスター・ラスロップは正しかった。牧師はティファニーとの結婚を望んでいる。十四人もの子どもをもうけたあとでは、彼はティファニーとのあいだには子どもをほしがっていない。そう思っていることだけは、お互いさまというわけだ。

「わたし……わたしとしては、兄とはまだ、そういった話をしてもらいたくはありません」ティファニーは言った。「わたし……わたしはどんな決断をするにしても、そのまえに牧師さまのことをもっと知るべきだと思いますし」

シャーリー牧師はまた、世にも恐ろしい笑みを見せた。「ひじょうに良識的ですね、ミス・ウッダール。これもまた、賞賛すべき輝かしい性質のひとつです」

ティファニーはうっすらと作り笑いをした。牧師はそれだけで満足したようだった。そのあとコテッジまで歩くあいだ、彼はずっとティファニーに向かってなにやらしゃべりつづけたのだから。玄関前の踏み段では、立ち去りがたそうな仕草までしてみせた。

「送ってくださってありがとうございました、牧師さま」ティファニーはそう言うと、玄関の錠を開けて把手《とって》を回した。「ごきげんよう」

牧師が会話をつづける間《ま》もないうちに、ティファニーは扉を閉めた。息を弾ませながら、木製の扉にもたれかかる。とんでもない状況に巻きこまれたわ！　牧師の気分を損ねることなく、もっと言えばユライアの死を悟られることなく求婚をやめさせるには、どうすればいい？　それに、ミスター・ラスロップはどうして急に、わたしに興味を持ちはじめたの？　牧師とはちがい、ラスロップの言動はどう考えればいいのかわからない。彼は湖で、わたしを救おうとした。牧師との災害級の結婚からも救い出そうとしたの？　ほかにも、シャーリー牧師の心づもりや彼の亡くなった妻たちのことを警告してくれたのはなぜ？　ミスター・ラスロップは謎だ。でも、ハンサムな謎だ。

5

少なくともブリーチズを穿いてさえいれば、シャーリー牧師から不愉快な目を向けられる心配をしないですむ。つま先にリネンを詰めたので、兄のブーツも、いまはそれほど滑ったりずれたりしない。それどころか、ティファニーはアストウェル・パレスとコテッジとの間を歩いて行き来することを楽しみはじめていた。歩くときはいつも足元に注意を向け、ユライアがなくしたダイアモンドのクラスターピンを捜した。もとはふたりの父親のもので、そのまえは父親の父親のものだった。家族のたったひとつの家宝――かけがえのないものだ。ユライアの持ちものの中で、いちばん高価な品。ティファニーにとってそれは、父親のたいせつな思い出でありつづけた。生前の父親は毎日、コートのラペルに着けていた。

男性の装いをすれば、ティファニーはどこでも行きたいところに行ける。どこで、いつ、なにをするつもりかと、だれからも訊かれることはない。これまで経験してきたどんなこととも違って自由であり、彼女はそれをたいそう満喫していた。

ティファニーは図書室に向かうのに、もうトーマスに助けてもらう必要はなかった。それはまちがいなく、いいことだ。というのも使用人用玄関に行くとちゅう、彼とミス・ドッドリッジが生け垣の陰でキスをしているところを目撃してしまったからだ。若いふたりが愛しあう光景に、ティファニーの気分は高揚した。彼女もかつては若く、恋をしていたものだ。ナサニエルと。トーマスとおなじように、ナサニエルも背が高くハンサムだった。感情の波に呑みこまれ、ティファニーは泣きたくなった。でも、泣くのはいまではないし、この場所でもない。ナサニエルが亡くなって二十二年が過ぎていた。

　手で顔に触れないよう鼻をぐずぐずさせながら（白粉を滲《にじ》ませたくなかった）、ティファニーは買うべき本のリストを取りあげた。そのとき、図書室のドアがぱっとひらいた。

「ミス・ドッドリッジはどこかしら？」公爵夫人だった。まだ夜着のままで、刺繍の施されたシルクのローブを羽織っているけれど、夜着はほとんど隠れていない。いまは鬘を着けていなかった。地毛の色は、白いものがいくぶんか交じった茶色だ。

　ティファニーは立ちあがってお辞儀をした。「今朝は見かけていません、奥さま」嘘をついた。フットマンやレディーズ・メイドのことで告げ口をするつもりはない。

　公爵夫人はむっとしたようだ。「それでは、お客さまのために購入するようにとあなたに言いつけた本はどこかしら？」

　ティファニーは大きく息をのんだ。「いま、リストをつくっているところです」

　公爵夫人はかなり重そうな本をテーブルの上から持ちあげると、それを床に放り投げた。

「リストなんかいらないわ！　お部屋に本を置きたいのよ。なにもかも、とうぜんのようにしておきたいの——いつもこうなっていますよ、というように！」

「おやおや、奥さまはなにご立腹なのかな？」優雅な声がドアのほうから聞こえてきた。この方がボーフォート公爵にちがいない、とティファニーは思った。息子を学校に送り届けてもどってきたのだろう。彼は愛嬌のある笑みを浮かべながら、どすどすと図書室にはいってきた。巻き毛には白い髪粉がはたかれ、顔には濃い化粧をしているとはいえ、目や口の周りに皺があることにティファニーは気づいた。身に着けているものひとつひとつにみごとな刺繍が施され、完璧に仕上げられていたけれど、美しい衣装も公爵の太鼓腹は隠しきれていない。

「今朝、ミス・ドッドリッジはどこにもいないし、あなたのまぬけな図書係はお客さまのための本をまだ買っていないの」公爵夫人は言った。「もうすでに、人数がおかしなことになりそうなの。だからほかのことは正しくしないといけないのに」

公爵は夫人の手を取ると、そっとキスした。「かぎたばこ《スナッフ》を吸うかい？　それでいつも、気持ちがおちつくじゃないか」

夫人は激しく頭を振った。

「きみのハウス・パーティでは、だれもが申し分なくすばらしい時間を過ごせるに決まっているじゃないか。それに、ミス・ドッドリッジなら廊下にいたよ」公爵は言った。「だから、先にきみの部屋に行っているんじゃないかな」

公爵夫人はため息をつき、それからティファニーをにらみつけた。「本はきょうじゅうに用意してちょうだい」

「かしこまりました、奥さま」ティファニーはぎくしゃくと、もういちどお辞儀をした。

ご立腹の公爵夫人は図書室を出ていき、公爵は残った。ティファニーは立ったままでいる。なにを言えばいいのか、どうすればいいのかわからない。

公爵はポケットから小さなかぎたばこ入れ《スナッフボックス》を取りだした。赤いコマドリが繊細な線で描かれ、彼が着ているものとおなじように美しかった。公爵は親指だけで蓋をぱちんと開け、スナッフをひとつまみ、手の甲に載せた。その手を鼻のところまで持っていき、まず片方の鼻の穴から吸いこみ、もう片方の鼻の穴からも吸いこんだ。公爵はティファニーにスナッフボックスを差しだした。

「おまえもどうかね、ミスター・ウッダール？」

社交の場で目上のひとたちから一服どうかと勧められれば、ユライアはスナッフを吸うこともあったとティファニーは知っている。でも自分がいちど試したときは、そのあとの数時間、ずっとくしゃみが止まらなかった。乾燥させたたばこの葉っぱを香油に浸したものを、気晴らしとは思えない。ティファニーは頭を横に振った。

「夫人の言ったことは真に受けなくてよい」公爵は言った。「あしただって、じゅうぶん間に合う。おまえは村からここまで来ているというのに、こんどは町に出かけるなど、一日のうちにそこまでする道理はないからな。夫人を許してやってくれ。たいせつな友人のサリー公爵夫人がパーティに参加できなくなって、機嫌を損ねているだけなんだ」

「テス」そのことばは、ティファニーが口唇を閉じる間もなくこぼれでた。テスはティファニーのたったひとりの友人で、何でも相談できる相手だった。少女のころ、ふたりは姉妹のように仲がよかった。でも、成長するとすべてが変わってしまうことを、ティファニーはよくわかっていなかった。伯爵のご令嬢は貧しい独身女とはつきあわない。ご令嬢は公爵夫人になるのだから、ということは。

ボーフォート公爵の眉が不意にあがり、ティファニーにぐっと顔を寄せてきた。彼の眉はあまりにも完璧に整えられているので、ネズミの毛でできているにちがいない。

「サリー公爵夫人を知っているのか？」

ティファニーはぶるぶると首を振った。「そういうわけではありません、公爵。ですが妹は娘の時分に、その方といっしょにフィニッシング・スクールに通っていました。公爵夫人のお父上であるトプハム伯爵が、妹の教育費をご負担くださったのです」

「それで、ふたりはいまでも連絡を取りあっている？」

「いえ、まさか。十七歳のとき以来、取りあっていません」ティファニーはどうにかしてそう言った。「何年もまえのことです」

「そうか、妹君の名前はなんという？」

「ミス・ティファニー・ウッダールです」ティファニーは小さな声で答えた。自分のことを第三者のように話すのはふしぎな感じがした。

「ずっと独身なのか？」

「いえ。ナサニエル・オッカム第三大尉（フリゲート船に配属された大尉の序列を、第一、第二、第三で表していた。階級とは別）と婚約していましたが、結婚するまえに彼は亡くなりました」ティファニーは説明した。ただ、亡くなった理由は口にできなかった。何年もナサニエルの名を声に出して呼んでこなかった。そうさせたのは公爵の口調がやさしかったからか、表情に思いやりがあふれていたからか。「妹はこの二十年ほど、わたしのために家事全般をしています」

公爵は滑らかな顎をこすった。「妹君は現在、おまえとブリストル・コテッジに居住していると？」

「はい、公爵」

「おまえさえよければ、わたしが現サリー公爵に手紙を書こう。それで、母上である公爵夫人に、おまえの妹の所在を伝えてもらうのだ。そうすれば夫人もなんだかんだとパーティに行こうと、気持ちを変えるかもしれん。彼女はいまでも、亡きご夫君を悼んでおられる。だが、懐かしい友に会えば哀しみも癒えることだろう」

テスとは二十三年、口をきいていなかった。ロンドンでの社交シーズンを終えて学校にもどってきた親友の彼女から、わたしたちはもう友だちじゃないと、あなたの社会的な立場は伯爵令嬢のそれよりもずっと低いと言われた、あの忌まわしい日から、ずっと。テスはサリー公爵と婚約したのだった。教会で会っても、ティファニーにうなずきかけることさえしなくなった。ティファニーのことは見えていないとでもいうようだった。その記憶に、いまでもまだティファニーの心は苛《さいな》まれている。いちばん会いたくない人物がテスだ。テスがアストウェル・パレスにやってくれば、ティファニーはユライアのふりをすることはできなくなるだろうから、なおさら会いたくない。テスに会うという提案は予想だにしなかった大惨事だけれど、公爵は雇い主だ。彼になにか言われて、どうして断れるだろう。

「もちろん、そうしてくださることを光栄に思います」ティファニーはやっとのことで答えた。「何なりとお望みどおりになさってください、公爵」

公爵はまたもや愛嬌のある笑みを見せ、そして図書室を出ていった。ドアが閉まってようやく、ティファニーはふたたび息をつけるようになった。いまはテスのことは考えないようにしよう。客人たちがここにやってくるのは一週間以上も先だし、テスが来るかどうか、はっきりわからない。それに彼女が来たとしても、身分の低いむかしの知り合いであるティファニーに、せいぜいお辞儀をするくらいだろう。

だめだめ、直近の問題に集中しないと――小説を買うという問題に。ティファニーの口許に笑みが浮かぶ。その本を一冊残らず読もう、だれにも止めさせやしない！

使用人たちとの午後二時の午餐が終わるまで待ってから、ティファニーはメイプルダウンに向かった。ブリストル・コテッジのそばを通りかかるころには暑くて喉が渇いていたので、なにか飲んでいこうと中にはいった。ブーツを脱いでから、ストッキングも脱いだ。足のそこかしこに水ぶくれができていた。ユライアのブーツはまったく彼女には合わない。それを履いてはるばる町まで行くというのは、いい考えには思えない。水ぶくれが何度となくこすれて痛むだろうから。ユライアの服から一張羅の青いドレスに着替えるのは、足の問題があるからというだけで、ラスロップに美しいと言われたこととはいっさい何の関係もない。なんだかんだ言って、彼は商売人だ。店にやってくる女性客にはもれなく、美しいと言っているのだろう。

それでもけっきょくは、見苦しくないようにしないわけにはいかない。ティファニーは、兄の外見を特徴づけている、顔中にはたいた白粉を洗い流した。が、そのあとで頬にほんの少し紅を差した。それから、持っている中でいちばん上等のブーツを履いた。足のどの部分にもぴたりと合う一足だ。このうえなく快適だった。水ぶくれができていてさえも。

町へはふたつの行き方があった。ティファニーは時間がかかるほうを選んだ。そちらは牧師館の近くを通らずにすむ。きょう、いちばん顔を合わせたくないのはシャーリー牧師だし、その牧師に、あらためて求婚しようなどと思わせるのもごめんだった。

表通りの角にある、丸石積みの建物がラスロップの書店だ。ドアの上に、白い文字で《本》と記された小さな黒い看板が掲げてあり、それでどうにか、ここが書店だとわかる。ティファニーは市場《いちば》に行った帰りに何度もこの書店の前を通り、そのたびにいつも、中にはいってみたいと思っていた。鼓動が速まり、不意に、息が止まるように感じられた
手をぶるぶる震わせながら、ティファニーは把手をまわしてドアを開けた。店内の三方を、床から天井までぎっしりと本が詰まった書棚が占めていた。革装丁本の背表紙が、射しこむ陽の光に照らされて輝いた。まるで天国だ。

ラスロップが店内のドアを開けて現れ、カウンターの向こうに立った。帽子をかぶってい

ない彼を目にするのははじめてだった。てんでなほうを向いた、ずいぶんと手に負えなそうな黒い巻き毛を、うしろで短くひとつに結んでいる。彼ににっこりと笑いかけられ、いますぐ死んでもかまわない、とティファニーは思った。

「ミス・ウッダール、なんとまあ、おどろいた」

「こんにちは、ミスター・ラスロップ」ティファニーは膝を曲げてお辞儀をしながら言ったけれど、あまりにも長々と彼を見つめすぎた、と心の中で思い返した。

「なにかご用ですか？」

ご用。

そうね、彼はこの書店の店主なんだから。

しっかりしなさい、ティファニー！

「わたし――じゃなくて、兄がボーフォート公爵夫人から言いつかったでしょう、アストウエル・パレスでハウス・パーティが開かれるから、いらっしゃるお客さまたちのために何冊か小説をそろえるように、と」ティファニーはつっかえながら言った。「それで思ったのだけれど、最新で楽しい小説にはどんなものがあるか、わたしに直接、教えてもらえないかしら、と」

「兄上がきみを寄こしたのもわかるよ」声をあげて笑いながら彼は言った。「彼が小説に指一本でも触れているところなんて、想像できないからね。ぼくには屈辱だ！」

ティファニーもけらけらと笑い、ラスロップの目をまともに見た。知りあって間もないのに、似たもの同士だと感じた。このひとはわたしのユーモアのセンスをおもしろがってくれる——ユライアはぜったい、そんなことはなかった。ティファニーがおもしろいことを言うのを、やめさせようとさえした。彼が死ぬまで、自分がどれだけ行動を制限され抑えつけられていたのか、ティファニーはわかっていなかった。いまようやく、自分で決めたり、自分の考えを持ったり、自分がおもしろいと思ったことで笑ったりということができるようになったのだ。

「この書店に小説はたくさん置いてあるかしら？」むさぼるような視線を書棚に向けながらティファニーは訊いた。

「とうぜんじゃないか」彼はにやりとして言った。「哲学の論文だとか、きみの兄上が好きそうな、ロンドンで注文した外国語の本なんかよりも、ずっと売れ行きがいいからね。とはいえ、こんな小さな町で書店をやっていられるのは、公爵の支援があればこそだ。それについては、おおいに感謝してる」

「親切な方のようね」

「それに、公平なひとでもある」ミスター・ラスロップは言った。「失敗をした若者を許してやったところを見たのも、いちどだけじゃない。ほかのひとなら、勘弁しなかっただろう」

「心が広いのね」

「レディが立ち入り禁止の湖で泳いでも、許してくれるはずだ」

ティファニーはむっとした。「その話を持ちだすのはやめてもらえない?」

ラスロップは頭を振った。彼の柔らかくピンク色の口唇には、まだ笑みが浮かんでいる。

「前回、持ちだしたのはきみだよ。おかげで困ったことに、ぼくの記憶にしっかり刻まれてしまったんだ」

ティファニーには、心臓が顔までせりあがってくるように感じられた。そして彼女が動揺すればするほど、ラスロップの笑みがどんどん広がる。なんて、いやなひと。ティファニーは咳払いをした。「わたしは……わたしの兄は、小説を十冊か十二冊、探しているの」

「かしこまりました」ラスロップはそう言うと、東側の書棚に向かった。つぎつぎと本を取りだして腕の中に積みあげていき、その高さは顎まで届いた。彼の顎にはまばらに鬚《ひげ》が生えていた。あの鬚はチクチクするのかしら、それとも柔らかいのかしら、とティファニーは思った。

頭を振ってそんな物思いを追い払い、彼女は腕を差しだした。「わたしが持つわ。請求書はアストウェル・パレスに送ってちょうだい」

「きみが持つには、かなり重いよ」ラスロップは言った。「ぼくがあすの朝いちばんに配達しよう」

「わかった」ティファニーは積みあがった本のいちばん上の一冊を手に取った。「これだけは自分で持っていく」

「ホレス・ウォルポールの『オトラントの城』(一七六四年刊。ゴシックホラー小説の祖といわれる。ウォルポールは貴族)とは、すばらしい選択だ」ラスロップが言った。「感想をぜひとも聞かせてほしいな」

「わたし、ぜったい好きだと思う」本を胸にぎゅっと抱きしめながらティファニーは答えた。

「それではよい一日を、ミスター・ラスロップ」

ティファニーは書店を出ようと、くるりと振り向いた。背後から彼が呼びかける声が聞こえた。

「きみもよい一日を、ミス・ウッダール」

6

ミスター・ラスロップは正しかった。ティファニーは読書を楽しんだ。頭の中で本のページとページとのあいだに逃げこむこと以上に大きな歓びはない。ウォルポールの『オトラントの城』は、あっという間に読み終えてしまった。オリヴァー・ゴールドスミスの『ウェイクフィールドの牧師』（一七六六年刊。牧師一家の波瀾万丈の運命を描いた小説）は飛ばした。というのも、自分の周りにはすでに、うんざりするほどたくさんの聖職者がいるからだ。でも、クレアラ・リーヴの『イギリスの老男爵』（一七七七年刊。イギリスを舞台にした復讐譚）は、ろうそくをまるまる一本費やして読んだ。ページをめくるごとに、不安で身体じゅうが震えた。ゾクゾクしどおしだった。

公爵夫人のパーティまでまだ数日あるけれど、ラスロップの書店で買った新しい本はすでに、客人のそれぞれの部屋に置かれている。ティファニーはパーティが終わるまで待つべきだった。『ふたりのメンター：新しい物語』（一七八三年刊。ふたりの若い女性が、それぞれタイプのちがうメンターについたことで異なる価値観を持つようになる。未邦訳）は、『イギリスの老男爵』とおなじ著者の作品だ。それを読むのに、二日だって待てやしない。ましてや二週間なんて。

ティファニーは使用人用宿舎を通って半地下のダイニング・ルームへおりた。そこでしばらくうろうろして、休憩室にいるミセス・ホイートトリーを見つけた。

「よかった、ミセス・ホイートトリー——まさにあなたを捜していました」

「ミスター・ウッダール」膝を曲げてお辞儀しながら、家政婦長は緑色の目に怪訝《けげん》な色を浮かべてティファニーを観察していた。

「客人用の部屋はどこか、教えてほしいと思いまして」ティファニーは笑みを浮かべて言った。これで家政婦長の目つきがやさしくなりますように、と思いながら。「ある本をべつの本に変更することにしたんですよ。公爵夫人の客人には、わたしが選んだ本をとことん楽しんでいただきたいものでね」

ミセス・ホイートトリーの眉がほんの少しあがった。「わかりました、ミスター・ウッダール。では、こちらにいらしてください」

ティファニーは家政婦長のあとについて廊下をいくつか通り、階段をのぼった。二階も一階とおなじように壮麗だった。廊下の幅や手の込んだ木細工や羽目板に、ティファニーはおどろかずにはいられなかった。アストウェル・パレスはまるで、ひとつの芸術作品だ。数センチごとに装飾が施され、完璧に仕上げようとつくられている。守護天使がみごとに彫刻された、低く見積もっても三メートルの高さはありそうなドアの前で、ミセス・ホイートトリーは足を止めた。そして金色の把手を回し、ドアを開けた。

家政婦長がはっと息をのんだ。

ティファニーは部屋の中を覗かずにはいられなかった。この女性がなににびくっとしたのかを知りたかった。ティファニーは目をぱちぱちさせ、自分が見ているものを正しく理解するまでにしばらく時間をかけた。ミス・ドッドリッジとセカンド・フットマンが、たがいにぱっと身体を離す。衣服は乱れてお尻が丸見えで、ふたりとも、最悪のタイミングでじゃまがはいったと思っているようだった。

「バーナード」ミセス・ホイートリーが言った。声がこわばっている。「いますぐミスター・フォードのところにお行きなさい」

背が高く金髪のフットマンは、しぶしぶズボンの前部のボタンを留めると、部屋を出ていった。

「ミス・ドッドリッジ」家政婦長が言った。「ちょっと話しましょう」

若くかわいらしいメイドの顔は真っ赤だったけれど、表情は反抗的だ。彼女は蓋にバラが描かれたスナッフボックスを開け、スナッフをひとつまみ取りだした。「いいですよ。わたしもお話ししたいことがいくらかありますから」

ティファニーは咳払いをした。「本の交換をさせてもらいたい。そうしたら、あとはおふたりだけにしてさしあげよう。おたがいになにを言いたいのであれ、どうぞ話しあってください」

ティファニーは部屋の中にはいった。読みたいと思っている茶色の革装丁の本を見つけると、手に持った赤い革装丁の本と取りかえた。ドアのほうにもどり、ふたりのレディに軽くうなずきかけてから部屋を出てドアを閉めた。三歩進んだところで、大きすぎるブーツの片方が脱げた。

「あなたの奔放な振る舞いを大目に見ることはしませんよ」ミセス・ホイートリーがそう言う声が、ティファニーの耳に届いた。「まず、生け垣の陰でトーマス・モンターギュとむつみあっているところを取り押さえました。そして今回は、こんなところでスカートをたくしあげて、バーナード・コラムといた。このお屋敷の男性使用人たちひとりひとりとそうすることで、あなた自身の品位を落とそうというの？　これが最後の警告です。わたしはなにをおいても、あなたをきちんと育てました。それを台無しにはさせませんよ」

ごく私的な会話を耳にして気まずく思いながら、ティファニーはもう片方のブーツを脱ぐと、つま先立ちでこそこそと歩いて、先に脱げてしまったほうを取りにもどった。それを手にしたところで、話のつづきが聞こえてきた。

「わたしをクビにしようとしたら、あなたのちょっとした秘密を公爵にばらしますよ。そうなったら、三十年もお仕えしてきたこのお屋敷から放りだされるでしょうね」

左右そろったブーツを手に、ティファニーがまさにその場を立ち去ろうとしたときだった。

「なにかをばらされて脅えるなんて、あなたのほうがよっぽど身に覚えがあるでしょうに」家政婦長が言った。その声はさっきよりも小さかったけれど、あいかわらず脅すようだった。

「このお屋敷でものの紛失がつづいていることに気づいているのは、わたしだけではありませんよ」

ものの紛失？

ユライアのダイアモンドのクラスターピンは、ここでだれかに盗まれたの？　ミセス・ホイートリーもミス・ドッドリッジも、そのことについてなにかを知っているということ？　もっと事情を探りたくて、ティファニーはふたりの会話に耳を傾けずにはいられなかった。

「なくなった装身具より、嘆くべき罪のほうが多いんじゃないかしら、ミセス・ホイートリー？」ミス・ドッドリッジは言った。「だって、あなたはミセスなんかじゃないのよね、ちがう？　家政婦長だからというだけで、儀礼上、そう呼ばれているだけですものね」

「ことばの使い方について、あなたとどうこうするつもりはありません」ミセス・ホイートリーは言った。「わたしは仕事にもどります」

ティファニーは、若いレディーズ・メイドがどう言い返したかを聞くまで待たなかった。廊下の端まで一目散にかけていって階段をおりると、大きすぎる靴にふたたび足先を入れた。ありがたいことに、あの廊下にいたことには、ミセス・ホイートリーにもミス・ドッドリッジにも気づかれなかった。ティファニーが知りたかったのは、ユライアのピン以外になにがなくなっているかということと、ふたりの女性が窃盗にどう関係しているのかということだ。

あらたに手にした本を持って図書室にもどるとちゅうで、トーマスに出くわした。ティファニーが笑みを向けると、彼はさっと姿勢を正してから笑みを返した。このひとはなんてすてきに笑うのだろう、とティファニーは思う。バーナード・コラムみたいな男性のためにトーマスを手放すなんて、ミス・ドッドリッジは愚かだ。セカンド・フットマンはにやにや笑っては、女性使用人みんなといちゃついている。一方でトーマスは、ミス・ドッドリッジしか見ていない。ふたりのフットマンはどちらも背が高くハンサムだけれど、トーマス・モンタ－ギュの資質のほうがずっと立派だし、愛情の純粋さも愛情の深さも勝《まさ》っている。でも、ミス・ドッドリッジも学ばざるを得ないかもしれない。モンタ－ギュという男性とコラムという男性とのちがいを。彼女より先に学んだ、多くのレディたちのように。ティファニーのナサニエルは、モンタ－ギュのほうだった。おなじ村の何人かの女性たちは彼の気を惹こうとしたけれど、ティファニーにたいする彼の誠実さや愛情は、けっして揺らがなかった。

ティファニーは図書室のドアを開けた。座り心地がよさそうなすてきな椅子があったので、あらたに手に入れた本を読もうと、そこに腰をおろした。表紙をひらき、表題紙《タイトルページ》を目にしたとたん、なにかを予言しているような気がした。そこにはこう書かれてあった。〝男はよい女よりも優れたものを手にすることはできない。あるいは、悪い女よりも劣ったものを手にすることも――シモーニデース（古代ギリシアの抒情詩人）〟。おなじことは女性にも言えるはず。そして、とティファニーは思った。からかってばかりいるけれど、ミスター・ラスロップはよい男だわ。

7

日曜日にシャーリー牧師のお説教を聞きにいくことは、ティファニーがいちばんしたくないことだったけれど、彼女もユライアも姿を見せなければ、あの牧師なら、かならずコテッジを訪ねてくるだろう。だからティファニーは顔じゅうに白粉をはたき、ユライアがいつも付けていた三つのほくろを、慎重に並べて貼りつけた。裾がたっぷりと長いコートを着ると、鏡を覗きこんで思った。村のひとたちに、ユライアではないと気づかれることはないはず、と。ひと月まえなら、兄がメイプルダウンの住人たちを鼻であしらっていることをありがたがる日がくるなんて考えもしなかっただろう。でも、いまはありがたい。

ティファニーは顎をあげ、周囲を見くだすような表情をつくって教会の中にはいると、日々の細々《こまごま》した買い物をする商店主たちのそばを通った。ティファニーだと気づいたひとはだれもいないようだった。みんなユライアから見くだされているのだから、彼女には目を向けもしない。彼女は信徒席に座り、安堵のため息をもらした。いまのところは、うまくいっている。

そのとき、ラスロップが教会に現れた。どのように、なぜ、それがわかってふり向いたのか、ティファニーには何とも言えない。でも、今朝の彼はとりわけハンサムだった。好き勝手なほうを向く黒い巻き毛が額にかかり、ふっくらした口唇にずっと笑みを浮かべている。その笑みは、彼の目がティファニーの目と合ったときに消えた。まるで、彼女のことがわかったとでもいうように。ティファニーはごくりとつばをのみ、うしろに視線をそらした。単純に考えようとした。彼の顔から笑みが消えたのは、もちろん、ユライアを目にしたから。わたしだっていつも、ユライアと顔を合わせると笑顔でいられなかったじゃない。

ラスロップのほうには視線をもどさないと心に決め、ティファニーは不機嫌そうな牧師の顔に意識を集中させた。髪が薄くなりつつあるせいで、牧師の頭部はいっそう骸骨のように見えた。脂ぎった黄色い手で説教壇を叩くと、前頭部のつけ毛が数センチうしろにずれ、牧師はそれを正しい位置にもどした。信徒たち全員に、地獄の業火のいちばんの熱さにも耐えられるよう、心の準備をしておきなさいと話している。信徒たちが地獄に落ちるという結末について、彼はじつに雄弁に語った。二時間ちかく、休むことなくしゃべりつづけた。

ティファニーには九月のこの教会こそが地獄の炎のように思え、ひどい暑さを感じていた。襟をはずしたり、賛美歌集で顔を仰いだりしたかった。どちらもしなかったけれど。そんなことをすれば、望まない注目を惹いてしまうだろう。だから、さらに背すじをまっすぐにして座りなおした。汗が顔の横を流れおちていくのがわかる。そしてようやくシャーリー牧師が「アーメン」と言うと、反射的に声を出しておなじことばをくり返した。

礼拝堂の中の目という目が、ティファニーに向けられた。

なんてみっともないことを。うろたえるあまり顔を隠したかったけれど、ユライアならそんなことは、ぜったいにしなかっただろう。彼は男なのだから。自分が言いたいことを何でも言えるし、したいことを何でもできる。恥知らずとか厚かましいとか思われることなく、周りの注意を惹いてもかまわない。

ティファニーがいっそう顎を高くあげると、彼女に向けられた目は徐々に、ひとつまたひとつと離れていった。村人たちはぞろぞろと礼拝堂の外に向かいはじめた。彼らもやはり、教会が燃えていると思っているようだった。牧師の子どもたちが、背が高いほうから低いほうへと順に並んで、ティファニーの信徒席の横を通りすぎた。全員が黒衣をまとい、表情は引きつっている。この子たちの中のひとりくらいは笑い方を知っているのかしら、と彼女は訝《いぶか》った。

大きなため息をつきながら立ちあがると、ティファニーは扉のほうに向かいはじめた。ブーツが脱げないよう、ゆっくり歩いた。ラスロップが信徒席に座ったまま、巣に絡めとられたハエを見るクモのような目つきで、ティファニーのことをじっと見ている。顔が赤くなるのがわかったけれど、彼女は扉に向かって歩きつづけた。ユライアなら、もういちどラスロップに視線を向けることなどしなかっただろう。彼の職業と、そして彼の肌の色のせいで。ラスロップの父親はイギリス人で、母親はインド出身だ。彼の肌の色は美しく、ただでさえハンサムな外見をいっそう魅力的に見せているとしか、ティファニーには思えないのに。扉のところでむっつりとした顔をしているシャーリー牧師は、断固としてハンサムではない。黒いカソックは細身の身体に引っかかっているようで、近づいてくるひとみんなに判決を言い渡そうと待ちかまえる、不吉な判事さながらだった。あとほんの三歩で、彼の横をすり抜けられる。ティファニーはトライコーンハット（つばの両脇と後部が折りあげてあり、上から見ると三角形になっている帽子。十八世紀に流行した）の端に軽く触れながら歩きつづけた。

「ちょっといいですかな、ミスター・ウッダール」シャーリー牧師が呼ばわった。

「ええ、もちろん」ティファニーがそう言ってふり向くと、真後ろにラスロップの燃えるような茶色い目があった。その目はまるで、白粉をはたいたティファニーの顔を見透かしているようだった。肌を通りぬけ、彼女の魂までも。

ラスロップは目をぱちぱちさせてから、すばやくうなずいた。「ミスター・ウッダール」

ティファニーは呆然とするあまり、返事をするとか、自分からも呼びかけるとかいうことさえできなかった。この書店主への思いはどんどん強くなっている。それが分別に影響し、ユライアになりすましていることがばれたり、図書係という立場とコテッジを失ったりするかもしれない危険性を高めている。ラスロップへの思いに届することは許されない。なにより、彼女がティファニーの気持ちに応えてくれるかはわからないのだ。

「胃腸の調子がよくなったようで、よかったですな」シャーリー牧師が言い、ずれた前髪のつけ毛の位置をまた直した。鬘は彼の頭にはまったく合っていない。中古屋さんで買ったのかしら、とティファニーは思った。

「お気遣い、感謝しますよ」彼女はぶっきらぼうに言った。

「今朝は、妹君のほうになにかあったのですか?」

あなたのことを嫌っている以外、なにもありませんよ。

ティファニーは咳払いをすると、つとめて声を落として答えた。「かわいそうに、月のもののせいでひどい腹痛に苦しんでおりまして、ベッドから出られないようなんです」

牧師はうなずいた。ティファニーの生理について聞かされても、とまどってはいないようだ。女性が抱える困難について、ティファニーがほんの少しでも愚痴をこぼすと、ユライアは女性の品格がどうのと言ったり、そんなことを口にするのは女性としてふさわしい態度ではないと非難したりした。シャーリー牧師はあきらかに、ユライアより肝が据わっている。でもそれは、彼がこれまでに二度、結婚していたからだろう。ティファニーと牧師は、いっしょにぶらぶらと道を歩きながら話をつづけた。

「あー、そうですか。月のものね」シャーリー牧師はゆっくりと口をひらきはじめた。ふさわしい単語を探しているとでもいうようだ。「先週、その年齢でまだ妊娠できそうですかと尋ねたとき、妹君の繊細な気持ちを害したのでなければいいのですが」

ティファニーはもういちど咳払いをした。「妹も、さいしょはおどろいていましたよ。ですが、あなたの率直さをありがたく思っていることでしょう。だれかに求婚されるまえに、ありのままの事実を伝えるほうがいいですからね。で、妹がいまでも子どもを産めるとわかったからには、わたし――いや、彼女――はこう言わねばならんでしょうな。あなたがべつの女性に目を向け、その女性に愛情を注ぎあなたの姓を与えても、わたしたちは気持ちを害されたなどとはけっして思わない、と」

「子どもが増えれば金銭的負担が大きくなるという考えを、わたしは否定しません」シャーリー牧師は言った。「ただ彼女の年齢なら、ひとりかふたり産めるかどうかもわからないじゃないですか。多くても三人でしょう。とくにそれが女児だったら、負担はそこまで大きくない」

女の子は大きな負担なんかではない。ティファニーは胸につぶやいた。女の子は相続できないし、教育だってたいして受けられないのだから。教育のためにお金を出してくれたテスの両親に、ティファニーは感謝しないではいられなかった。自分の父親は、一グロートの硬貨さえも使おうとしなかったのだから。

「妹は四十歳になったばかりでしてね」ティファニーは言った。「子どもを何人産めるかなど、わかるわけがない。ただ、五人は産めるのではと、わたしはそう思いますね。それだけの数が増えるんですよ、すでにいるあなたの十四人のお子さんたちに加えて。倹約とかいうことなど、わたしには考えが及びませんな」

自分が何人の子どもを産めるか、ティファニーにはわからない。でも、それでシャーリー牧師がひるむなら、どんなことでも歓んで利用するまでだ。ふたりは道の分岐点まできた。一方の道はブリストル・コテッジにつづいている。牧師は足を止めた。ティファニーはしぶしぶ彼に顔を向けた。

「わたしは妻になる女性をしっかりと支えられる。それは約束します」

「それに、子どもたちも?」ティファニーはぐいぐいと押した。

「率直に言わせていただくとですね、ウッダール」牧師はつづける。「わたしがまた再婚を考えた当初は、もう子どもを産めない女性を見つけるつもりでした。すでに話したとおり、金銭的な理由からです。しかし、あなたの妹君の美しさや、あなたのために家事を切り盛りするそのすばらしい手際をつぶさに観察して、すっかり彼女の虜になってしまったというわけです。この点においては、ほかの女性のはいりこむ余地はありません」

「妹に持参金はありませんよ」

シャーリー牧師は瞬きさえしなかった。「そうだと思っていましたよ。妹君は独身ですから財産などないだろう、と。彼女のようにすてきな女性なら、どのみち結婚しているでしょうし」

「妹は以前、海軍の大尉と婚約していました。しかしお相手の若者は、海で命を落としたのです」牧師に話をやめさせようとしてティファニーは言った。「妹はこれからもずっと、その若者のことを愛しつづけるでしょうね」

「わたしだって、亡くなった者を愛することがどういうことなのかは理解しています」牧師は言い、心臓があるはずの場所に触れた。「わたしは亡くなったふたりの妻を、これからも愛しつづけるでしょう。ふたりの魂よ、安らかに。ただ、女性が喪に服するのはいいことですが、結婚するほうがもっといいんですよ。イヴのように、この世で女性が目指すところはそれだけなんですから」

ティファニーは鼻を鳴らした。「妹があなたの敬愛に応えるとは思えませんな」

シャーリー牧師はにっこりと笑った。ぞっとする光景だった。

「妹君くらいの年齢の女性には、選択肢は多くありませんよ。聖職者に注目されたり、妻というものになれたりする機会を得るなど、とても恵まれている。女性が手にすることのできる、これ以上にない神聖な神の思し召しじゃないですか。あなたには友人として、わたしの求婚を後押ししてくれるよう、力を貸していただけると信じていますよ」

ティファニーはうなずき、また帽子のつばに手を触れた。「失礼します、シャーリー牧師」

ゆっくりと、そして苦々しい思いを抱えながら、ティファニーは牧師のもとを歩き去った。

彼の姿が視界から消えるとすぐに、小石を蹴りつけた。ブーツが道の向こうに飛んでいった。

彼女はよろよろとそれを拾いにいき、汚れを払ってからまた履いた。

まったく、どうすればあの牧師から逃《のが》れられるの？

8

月曜日の朝、ティファニーは気持ちも軽くアストウェル・パレスに向かった。そこではシャーリー牧師と顔を合わせる機会はない。公爵にはお付きの牧師がいて、私的な礼拝堂でお説教をしてくれるからだ。ユライアもメイプルダウンの教会に行くのではなく、ほかの使用人たちといっしょに公爵の礼拝に参列するほうを選んでいたらよかったのに、とティファニーは思った。でも、兄は自分のことを使用人だとは考えていなかった。仕事をしてお給金をもらっていたくせに。彼はいつも、自分のことは紳士たる風情を備えた紳士だと見なしていた。

図書室は心地よい静けさで、ティファニーは書棚で新しく見つけた小説をひらいた。サミュエル・リチャードソンの『クラリッサ』（一七四八年刊。望まぬ結婚を避けたいクラリッサは、放埒なラヴレイスに騙されてともに逃走するが、その後もさまざまな困難に遭遇する。書簡体小説のはしり。全八巻）の一巻だ。皮肉なことに、若い娘について書かれたこの本はご多分にもれず、女性は読むことを禁じられている。道徳的に正しくないか、淫らなことが書かれているかのどちらかにちがいない。男性の目にだけ適しているということね。それなら、早くその理由を確かめないと！

放埒のかぎりを尽くすロバート・ラヴレイスがいかがわしく言い寄ってくるシーンで、ティファニーがじっさいに声を出してクラリッサに警告したそのとき、図書室のドアがひらいた。彼女は椅子からぱっと立ちあがったけれど、そこにいたのはミス・ドッドリッジひとりだった。顔色は青白く不機嫌そうで、ピーチ色とクリーム色のストライプ柄に、刺繍が施されたドレスを着ている。そのドレスはおそらく、元は公爵夫人のものだったのだろう。彼女は軽快な足取りでティファニーに向かって歩いてきた。自分の身体の魅力をわからせようとでもいうように。このレディーズ・メイドは、クラリッサというよりはラヴレイスに近い。

ティファニーはすぐ横のテーブルに本を置き、そのときはじめて、そこにあるはずの金製の燭台がなくなっていることに気づいた。彼女は椅子に腰をおろして訊いた。「なにか手伝いが必要ですかな、ミス・ドッドリッジ？」

ミス・ドッドリッジはさらに近づいてきて、ドレスがティファニーのブリーチズをかすめた。ティファニーは決まり悪そうに身体をびくっとさせた。ミス・ドッドリッジはそれに気づいてもいないし、気にしてもいない。ティファニーの椅子の肘掛けに片手を乗せ、身体を屈《かが》めた。その胸が、ティファニーの顔の真ん前にきた。

「ミスター・ウッダール」ミス・ドッドリッジはまさに猫なで声で言った。「わたしのこと、悪く思っているんじゃないかと心配なんです」

ティファニーは両手を突き出し、自分となまめかしいレディーズ・メイドとの間にいくらかの距離を保った。ところがミス・ドッドリッジのほうは、その両手に腹部を押しつけてくる。気を抜いたら、この若い娘はティファニーの膝にちょこんと座ってしまうだろう。そんなこと、まっぴらだ。ティファニーはすばやく椅子をうしろに引いて立ちあがった。そうするあいだも両手は突き出したままにして、ミス・ドッドリッジが近づかないようにしていた。

「あなたの行ないを非難しないし、だれかに話したりもしない」ティファニーはささやくように言った。

ミス・ドッドリッジが歩みよる。「あなたも、このお屋敷のほかのひとたちも、みんな大嫌い。ミセス・ホイートリーが叔母だから、わたしはえこひいきされていると決めてかかっているんですもの」

ここにきてようやくティファニーは気づいた。ミス・ドッドリッジの目は家政婦長とおなじ緑色だ。

「彼女があなたの叔母上だとは知りませんでした」ティファニーはさらにうしろに逃れた。

「わたしがどうこうするなど、なにも心配することはありませんよ」

ミス・ドッドリッジはくっくっと笑った。世慣れた感じの笑い方だった。「ミスター・ウッダール、あなたのことは恐いと思っていました。でも、いまはやさしくて思いやりのある男性みたいだわ」

やさしかったし思いやりのある態度を取ったかもしれないけれど、ティファニーは男性ではない。それに、ミス・ドッドリッジに言い寄られても、まったく興味がない。ユライアはこの若い娘をその気にさせたのだろうかと、ティファニーは考えずにいられなかった。ミス・ドッドリッジはとんでもなくかわいらしい。だからユライアは、彼女の魅力から逃れられなかったかもしれない。

ミス・ドッドリッジが口唇をなめた。ティファニーは顔を引きつらせながら息をのんだ。この娘がユライアのピンを取りあげた？　いまや彼女は、ティファニーのコートのラペルに触れそうなほど近くに立っている。以前にもこれほどまで兄に近づいたことがあるなら、ピンを盗むこともたいした手間ではなかっただろう。家政婦長が警告だと言っていたことが、いまになって完全に腑に落ちた。ミセス・ホイートリーは盗みについて知っているけれど、そのことをだれにも報告していないのだ。ミス・ドッドリッジが、なにかしら彼女に対して優位に立っているから。でも、それはなに？

「そのように言ってもらうのはありがたいことですが、わたしは仕事にもどらないと」

スナッフボックスの蓋を弾くように開け、ミス・ドッドリッジはスナッフをひとつまみ取りだして手首に置いた。彼女はティファニーの鼻の下にその手を差しだした。「これ、ちょっとやらない？」

ティファニーはふたたび後退《あとずさ》り、背後の書棚にぶつかった。「わたしはスナッフはやりません」

「そんなの嘘だって、わたしたちふたりとも知っているじゃない」ミス・ドッドリッジはウインクをしながらそう言い、手首を鼻のところまで持ちあげると、両方の鼻の穴からスナッフを吸いこんだ。すると、彼女は咳きこみはじめた。

どうして咳きこんでいるのかはわからないものの、これをきっかけにしてティファニーはミス・ドッドリッジから離れ、部屋の反対側に逃れた。この娘とユライアがどう関係していたのであれ、いま終わらせないといけない。そのときまたドアがひらき、これでレディーズ・メイドとふたりきりの密会が終わると思ってティファニーは安堵した。ボーフォート公爵がいつもの愛嬌のある笑みを浮かべながら、どすどすと部屋にはいってきた。ミス・ドッドリッジはスナッフボックスをポケットに押しこみ、ティファニーの机に置いてあった『ふたりのメンター：新しい物語』を取りあげた。

『クラリッサ』でないのが、せめてもの救いだ。

「この本です、ありがとうございます」ミス・ドッドリッジはそう言ってお辞儀をした。「公爵夫人は、これを読むのを楽しみにしていらっしゃいます」

レディーズ・メイドは作り笑いを浮かべ、公爵のそばを通りしな、深くお辞儀をしてから部屋を出ていった。

「あの娘は根っからの浮気者だ、だろう？」公爵は言った。「断られているのに、それをどう受けとればいいのか、わからないようだ」

ティファニーは公爵のそばまで行ったけれど、うなずくことしかできなかった。彼にお辞儀をしながら、ミス・ドッドリッジは根っからの盗人よ、と思った。

「いや、それはいいんだ、ミスター・ウッダール」公爵はまた魅力的な笑みを浮かべて言った。おかげでティファニーの神経もすっかりおちついた。「直接、礼を言おうと思って来た」

「なにたいしてのお礼でしょう？」

「サリー公爵夫人は、やはりわがアストウェル・パレスでのパーティに参加することになった。それもこれも、おまえの妹君のおかげだ」公爵は言い、笑顔がさらに大きくなった。「彼女はとりわけ、ミス・ウッダールとの旧交を温めることに興味がおありだ」

ティファニーの心臓が早鐘を打つ。できるだけ平静な表情を保とうとした。ユライアになりすましていることを見破れる人物がいるとしたら、それはテスだろう。というか、いまはサリー公爵夫人だ。何年もまえ、兄の服を着て両親をからかうことにしたのは、テスの思いつきだった。テスはそれがとびきり楽しいいたずらだと考え、ティファニーの顔に白粉を塗りたくってほくろをつけた。ふたりは笑いころげて、とうとう脇腹が痛くなったのだった。

「妹は公爵夫人にお目にかかれるのを光栄に思うでしょう」ティファニーは堅苦しく言った。

公爵が片手を差しだした。「妹君によろしく」

ティファニーがその手を取ろうと、公爵に一歩近づいたものの、口をあんぐりと開けることになった。掌に六ギニー硬貨を握らされたのだ。こんな大金を手にしたのは、人生ではじめてだった。目をぱちくりさせ、どういうことかと問うように公爵を見た。

「妹君には新しいドレスが一着か二着、必要になるのではと思ってな」公爵は言った。「公爵夫人とおしゃべりすることなど、毎日あるわけではないだろう」

「これは――ありがとうございます、わたしは――妹は新しいドレスを手にできることを、たいへんに歓びますでしょう」ティファニーはもごもごと言った。「お心遣いに感謝します」

「夫君を亡くされたうえ、ご子息が厳格なメソジストに宗旨替えをされたことで、公爵夫人はたいそう、おつらい日々を過ごしてこられた」公爵は話をつづけた。「どんな些細なことでも、それが彼女の心の安らぎになるなら、わたしの力でできることは何でもしてさしあげるつもりだ」

ティファニーはもういちど、お辞儀をした。「公爵は真のご友人でいらっしゃるのですね」

「きょうの午後は休みを取りなさい」公爵は言った。「サリー公爵夫人は、ほかのみなさんより先に到着する予定だと手紙で知らせてきた。ほんの四日後だ。妹君が新しいドレスを準備するなら、まちがいなく、それだけの期間は必要だろう」

公爵の言うことはもっともだった。

今週ずっと新しいドレスを縫い、おまけに図書係の仕事もするには、どうしたらいい？　夜遅くまで縫いものをすることになりそうだけれど、それなら新しい生地も必要だ。

「ただちにそうさせていただきます、公爵」

「よろしい」公爵はまたもや笑みを見せた。熱のこもった笑顔だった。「妹君に、ぜひともよろしくと伝えてくれ、ミスター・ウッダール」

「かならず伝えます」

ティファニーは公爵に揺るぎない敬意を払った。またテスに会うのに、少なくとも着ているもので恥ずかしい思いをすることはなさそうだ。

9

　店員はクリーム色のシルクの生地といっしょに、生地によく合う糸をひと巻と七色の刺繍糸を包んだ。このドレスは、これまで着た中でいちばんすばらしいものになるわ。これまでわたしが手にしたものの中で。ティファニーはそんなことを考えながら、三ギニーを渡した。店員は探るような目つきで彼女を見た。

「お兄さんはあなたがここにきたことを知っているのかな？」

「ボーフォート公爵が、わたしに新しいドレスをつくるようにとおっしゃったんです」ティファニーは言い、質素なウールのドレスにちらりと目をやった。シルクとウール、ふたつの素材の間には、ひと目でわかるほどのちがいがある。「公爵のお客さまのサリー公爵夫人とは、ずっとむかしに学友だったのよ」

　店員はティファニーが渡した硬貨の一枚を口に持っていって噛んだ。本物かどうか確かめているのだろう。その硬貨もあとの二枚も抽斗《ひきだし》に入れたところを見ると、問題ないと判断したにちがいない。ティファニーは残りのギニー硬貨をレティキュールにもどしてから包みを手に取り、さまざまな品であふれた店をあとにした。

となりはラスロップの書店だ。ティファニーが窓越しに中を覗くと、彼は棚に本を並べているところだった。鼓動が跳ねあがる。また彼と話したい。彼の笑った顔が見たい。

ラスロップがふり向き、窓越しに自分のことを見つめるティファニーに気づいた。彼はティファニーに手を振った。ティファニーは気恥ずかしさを覚えながら手を振り返した。ドアを開けて書店にはいっていくしかない。

ラスロップはティファニーに会釈した。「ミス・ウッダール」

「ミスター・ラスロップ」ティファニーは軽く膝を曲げながら返した。「わたしのはじめての小説を、ぜひ買いたいと思って。いいえ、はじめての本でさえあるわ。これまで一冊も、買ったことはないの」

「きみのはじめての本、ね」ラスロップは言った。「それを選ばせてもらえるなんて、じつに名誉なことだ。とくに探しているものはある？」

ティファニーの頭に『クラリッサ』が浮かんだ。その小説を楽しんで読んでいるものの、主人公の女性は、志が高潔なわりにはかなり愚かだ。「賢い女性の小説がいいかしら。そういうのはある？」

ラスロップがにっこりと笑い、ティファニーの内側でなにかがとろけた。「この三冊はどう？」

ラスロップは反対側の棚に歩いていくと、本の背表紙にざっと視線を走らせ、茶色の革装丁の本が三冊並んでいるところで足を止めた。その三冊を引きだして手に持つと、いちばん上の表紙をぱっとひらいた。「これなんか、どうかな。『エヴェリーナ：あるいは、若い女性の新世界への旅立ち』（一七七八年刊。若い女性が新しい世界に踏みだすようすを描く。ウィットに富んだ会話はジェイン・オースティンに影響を与えたと言われている）、三巻で出版された」

ティファニーは本の中を見ようと、手に持った包みを置いてラスロップのほうに近寄った。彼は革と本とカルダモンのにおいがした。そのどれもが心地いいにおいだった。「著者の名前は？」

「ミス・ファニー・バーニーだ」

「独身なの？」自分の声が高揚するのを抑えられなかった。そんなことができるなんて、夢にも思ったことはなかった。夫のいないひとりの女性が、本を出版する作家になって名声を得るなんて。

「そう、独身だ」ラスロップは言い、にっこりと笑った。「老嬢なんて呼ばれることもある。三十歳は超えているんじゃないかな、きみみたいに」

ティファニーは三十歳をとっくに超えているけれど、正確な年齢を彼に打ち明けるつもりはなかった。「彼女はほかにもなにか書いてる？」

「戯曲をいくつかと、去年、新しい小説を出したばかりだ。『セシリア：あるいは、女相続人の回想録』（一七八二年刊。遺産を相続した上流階級のセシリアが、ロンドンの社交界でさまざまな試練を乗り越えると同時に、おなじ階級の男性と恋に落ちるようすを描く）という題名の」

「それも、ここに置いてる？」

「五巻ぜんぶ、そろってるよ」

「五巻もあるの?」ティファニーは言って、ラスロップの腕に触れた。ラスロップが頭を傾けた。彼の顔が、口唇もふくめてティファニーの顔のすぐそばにあった。最後にキスをしてから、ずいぶんと長い時間がたっていた。どうはじめるのだったか、ティファニーにはわからなくなっている。彼にぴたりとくっつくように立っているので、ほとんど息ができない。でも、身体の筋の一本さえ動かさず、彼が先に決断するのを待った(レディというものは、そうするように訓練されている)。どんぐりの茶色のラスロップの目が、ティファニーの口唇を見下ろしている。

ベルが鳴り、ドアがひらいた。ラスロップにぎゅっと抱きしめられていたティファニーは身体を離すと、彼から二、三歩うしろにさがり、適切な距離を保った。ドアを開けたのはシャーリー牧師だった。ティファニーは、自分の顔が熱くなるのがわかった。いま鼓動が激しくなっているのは、歓びとは何の関係もない。

「ミス・ウッダール」牧師は低い声で言った。「この近くで、ちらりと見かけたと思いましてね」

「そうですか」彼女は答え、むりやり笑顔をつくろうとした。「生まれてはじめて、本を買うところです」

「本というものは、未来の世代に伝えることのできる知識の宝庫です」シャーリー牧師は言った。「どんなものを選びましたか?」

買った本を牧師もおもしろがってくれると期待して、ティファニーは答えた。「『エヴェリ

「はい」ティファニーは言い、かすかに顎をあげた。「わたしは――」

「兄上はご存じなのかな?」そう質問して牧師は話を遮った。「あなたがこんなふうに、取るに足らない、不道徳な目的にお金を使うことを、兄上は認めているのですか?」

「これは兄のお金ではありません」ティファニーは言った。苛立っていた。一日のうちに二度も、兄の許可なしにはなにもできない子どものように扱われたのだから。「どうしても知りたいというなら、お教えしますわ。これは、ボーフォート公爵のお金です」

ラスロップの眉がかすかにあがった。シャーリー牧師は顔をしかめた。そうしたところで、尖った顔立ちが丸くなるわけでもなかった。

「では、なぜそんなお金をあなたが持っているのです?」牧師はさらに訊いた。

あなたの知ったことではないわよ。ティファニーはそう言ってやりたかった。でも彼女が住む世界では、年齢や立場が上の男性にたいして、女性は遠慮なく意見を言うものではない。

「公爵がわたしにくださったんです――いえ、兄に――ユライアに。サリー公爵夫人がボーフォート公爵家にいらっしゃる予定があるんですけど、彼女はわたしの学生時代の友人です。わたしに会いたいとおっしゃっています。ボーフォート公爵はご親切にも、サリー公爵夫人にお会いするのにふさわしいドレスをつくれるよう、生地を買うためのお金を、いくらかくださったんです」

ラスロップが低く口笛を吹いた。

「あなたとサリー公爵夫人は、それほど親しいのですか？」シャーリー牧師が訊いた。いまやラスロップを押しのけるようにして彼の前に立っている。

ティファニーは頭を左右に振った。「いえ、まさか。テスとは――公爵夫人とは二十年以上、話してもいないし手紙のやりとりもありません。彼女のことを親しいひとと呼ぶなんて、けっしてしません」

「ミス・ウッダール」シャーリー牧師は言った。ティファニーがいま言ったことは、なにも聞いていなかったとでもいうようだ。「あなたがそのような上流社会に属していたことなど、知りませんでしたよ。公爵家の方に会う？　あなたはわたしにとって、将来的にどれほどの利点になることでしょう。それにあなたの慎ましさは、聖職者の妻とはこうあれという振舞いの、見本そのものです」

「シャーリー牧師」ティファニーは言った。「たいへんな針仕事が待っていますので、よろしければ、わたしは本を買って家にもどりますね」

「もちろんですとも」牧師は気味悪く笑いながら言った。「すばらしい機会にふさわしいドレスを準備する必要があるのですからね、すべての時間を費やさないといけません。それで、そのドレスですが、べつの特別な日にもういちど着てみるのもいいんじゃないですか？」

シャーリー牧師は〝結婚式〟とは言わなかったけれど、なにをほのめかしているのか、ティファニーにははっきりとわかっていた。彼の申し出をきっぱりとは断れないし、かといってその気にもさせたくない。彼女は弱々しくほほえみ、どう答えようかと頭の中であれこれ考えた。するとシャーリー牧師はティファニーとラスロップにさよならのあいさつをし、店を出て行った。ドアのベルがまた鳴った。店内でその音だけが聞こえた。

ラスロップはまだ三冊の本を手にしていたけれど、目はティファニーの顔をじっと見つめていた。彼女の感情を読み取ろうとしているかのように。牧師から言い寄られても関心がないし褒められたくもないと、わたしがそう思っていることが伝わりますように、とティファニーは願った。ラスロップの美しい茶色の目を見つめかえすと、牧師に見せた弱々しい笑みは難なく本物の笑顔に変わった。このひとは、わたしのお金でわたしのしたいことをするのに、兄の許しを得たのか知りたいとは言わなかった。

「三冊でおいくら？」

「一ギニーだ」

ティファニーはレティキュールに手を入れて硬貨を取りだし、ラスロップが差しだした掌に置いた。彼の肌に触れるとゾクゾクする。ほんの一瞬でも。

「ありがとう、ミス・ウッダール」彼は言った。「包んであげよう」

「よろしく。あと、『セシリア』はおいくら？」

ラスロップは『エヴェリーナ』三冊をカウンターに置き、茶色い紙で包むと紐で括った。それから答えた。「『セシリア』は二ギニーだ」

それも買えるだけのお金は持っている。でも、とティファニーは考えた。現実的になって、食料を買うために節約する必要はある。もっとも、食事はお屋敷で食べているし兄も死んでしまったので、いまや市場で大金を使うことはないのだけれど。とはいえ、もう、その日暮らしをしたくはなかった。将来のためにお金を貯めたいし、ユライアになりすましているときになにかあっても、心強くいたかった。

「アストウェル・パレス用に買うよう、ユライアを説得しないと」

「いい思いつきだ」ラスロップは言って、本の包みをティファニーに渡した。ふたりの手と手が、また軽く触れる。

ろうそくの炎に触れたようなものだった。痛みを伴った、あふれる歓び。シャーリー牧師の望みはティファニーの望みではないと、ラスロップに知ってもらわないといけない。

「ミス・バーニーみたいな老嬢でいられて、わたしはとてもうれしいわ」ティファニーは言った。「公爵夫人にお会いするとき以外に、どんな場面でも新しいドレスを着る予定なんてないの」

シャーリー牧師が店内にはいってきてからはじめて、ラスロップは笑顔を見せた。「そう聞いてうれしいよ、ミス・ウッダール」

彼の笑顔で、ティファニーのなかの理性はきれいにどこかに行ってしまった。もうひとつの包みも器用に手に持ってドアに向かう。ラスロップのほうが先を行き、彼女のためにドアを開けた。

「ありがとう、ミスター・ラスロップ」

「どういたしまして、ミス・ウッダール」

ブリストル・コテッジまでの道のりは、これまでになく短かった。

10

ティファニーは三晩つづけて縫いものをした。ろうそくはソケットの中ですっかり溶け、指先から血が流れはじめた。ドレスは真夜中もだいぶ過ぎたころに完成したけれど、つぎは刺繍をしなくてはならない。なによりも時間がかかる作業だ。それでも、自分の手仕事には満足だった。

翌朝、断固とした雄鶏の鳴き声に起こされ、ティファニーはしぶしぶベッドから出た。雌鶏たちから卵を集めて朝食を食べ、お屋敷に向かう。兄のためにどれだけ尽くしてきたか、自分と兄、ふたり分の仕事をしなくてはならなくなるまで、彼女はまったくわかっていなかった。パーラーの家具(母親が自慢にしていた品々だ)は何層ものほこりで覆われ、台所にはクモが巣を張っている。通いの娘を雇って、代わりに掃除をしてもらえたらいいのに。でもそんなことをしたら、ティファニーには掃除をする時間の余裕がないと噂されることになるだけだろう。

ティファニーは苦労しながら、ゆっくりと泥道を歩いた。雨が降っていた。履いているブーツは自分のものだし、あぶみはつけていたものの、数センチの深さの泥の中から足先を持ちあげなければならなかった。アストウェル・パレスの使用人用玄関にたどり着いたとき、マントはびしょ濡れで、顔の白粉のほとんどは雨に流されてしまっていた。

ユライアだとわかってもらえるかしら？

家政婦長にうまく言いつくろってコテッジにもどろうという考えに、ティファニーはなかば誘惑された。でも、かわいそうなクラリッサが卑劣なラヴレイスに連れ去られたばかりで、つぎになにが起こるのかを知らなくてはならない。

自分の身体から流れおちてできた泥の水たまりの中に立ち、ティファニーは兄のマントと、泥にまみれた自分のブーツを脱いだ。さいわいなことに、その中古のブーツはまったく女性らしくない。屋敷の中にはいると、若いメイドが近づいてきた。顔つきははつらつとして、かわいらしい。十九歳か二十歳にもなっていないだろう。茶色の巻き毛にツンと上向いた鼻、明るく青い目の下にはそばかすが散っている。

「わたしがきれいにしておきますね、ミスター・ウッダール」

「それはなんとも——たいへんありがたいが」ティファニーは言った。「仕事を増やしてしまうのは申し訳ない、ミス・……？」

「ただのエミリーです」彼女は答えた。「わたしは雑役メイドなので、気にしないでください。それに、まだ姓で呼んでいただける資格を得ていません」

「すぐに姓で呼んでもらえるだろう、エミリー」ティファニーはそう言い、刺繍が施された、かかとの低い兄の靴に履きかえた。雨でだめにならないよう、その靴はマントの下に抱えていた。「もういちど礼を言うよ、ありがとう」

　エミリーは膝を曲げてお辞儀をしたけれど、その目は部屋の中のべつの人物に向けられていた。トーマスだ。銀器を磨いていて、今朝はいつにも増してハンサムだった。でもファースト・フットマンである彼は、雑役メイドが向けてくる視線、というか彼女の賞賛のまなざしには気づいていないようだ。彼の注意と興味はミス・ドッドリッジに向けられていた。その彼女はハンカチーフの中で咳きこんでいる。金色に輝く美しい髪はもつれて脂じみ、きちんと洗髪する必要がありそうだ。以前は完璧なクリームのようだった肌は、ほとんど灰色がかった色合いになっている。「ベッドにもどったほうがいいんじゃないか、セアラ」トーマスは彼女に言った。「ひと晩中、眠れなかったみたいに見える」

　彼女の代わりにティファニーが頰を赤らめた。暗闇の中で、なにかべつの活動に従事していた可能性もじゅうぶんにあり得る、と思えたから。

　ミス・ドッドリッジはスナッフボックスの蓋を開けて、何回かスナッフを吸いこんだ。

「そんなことできないわ、トーマス。公爵夫人が手紙を受けとったんだけれど、サリー公爵夫人はほかのみなさんより先に到着されるんですって。古いご友人に会われるとかで。少なくとも、そういうことみたい」そこでことばを切って、彼女は咳きこんだ。「サリー公爵夫人はあした到着されるの。だから、その準備のお手伝いをしないといけなくて」

　トーマスは彼女に小瓶を渡した。「アヘンチンキだ。よく眠れるようになるよ。ほかにもなにか、ぼくにできそうなことはある？」

ティファニーにはミス・ドッドリッジがなんと答えたのかは聞きとれなかった。でも彼女が部屋を出ていくときに、咳をしていることはわかった。ふたりの会話に耳を傾けるあまり、ティファニーはその場にぐずぐず留まりすぎてしまった。図書室に向かって歩きながら、彼女の放埒さや盗みを働いていることにトーマスは気づいていないのかしら、と考えずにはいられない。愛で周りが見えなくなることはあまりにも多いけれど、彼の目がようやくひらかれたとき、これ以上ない苦い思いに打ちのめされることだろう。

そのあとは難なく図書室までやってきた。着ているものがまだ少し湿っぽかったので、暖炉のそばの椅子に腰をおろした。そして『クラリッサ』をひらき、極悪なラヴレイスと対峙する心の準備を整えた。ページをどんどん繰りながら、このヒロインの美徳はもう少しだけ欠けていてもいいし、抜け目のなさはもう少しだけ備わっていてもいいのに、と思った。

服がほとんど乾いたころ、トーマスが図書室のドアを開け、ボーフォート公爵夫人がはいってきた。体調が万全でないわりには、ミス・ドッドリッジは女主人を美しく着飾ることができたようだ。公爵夫人は新しい鬘を着けていた。とても大きくて手が込んでいる。ティファニーは鬘から目が離せずにいた。三つ編みに巻き毛、縒《よ》りあわせられ渦に巻かれ、いくつかの鳥のぬいぐるみまでついている。デイ・ドレスはピンク色のベンガル産のモスリンでつくられた、縦織りのストライプ柄だ。鬘がドレスを引き立て、バラよりもいっそうバラらしく輝いていた。

ティファニーは読んでいた本を閉じてお辞儀をした。

「なにかご入り用でしょうか、奥さま?」

公爵夫人は本を一冊、手にしていた。「けっして多くの本を読んできたわけではないけれど、これはたいへん気に入りました」

ティファニーは公爵夫人のほうに歩みでて、彼女の手からその本を受けとった。『ふたりのメンター:新しい物語』だった。ティファニーに言い寄るところを公爵に見つかったあとで、ミス・ドッドリッジが図書室から持っていった本だ。レディーズ・メイドは、それを公爵夫人のために持っていくと言っていた。でもティファニーは、図書室にいることや、そこから立ち去ることをもっともらしく見せるためにミス・ドッドリッジが口にした、うまい言い訳だと思っていた。ミス・ドッドリッジはたしかに公爵夫人に本を渡し、そして夫人もそれを読んだのだ。

「そううかがって、たいへん光栄です」ティファニーはうれしさを込めて笑った。

「似たような本を、また読みたいわ」

「はい、かしこまりました」ティファニーはそう言ってからつけ加えた。「奥さま、『オトラントの城』はいかがでしょう?　夜遅くまで読まずにはいられないゴシック小説です」

公爵夫人は頭をほんの少しだけ傾けた。おそらくうなずいているつもりなのだろう。でなければ、頭を大きく動かすと、そこに載せた巨大な鬘がどこかに飛んでいってしまうからかもしれない。それから上品な公爵夫人はひと言もことばを発しないで、ティファニーをまじまじと見た。このときもティファニーは、雨で顔が濡れないよう、兄の帽子がもっときちんないと思った。顔とそこにあるしみを隠す白粉がなかったのに、と思った。顔とそこにあるしみを隠す白粉がないので、まさに裸でいるような気持ちだった。

しばらくして、公爵夫人は小さく喉を鳴らした。なにかを待っているとでもいうように。

「あー——わたくしになにかご所望でしょうか、奥さま？」

夫人は目をぐるりとまわしてみせた。「あなたが勧めた本を渡しなさい」

「ああ！」ティファニーは声をあげた。「ハウス・パーティにいらっしゃるお客さまたちのためにすでにお部屋に置いてありますが、すぐにべつのものと差し替えましょう」

「そうしてちょうだい」公爵夫人はそう言い残して図書室を出ていった。

夫人が出ていくとトーマスはドアを閉めた。ティファニーはそこでようやく、また息ができるようになった気がした。書棚のところまでぶらぶらと向かい、『ハンフリー・クリンカーの探検』（一七七一年刊。トビアス・ジョージ・スモレット著。書簡体で書かれた紀行小説）を選んで手に取る。鉱物や無機物質が焼き固まったものを意味する〝クリンカー〟という名字が、とてもおもしろそうに思えたという単純な理由からだ。

図書室まで来た順路を逆にたどって階段をのぼり、ティファニーは大きな客室が並ぶ一角に向かった。靴が脱げないよう、用心しながら歩いた。まちがったドアを三つ開けてから、『オトラントの城』を置いた部屋を見つけ、それをクリンカー氏の探検本と差し替えた。部屋から出ようとしたところで、その内装の豪華さに圧倒されるあまり、動きを止めずにはいられなくなった。天井は二階分の高さで、ベッドの天蓋はその高さすれすれにまでそびえている。部屋のサイズは、彼女のコテッジの一階部分よりも広かった。どの壁も、壁紙と手の込んだ木工品、それにさまざまな絵画で飾られている（当時、税金がかけられるほど、壁紙は贅沢品だった）。大理石でできたふたつの巨大な暖炉が鎮座している。天井にまでも金の装飾が施されていた。王族にこそふさわしい部屋だ。

テスのような貴族のための部屋だ。

人生において自分とテスの身分がちがうことは、ティファニーはずっとわかっていた。テスのドレスは繊細で豪華、一方で自分のドレスは実用的だということもわかっていた。テスのお屋敷はティファニーの父親の牧師館より、少なくとも二十倍の大きさだということもわかっていた。でも、ふたりでいっしょにいると、そんなちがいは消えてしまうように思えた。おなじ冗談を聞いて笑い、村のおなじ男の子に夢中になった。いっしょに歌を歌ったことも数え切れない。ティファニーのアルトは、テスの軽やかなソプラノを完璧に引き立てた。おなじ学校に通い、おなじ寝室で眠った。友人同士だった。

ティファニーは愚かにも信じていたのだ。テスとはずっと友だちでいられる、ふたりの間のちがいなど関係ない、と——でも、ティファニーはまちがっていた。テスはロンドンの社交界にデビューしてもどってくると、その数カ月後に公爵と婚約した。ティファニーは彼女のお相手に会えることを、とても楽しみにしていた。ところがテスの住まいであるトプハム城を訪れると、テスはティファニーのことを恥ずかしがるような素振りを見せた。「テス」と呼びかけると、訂正された。「わたしの名前はレディ・テレサです。わたしのことはそのように呼んでちょうだい」

傷つきはしたけれど、それでもなお世間知らずだったティファニーは、婚約者やロンドンのことを尋ねた。ロンドンはティファニーにとってもテスにとっても、神秘的でふしぎな魅力のある市《まち》だった。レディ・テレサはそっけない答えを返し、それからティファニーに向かって、家に帰るようにと命じたも同然のことを言った。彼女の別れのことばは、ティファニーの心にひどいやけどを負わせた。「わたしたちはもう子どもではありませんし、もう友人でもありません。お仲間を探すなら、あなたの階級の中で探してちょうだい」

それなのにいまになってテスはどうして、わたしに会いたがるの？　もう、二十三年も経つのに。ティファニーには理解できなかった。それだけではない。テスは家族のだれよりも先にやってくるのだ。どうして？

ただ、テスはひとつの点では正しかった。ティファニーとテスが、おなじ階級に属していないという点では。ティファニーがこのような部屋に滞在することはけっしてないだろう。でも、そうする必要はないのだ。というか、滞在したいと思うこともない。自分だけのコテッジがあるから、それで満足だった。

部屋を出てドアを閉めたところで、もはや見慣れた仕草で、公爵の従者の腕にしなだれかかるミス・ドッドリッジの姿が目にはいった。あいかわらず具合が悪そうに見えるものの、表情は熱に浮かされたようにぎらぎらしていた。従者の顔もやはり上気している。その従者の名前はヒッケンルーパーだと、ティファニーは記憶していた。

今回はティファニーのほうが咳きこんだ。従者はミス・ドッドリッジから身体を引き離そうとしたものの、ミス・ドッドリッジは彼の腕をしっかり摑んでいた。彼の支えなしでは倒れてしまうとでもいいたげだった。

「ミス・ドッドリッジ」ティファニーは言った。「ちょうど会いたいと思っていましたよ。公爵夫人が新しい本も読みたいとおっしゃっています。こちらをあなたに預けるので、公爵夫人に渡してもらえたらありがたいのですが」

レディーズ・メイドは腕を伸ばして本を受けとった。その手の甲に、スナッフの痕があるのにティファニーは気づいた。

「もちろんですわ、ミスター・ウッダール」ミス・ドッドリッジは誘いかけるような笑みを浮かべて言った。

じっと見つめられることにも負けず、ティファニーはミス・ドッドリッジに目を据えた。「ちょっとお訊きしますが、あなた方ふたりとも、わたしのダイアモンドのクラスターピンを見かけませんでしたか？　二、三週間まえに紛失しましてね。どこを捜しても、見つけられそうにないんですよ」

ミスター・ヒッケンルーパーは頭を左右に振った。「見てないですね、ウッダール」

レディーズ・メイドは答えなかったけれど、ばつの悪さからか、頰が赤くなっていた。彼女はティファニーから視線をそらしてうつむいた。でもティファニーは、そんなにもかんたんに家宝をあきらめるつもりはなかった。

「ミス・ドッドリッジ、あなたはどうです？」ティファニーは訊いた。「たまたま、見かけたりしませんでした？」

ミス・ドッドリッジはゆっくりと、ほとんど誘惑するように、ふたたび顔をあげてティファニーの目をじっと見た。「わたしも見ていませんわ、ミスター・ウッダール」

ティファニーは咳払いをした。「盗まれたのではないかと思いましてね。それで、あすまでに見つからなければ、公爵にだけでなく治安官にも窃盗だとして報告するつもりです」

「それがいい」ミスター・ヒッケンルーパーはそう言い、どうにかしてミス・ドッドリッジから腕を剝がした。

レディーズ・メイドは足をもぞもぞ動かしていたけれど、それからすぐに顔をそむけた。手に持った本が落ち、彼女は大理石の床に嘔吐した。そのようすを聞きつけて雑役メイドのエミリーが現れた。ティファニーは自然とふたりのメイドに手を貸そうとした。でも、ユライアならそうはしなかっただろう。紳士というものは汚物をかたづけたりしない。彼女は図書室にもどるよりほかはなかった。自分だけのサンクチュアリへ。

11

ありがたいことに、つぎの日の朝に雨は降っていなかった。それでもまだ、よけなければならない水たまりはたくさんある。とはいえティファニーの中古のブーツは、これ以上ないくらいにピカピカだ。エミリーはすばらしい仕事をして、泥を落とすだけでなく、新品さながらになるまで磨いてくれていた。ティファニーは毎朝、自分のブーツでお屋敷まで行き、それからユライアの大きすぎる靴に履きかえることにした。そうすれば彼の靴は新品同様のままだし、足に水ぶくれができることもかなり減るだろう。

図書室の机にユライアのダイアモンドのピンが置かれているのでは、とティファニーはぼんやり期待していたけれど、ピンはなかった。ミス・ドッドリッジには疑念を公爵に知らせると迫ったけれど、そうするまでにきょう一日の猶予を与えよう。

『クラリッサ』を読み、その展開におどろいているうちに午前中が過ぎていった。この愚かな娘が悪党の手を逃れられたらいいのに！

まえの晩、ティファニーは何時間もかけて、ドレスのボディスに花を刺繍した。おかげで夕食の準備をするひまはなかった。朝はぎりぎりの時間に起きたので、朝食も抜いた。だから午後二時になると、だれよりも先に食事の席についた。ほかの使用人たちが列をなしてはいってきて、それぞれの席に腰をおろす。エミリーは女性用のテーブルの末席に座った。使用人の中でも、いちばん下位にいるにちがいない。彼女の青い目がトーマスに釘づけになっていることに、ティファニーはまたもや気づいた。

ファースト・フットマンは、平行に置かれたテーブルのほうからミス・ドッドリッジを見つめていた。彼女を心配するようすを顔中にあふれさせ、食事にはほとんど手をつけていない。ミス・ドッドリッジの顔色は前日よりもいっそう灰色がかり、やつれてもいた。気の毒に、とティファニーは思いそうになった。バーナードとヒッケンルーパーは、すべて順調といったようすで料理を口に運んでいる。ティファニーもそうした。言うまでもなく空腹だったから。

みんなが半分ほど食べたところで、ミス・ドッドリッジが咳きこみはじめた。彼女は口許をハンカチーフで覆った。咳がひどくなると、席を立ってダイニング・ルームを出ていった。

「ミスター・フォード、医者を呼んでください」トーマスが言った。

執事はテーブルの上座から、尊大な視線をトーマスに送った。「いまのところ、そんな時間はありません。お昼過ぎにサリー公爵夫人が到着されたばかりなので」

おなじ建物の中にテスがいる。ティファニーの心臓が早鐘を打った。懐かしい友人はいつ、会ってくれるかしら。ひょっとしたら、テスはとっくにわたしのことなんて忘れているかも。

「では、わたしが行って医者を呼んできます」トーマスが言った。

「それは、なりません」フォード執事は言った。「仕事がありますよ」

「ミス・ドッドリッジの体調が、あすの朝もまだよくなければ」ミセス・ホイートリーが女性用テーブルの上座で立ちあがった。「お医者さまを呼ぶよう、取り計らいます。ただ、公爵夫人のお客さまがいらしているのですから、夫人のレディーズ・メイドが不在になる状況は、まず許されないでしょうね」

トーマスはそれ以上、口をひらかず、食事にもまったく口をつけなかった。彼がミス・ドッドリッジに抱く愛情は理解できなかったけれど、ティファニーも彼女のことは心配だった。体調不良の原因がなんであれ、あっという間に具合が悪化している。ミス・ドッドリッジがダイアモンドのクラスターピンや、ほかにも盗んだものを返してくれることを願った。曇りのない良心だけが、回復への助けになるだろうから。

サセックス・オブ・ポンド（ポンドは〝池〟の意。生地にバターと砂糖とレモンをまるごと入れてつくるデザート。食べるときに、溶けたバターとレモン果汁が流れでて池のようになる）、茹で鶏、牛タン、仔牛の頭の煮込み、フルーツのどの皿も、ティファニーはたやすく隅々まできれいにした。ナプキンを皿やカトラリーの横に置く。立ちあがり、ダイニング・ルームを出ようと身体の向きを変えた。

「あー、ミスター・ウッダール」執事に声をかけられた。

「はい、ミスター・フォード？」ティファニーはふり返りながら答えた。

「きょうこれから妹君に来てもらうように、とのことです」

「きょうですか？」ティファニーはおどろいた。テスは晩餐の時間まで部屋で休んで過ごすだろうと思っていた。

「サリー公爵夫人ははっきりと、あなたの妹君にすぐ来てほしい旨、ご所望されました」

「ああ。はい、かしこまりました」ティファニーは言った。「では、妹を連れてきますので、これで失礼します」

ティファニーは半地下のダイニング・ルームを通りぬけ、使用人用玄関につづく四段の階段をのぼった。靴を脱ぎ、自分のブーツに履きかえて紐を締めた。マントを羽織ったところで、ミセス・ホイートリーが現れて言った。「妹さんにはたいへんな名誉ですね、ミスター・ウッダール」

ティファニーはうなずいた。「ほんとうに、名誉なことです」

そんな名誉、なくてもじゅうぶん間に合っていたはずなのに。

ブリストル・コテッジまでの道のりは長いと感じなかった。ティファニーの頭には、ボーフォート公爵夫人の鬘のことしか浮かばなかった。フランス風の手の込んだ鬘。テスもおなじように、宝石や鳥のぬいぐるみをちりばめた、品のある鬘をつけていることだろう。ティファニーはといえば、質素なものでも鬘は持っていない（持っているのは、結った髪を大きく見せるために、自分でこしらえたへアクッションだけ）。ユライアは添え髪を買うお金をけっして渡してくれなかったし、いま自分で鬘をひとつ買うにしても、できあがるまでには何カ月もかかる。

ティファニーはため息をつき、コテッジの扉を開けた。懐かしい友人の前に、鬘もつけず、歳を取ったどこまでもあか抜けない姿で現れるのだ。ドレスがとてもすばらしいことが、せめてもの救いだ。ボディスには凝ったステッチを施し、完璧ではないにしても、人前に出てもじゅうぶん見栄えがする。テスに会ったあとで、袖やスカートに刺繍を加える時間はいくらでもある。

白髪《はくはつ》の鬘があればいいのに！

鬘は持っていないけれど、ティファニーには白い髪粉がある。髪を巻いてコワフュール・フリズアに整えてから、兄の髪粉を使って白くすればいい。テスの粋や優雅さにはほど遠いけれど、ドレス同様、見た目も恥ずかしく思う必要はないのだ。

ユライアの部屋は暑くて空気がこもっていたので窓を開けた。外気もまだ熱があって蒸すけれど、九月のそよ風がかすかに感じられる。朝、ティファニーは慎重にユライアの鬘をはずして服を脱ぎ、簞笥にしまった。仕事に遅れないよう大慌てだったせいで、肌着《シフト》は床に脱ぎ散らかされたままだ。それをさっと着て兄の鏡の前に腰をおろし、濃い金色の髪を梳《と》かしてから、型がくずれないよううしろのほうにポマードをつけた。それからできるだけ手早く、前髪をひと束ずつひねっていった。その束を巻いた紙の中に収め、まずアイロンで圧してから冷ました。いったん冷めたら、櫛で梳いてほぐした。ティファニーの顔を巻き髪の房が囲み、それは厳粛な後光さながらだった。つぎに、後頭部に添え髪を当てて自前の髪を少し持ちあげた。その髪を大きめにうねらせ、シニヨンもひとつつくり、細い三つ編みを一本編んで背中に垂らした。

できるかぎりの手を尽くして縮れさせたり巻いたりした髪の出来映えに満足すると、ティファニーは兄の質素な部屋着を羽織り、シフトを覆った。一方の手に円錐形のマスクを持ち、もう一方で髪粉を持つ。マスクは粉が目にはいったり顔にかかったりするのを防ぐものだけれど、ふつうならマスクを持った本人とはべつの人物が粉を振りかける。ふたり分の役割をこなそうと、ティファニーは自ら片手に持ったマスクで顔を覆い、もう片方の手で髪粉の容器を頭の上で振った。顔からマスクをはずしたものの、なにも見えない。そこらじゅうが真っ白だ。咳きこんだ拍子に、空中に漂う粉を吸いこんでしまった。その風味はおいしいものではなかった。片手で口許を覆い、もう片方の手で部屋着を脱ぐ。肩にかけていたケープで扇《あお》いで、立ちこめた白い粉を窓から外に追いやった。

ティファニーは数分の間、扇いだり咳をしたりした。白い粉はまだ空中を漂っていたけれど、だいぶ薄まってきた。そのときなにかがきしむ音が聞こえ、彼女は飛びあがった。

だれかがいる！

ミス・ドッドリッジが直接、ダイアモンドのクラスターピンを返しにきたの？

なにも反応できないうちに、ユライアの部屋のドアがぱっとひらき、ラスロップがバケツの水をぶちまけた。きれいに縮れさせ、巻き、白い髪粉を振りかけたティファニーの髪はその水をもろにかぶり、シフトはすっかり水浸しになった。

「いったい、なにごと？」ティファニーはラスロップに向かって金切り声をあげた。

ラスロップは目をぱちぱちさせたものの、その目はティファニーから離れなかった。「火事だと思ったんだ。白い煙が見えたし、きみが咳きこむ声が聞こえた」

ティファニーは濡れたシフトを見下ろした。身体の線がわかるほどに薄っぺらい。またもやこの書店主の前に、裸同然の姿をさらしてしまった。ケープでやみくもに身体の前部を覆い隠す。怒りが恥ずかしさに取って代わっていた。いまや髪からは水滴がしたたり落ちている。テスに会うまでに乾かしている時間はない。

「見ておわかりでしょうけど、わたしは完全にだいじょうぶです」ティファニーはとげとげしく言った。「わたしを助けようとするのはやめて！」

「わかった」ラスロップはあさっての方向を見ながら答えた。「こんどきみが湖で溺れていたり、このコテッジが煙に包まれたりしていても、ぼくはただ通り過ぎて、きみのことは運命に任せるとしよう」

「ぜひ、そうしてちょうだい！」

ラスロップは空《から》になったバケツを床に置いた。ティファニーが井戸で使うバケツだ。それからトライコーンハットに軽く触れた。「ごきげんよう、ミス・ウッダール」

ラスロップは部屋から出てドアを閉めた。ティファニーがおなじようなあいさつを返す間もなく。彼にごきげんよくいてもらいたくないわけではない。でもいちどでいいから、あのハンサムな書店主が、自分とおなじようにひどい一日を過ごしますように、とティファニーは願った。

コテッジの玄関が閉まる音が聞こえ、背すじを伸ばして道を行くラスロップの姿をじっと見つめた。それから自分の部屋に駆けこみ、ぐっしょりしたシフトを脱いだ。濡れてべとべとした髪をタオルで拭く。箪笥から乾いたシフトを取りだして着替え、コルセットとパニエも着けた。兄のものよりずっと小さい鏡の前に腰をおろし、さっきまではさらさらしていたのに、いまはべとべとして大きな塊になった白い粉を落とそうと、髪を櫛で梳いた。それが終わると、髪をうしろに流してひとつにまとめた。その髪型は、ティファニーの顔をまったく引き立てていなかった。

じゃまにはいったラスロップに呪いのことばをもういちどつぶやき、ティファニーはドレスに身体を滑りこませるとボタンを留めた。とても美しく、とても軽やかだ。これを着て外を歩かなければならないのは残念だった。馬車に乗るのにふさわしいドレスなのに。リボン付きのベルジェール帽をかぶり(ありがたいことに、ティファニーの髪の大部分を隠してくれた)、顎の下でリボンを結んだ。

コテッジの扉に鍵をかけるころには、腹立たしさはすっかり消えてなくなっていた。忘れられた友情の痛みだけが残された。

12

サリー公爵夫人に会うために呼ばれたからとはいえ、お屋敷の正面玄関からはいろうとするほど、ティファニーは愚かではない。自分の立場は身をもって学んでいたし、二度と忘れることはない。使用人用の一角にはいると、エミリーがいた。ティファニーはあいさつしようと口をひらきかけ、彼女は自分のことを知らないのだと思いだした。エミリーが知っているのは、兄のユライアだ。

「あの、すみません」ティファニーは声をかけた。「サリー公爵夫人に会うよう言われて参りました。ミス・ウッダールです」

ティファニーの姿を見て、エミリーの輝く青い目が大きくひらかれた。ティファニーは心の中でテスに文句を言った。あなたの気まぐれのせいで、わたしは人生と生活のための手段を危険にさらすことになったのよ。エミリーに見破られたら？　使用人のだれかがわたしだと気づいたら？　できるだけ速やかに、この場から離れないと。

「こちらです、ミス・ウッダール」片手で示しながら、エミリーは言った。彼女はダイニング・ルームを通って、フォード執事の執務室までティファニーを案内した。「ありがとう、エミリー。退《さ》がっていいですよ」と執事が言い、彼女は廊下に出た。執事はくちばしのような鼻を横柄にティファニーに向け、ひくひくさせた。自分は溺れた魚さながらだと、ティファニーは自覚していた。

「どうぞ、こちらにいらしてください」執事は言ったけれど、ティファニーがなにも言わないうちからさっさと歩きはじめた。

足に馴染む自分のブーツを履いていたので、ティファニーは彼の早い歩調にも難なくついていけた。うまい具合に、新しいドレスは裾をおろすと、ブーツが隠れるくらいに長い。アストウェル・パレスに来るまでは、汚れないように裾を持ちあげていた。

フォード執事は、ティファニーがこれまでに立ち入ったことのない部屋のドアを開けた。暖炉を四つも備えた、広々とした深紅色の大広間だった。全身を黒いドレスに包んだ小柄な女性が、長椅子に腰をおろしている。

「ミス・ウッダールがいらっしゃいました、奥さま」執事は低い声で言った。

心臓に喉のあたりを激しく打ちつけられながら、ティファニーは部屋にはいって懐かしい友人と対面した。二十年以上たってもなお、テスは美しい。青い目の周りにほとんど皺はなく、顔は二十代の娘のそれのように見える。以前は黒かった髪は、節度を保ちながら趣のある蔓で覆われている。体形はあいかわらずすっきりとして、豊かな胸元とほっそりした腰回りに密着する黒いドレスの中に完璧に収まっている。

この小さな女性の横では、自分は成長しすぎた豆の木のようだとティファニーは感じた。

お辞儀をすると、テスはそれに応えて小さくうなずいた。公爵夫人は平民にはお辞儀をしないのだ。

「退がってけっこうですよ、ミスター・フォード」テスが言った。胸がうずくほど懐かしい声だった。

「紅茶をお持ちしましょうか、奥さま？」

テスがじっとティファニーの目を見た。ティファニーはかすかに首を横に振った。

「ありがとう、でもいらないわ」

執事が部屋を出るまで、テスは立ったままでいた。「ティファニー、あなた、湖にでも落ちたみたいじゃない」

若いころなら、ティファニーは髪粉が引き起こした騒動をおもしろおかしく、詳しく語っていただろう。そしてふたりで、お腹が痛くなるまで笑いころげただろう。でもティファニーはいま、サリー公爵夫人に笑われるのはいやだった。

「少なくとも清潔です」ティファニーは言い、それからつけ加えた。「奥さま」

テスは大きくため息をついた。「どうして立ったままでいるの？」

「座るようにと勧めていただくまでは座ってはいけないからです、奥さま」

テスは手をひらひらと振った。「わたしたちのような古くからの友人同士の間で、そんなに堅苦しくする必要はないわ」

ティファニーはかしこまって腰をおろした。「以前は親しくさせていただいたかもしれませんが、奥さま。また、おなじようにはできません」

「ティファニー」テスは言い、にっこりと笑った。「あなた、きっとあのとんでもない日を憶えていないでしょうね。ひどい態度を取ってしまったことは、自分でもよくわかっているわ。でも、当時のあなたは幸せだったから。ナサニエルと婚約して」

懐かしい友人に短刀で突き刺されたとしても、これほど徹底的に傷つけられはしなかっただろう。ナサニエルはけっして癒えることのない傷だ。けっして塞がらない。

「はい、あのころわたしは幸せでした。奥さまも公爵と婚約しておいででした。公爵が亡くなられたこと、心からお悔やみ申しあげます、奥さま」

「そうやって〝奥さま〟と言いつづけるなら、わたしは叫びますよ」テスはそう言い、小さく笑い声をあげた。「以前のわたしたちみたいにできない？　そんなにかしこまって冷ややかでいないといけないの？」

「以前のわたしとはちがいます」

「ナサニエルのことは、彼が亡くなって何年もたってから聞いたの」テスのことばは、ひらいたティファニーの傷口をさらに広げた。「彼が海で命を落としたと知って、あなたたちふたりのことを思って心がとても痛んだわ」

「わたしのことを思ってですか？」ティファニーは嘲《あざけ》るように言った。「かわいそうで無用な、牧師の娘のことを？」

「そう、あなたたちのことよ」テスは言った。その表情は厳しかった。「愛する男性と婚約した娘と、その娘を愛する男性のこと……サリー公爵に求婚されたとき、彼がわたしの父より歳上だというだけでなく、長年の恋人がいるということも、わたしはわかっていた。そして、彼がわたしをあきらめるつもりがないことも」

「お気の毒に」

「わたしのいる階級ではふつうのことなの」テスはおもしろくもなさそうに声を出して笑い、話をつづけた。「殿方たちが結婚前や結婚してからも恋人を持つということは。わたしたちだって恋人を見つけてもいいのよ。ただし、だれにも文句を言わせない跡取りと、念のための予備を産んでからの話。そして適度に慎ましく、表向きは夫に貞節を守るふりをしているかぎりは、ということ」

ティファニーははじめて、自分をテスの立場に置いてみた。テスは恵まれているし甘やかされているけれど、彼女だって出自に囚われているだけだ。ティファニーがそうであるように。テスは自分の航路を決める舵を与えられなかった。つまり、結婚相手を選べなかったのだ。

「話してくださったらよかったのに」ようやく聞き取れるほどの小さな声でティファニーは言った。「何でも話してくださったではないですか」

「あなたもね」テスは言った。「でも、わたしたちの関係はすでに変わりつつあったわ。あなたはナサニエルしか目にはいっていなかったし、わたしはあなたとのおつきあいをやめるよう、母から迫られていた。きっぱりと終わらせるのが、いちばん思いやりのある方法だと思ったのよ」

ティファニーは頭をふるふると振った。「奥さまがわたしたちの友情を終わらせたやり方には、思いやりなどどこにもありませんでした」

テスがなにも答えられないうちにドアがひらいて、ボーフォート公爵がどすどすと部屋にはいってきた。満面の笑みを浮かべている。彼はテスに両腕を伸ばした。

「ようこそ、公爵夫人」公爵はテスの両手を握り、それぞれにキスをした。「こんなに早くいらっしゃるとは思っていませんでしたよ。でなければ、玄関でずっと待っていたことでしょうな」

「フットマンのようにですか？」テスはくすくす笑いながら言った。かつてティファニーのたいせつな友人だった若い娘にもどっていた。

公爵も声をあげて笑った。深く、耳に心地よい声音だ。彼はテスの手を放し、ティファニーに向かってお辞儀をした。思いがけず礼を尽くされ、ティファニーは度肝を抜かれた。公爵はまごうかたなき紳士だ。

「ミス・ウッダール」公爵は言い、ティファニーの片手を取って頭をさげた。キスはされなかったけれど、そうされずにすんでありがたかった。「なんとすばらしいドレスだ。きょう、こうしていらしてくれて、たいへんうれしく思いますよ」

ドレスのための費用を出してくれた公爵にお礼を言うべきだとは承知していたけれど、困窮した暮らし向きをテスの前で認めることは、ティファニーには耐えられなかった。これまでの人生でずっと、うんざりするほどに質素だったのだから。

「ありがとうございます、公爵さま」ティファニーは高く甘い声で言った。ユライアとして話しているときとは、ちがって聞こえるようにしたかった。

公爵はまた、耳まで届きそうなほどの満面の笑みをふたりに向けた。「さて、わたしは失礼しますよ。美しいご婦人ふたりきりでおしゃべりしてください。わが家にあなたをお迎えできてうれしいとお伝えしたかっただけなのでね、公爵夫人」

公爵は部屋を出ていった。テスの顔が赤くなっている。彼女は扇を取りあげ、ぱたぱたと扇いだ。そのようすを見てティファニーは、髪粉を払い落とそうとやみくもに扇いだことを思いだした。彼女は笑いはじめた。

「どうしたの?」テスが訊いた。

「わたしがびしょ濡れなのは、髪粉を使いすぎてしまって、それを扇いで窓の外に出そうとしていたからです。それを見て、わたしのコテッジが火事だと思った地元の書店主が、わたしにバケツの水を浴びせかけたんです」

テスはまたくすくす笑った。

ティファニーは両手で口許を覆ったけれど、がまんできずに陽気な笑い声をあげた。笑うのをやめようとすればするほど、笑い声は大きくなった。テスも声をあげて笑った。ふたりのあいだで変わったことなど、なにもないみたいに。

「ということは、あなたが自分で言ったとおり、少なくとも清潔なのね」テスはそう言って、また笑った。「ティファニー、わたし忘れていたわ。子どものころ、あなたったら数え切れないほど何回も、自分から困った状況に飛びこんでいたわよね」

今回、困った状況に陥ったのは自分の落ち度ではない、とティファニーは異議を唱えたかった。とはいえ、鬘一ダース分にも間に合うほどの粉を使ったのは、たしかに自分だった。

「半分だけ血のつながったお兄さまはどうしていらっしゃるの？」テスが訊いた。ユライアとは母親がちがうと、ティファニーが断固として言い募っていたことをテスは憶えていた。「あなたは彼のために家事を切り盛りしていると、公爵からうかがったわ」

「そのとおりです」ティファニーは言った。落ち着きを取りもどしていた。「ナサニエルが亡くなって、そのあと父も亡くなりました。わたしは、ほんとうにどこにも行くところがありませんでした。そうしたらユライアが、しぶしぶいっしょに住もうと言ってくれました」

「手紙を書いてくれたらよかったのに」

当時、ティファニーはそうすることを考えた。住むところを世話してほしいと、むかしの友人に切に訴えようとした。使用人としてでもいいので置いてほしい、と。でもそれを止めたのも、ティファニーが頼ろうとしたのとおなじ友情だったのだろう。ふたりの間の変化は、あまりにも痛ましかった。

「お子さんは何人いらっしゃいますか？」話題を変えようとティファニーは訊いた。

「息子がふたり」テスは答えた。「ふたりとも成人して、いまはロンドンに住んでいるのよ。信じてちょうだいね。長男のオズモンドは亡くなったあの子の父親によく似て、立派な公爵になると思うわ。二男のテオフィロスは教会に天職を見いだしたの」

二番目の息子というものは娘とおなじだ。多くを相続できない。とはいえ、そういった貴族階級の人々にはなにかしらのコネがあり、ふつうは身分の低い聖職者で終わらず、最高位の主教になる。「叙任を考えていらっしゃるのですか?」

「あの子はイングランド国教会の信徒ではなくて」テスは言った。「メソジストなの。伝道者になるつもりよ」

ユライアでいるときに公爵から聞かされてすでに知っていたことだけれど、ティファニーはおどろいてみせた。ちょうどいい、彼女はいつも、感情を隠すのがおおいに苦手なのだから。この資質についてもまた、兄から文句を言われていたのだけれど。

「おどろいたみたいね」テスが笑みを浮かべながら言った。「テオフィロスから転向したと聞かされたとき、わたしもおなじようにおどろいたわ。それは認める。でも、あの子の天職だけでなく信仰についても、わたしは自分の中で折り合いをつけたの。夫が亡くなったあと、わたしはひどく沈んでいた。そんなときに愛するテオフィロスが力を貸してくれて、わたしはあの子の宗教に希望を見いだしたの。そして、わたしは変わったわ。それまでの人生ではずっと罪深くて自分勝手で、婚姻の結びつきの外に歓びを見つけていた。でも、もうそんな人間ではなくなったのよ。悔い改め、それまでのどんな悪行も埋め合わせたいと願っているわ。あなたに冷淡に振る舞ってしまったこともよ、ティファニー。わたしがここまでやってきたのは、なにをおいてもあなたとの、はじめての友人との仲を修復するためなの。どうか、わたしの心からの謝罪を受け入れて」

ティファニーの一部では、すべて許すと、この懐かしい友人に請けあいたがっている。でも、心の奥底では許していない。だから、なにも言わなかった。

部屋の外から大きな叫び声が聞こえ、ふたりの気まずい沈黙が破られた。

13

ティファニーは立ちあがってドアを開けた。廊下にはだれもいなかったけれど、それでもおいおいと泣く大きな声は聞こえる。ティファニーはその声を追って使用人用の棟に向かった。ちらりとふり返ると、反対のほうに歩いていくテスが見えた。これまでも、厄介な状況に対処するのがテスだったことはなかった。わずらわしいことは、使用人と未婚女性のためにあるのだ。

ミセス・ホイートリーが、執務室のすぐ前の使用人用のせまい廊下の真ん中で、声をかぎりに泣いていた。ティファニーはなにか考えるより先に駆けより、彼女の腕にそっと触れた。

「ミセス・ホイートリー、どうされました？」

「死んでいるの！」家政婦長は泣きながら言った。

「だれが死んでいるんです？」

「ミス・ドッドリッジが死んでいるの」

ティファニーの心臓が痛いほどに胸の中を打ちつける。彼女自身もショックを受け、その衝撃の大きさにほとんど押しつぶされそうだった。まえの日に、ダイアモンドのクラスターピンを返すよう、ミス・ドッドリッジに迫ったことに気がとがめた。それでも、ミセス・ホイートリーを慰めようと、どうにか身体に腕をまわした。彼女はずっと泣きつづけている。ミス・ドッドリッジに脅されたところを耳にしたあとでは、ミセス・ホイートリーがこれほど取り乱すなんて、ティファニーには思いもよらなかった。

「わたしが止めていればよかった。もっと近くで見守っていればよかった。もっといろんなことをしてあげていれば」ミセス・ホイートリーは激しく泣きじゃくる合間に、そんなことを言った。「かわいそうに、愛しいセアラ」

「彼女はどこにいます？」ティファニーは訊いた。

家政婦長は鼻をクスンクスンとさせた。「自分の部屋です、ミス・ウッダール」

「それは、どこですか？」

「屋根裏です。ほかのメイドといっしょの部屋です」

ティファニーはミセス・ホイートリーの背中をぽんぽんと叩いた。「さあ、気をしっかり持ってください。あなたにはどうしようもなかったんですよ。彼女のところに案内してください。いっしょにお世話をしましょう」

父親の信徒の妻たちが遺体の埋葬をする準備を何度も手伝ってきた。ティファニーにとって死は恐れるものではない。彼女はミセス・ホイートリーの腕を取ると、使用人用宿舎のさらに奥へと連れていった。

「トーマスはいるかね？」フォード執事がバーナードに叫んだ。「ダイニング・ルームのテーブルに燭台がまだ置かれていませんよ。それとバーナード、おまえが並べた銀器の間隔を確認しましたが、出来は平均点以下ですね」

「トーマスは医者を呼びに行きました」バーナードが答えた。このときだけは、ハンサムなこの若者もにやりとはしなかった。

すでに赤かったフォードの顔色が暗い色に変わった。「いったい――いったいどうして、わたしの許可なくここを離れるというのかね？」

執事が感情を爆発させ、そのせいで家政婦長はまた涙を流すことになった。ダイニング・ルームや調理場にいるほかの使用人たちは、ぎょっとしたり不安げな表情を浮かべたりしながら、ふたりのようすを見つめていた。

「ミセス・ホイートトリー、これはどういうことです？」フォードが問いただす。

彼女は答えなかったけれど、泣き声は大きくなった。エミリーが、アイロンをあてたばかりのハンカチーフを持ってきた。ミセス・ホイートトリーはそれを使って目元と鼻を拭った。

手に持ったボウルの中身をかき混ぜながら、シェフのムッシュー・ボンが調理場から姿を見せた。「おやおや《モン・デュー》！　なにがありました？」

バーナードは頭を振った。「セアラのことみたいですよ、でしょう？」

「ミス・ドッドリッジになにかあったんですか？」ヒッケンルーパーが訊いた。

彼の声色には、なにかあったことを期待しているようすが滲んでいるとも言えたけれど、おそらく取り乱していただけだろう。

何と答えるかと、ティファニーはミセス・ホイートリーに目をやったものの、彼女は話せる状態ではなかった。

「残念ですが、お医者さまがいらしても、彼女を助けることはできないと思います」ティファニーは言った。「ミス・ドッドリッジはすでに亡くなっています」

ムッシュー・ボンの手から、抱えていたボウルとスプーンが落ちた。ボウルの中身が床に広がる。ふたりのキッチン・メイドがわっと泣きだした。哀しいからかショックを受けたからか、ティファニーには何とも言えない。バーナードが椅子に腰をおろした。その知らせの衝撃が大きすぎて、立っていられなくなったかのようだった。ヒッケンルーパーは制服の真鍮《しんちゅう》のボタンをじっと見つめていた。それが汚れているとでもいうように指でいじり、だれとも目を合わせようとしない。

ムッシュー・ボンが両腕を差しだしてミセス・ホイートリーをぎゅっと抱きしめ、フランス語でなにやら早口でまくし立てた。慰めのことばをかけているのだろう。

「エミリーといったわよね、いっしょに来てもらえるかしら」ティファニーはあえて名前を確認するように言った。「ミス・ドッドリッジの身体をきれいにして、埋葬に備えないといけないわ。バーナード、お医者さまが到着したら、わたしたちのところに来るように伝えてください。死因を知るのに、遺体を確認したいと思われるはずだから」

ティファニーはミセス・ホイートリーをシェフからそっと引き離し、休憩室の後方にある使用人用の階段へと連れていった。屋根裏のメイドの部屋に行くまでに、階段を三階分のぼった。階段の最上段に来ると、ユライアが死んだときにコテッジに充満したのとおなじ不快なにおいに気づいた。ミセス・ホイートリーが三番目のドアを開けた。不快なにおいは強烈で、ティファニーはハンカチーフを顔まで持っていって鼻を覆った。ユライアとちがい、ミス・ドッドリッジは汚物にまみれてはいなかった。きれいに整えられたベッド脇の床で、自分の吐いたものの中に横たわっていた。サイドテーブルの上の、水が半分だけ残ったグラスの横に、蓋が開いたアヘンチンキの小さな瓶があった。

ミス・ドッドリッジは死の間際、両手足を床についていたようだ。寝室用便器《チェインバー・ポット》が顔の近くにあり、中は嘔吐物でいっぱいだった。吐いたものを受けとめるのに、便器のボウルを使ったにちがいない。なにもかもユライアが死んだときとそっくりで、ティファニーの胃がよじれた。

「着替えたいのですが、予備のメイド服はありますか？」ティファニーは訊いた。彼女の仕事は、シルクのドレスを着てするものではない。ミセス・ホイートリーは微動だにしないで立ち尽くしていたけれど、エミリーはうなずき、ティファニーをせまい廊下の先にある部屋に連れていった。ティファニーはエミリーの手を借り、たいせつなドレスを脱いで簡素なコットンのメイド服に着替えた。それからショールを胸のところで交差させ、おそろいのコットン帽もかぶった。

ふたりはにおいをたどるようにして、ひらいたドアのところまでもどった。ティファニーは横たわるミス・ドッドリッジに近寄り、やさしくその身体を仰向けた。彼女の緑色の目はひらいたままで、肌はひきつって灰色に見えた。二十年も歳を取ってしまったようだった。彼女の容貌が、このお屋敷にいるひとりの人物とそっくりなのは否定しようがなかった。ミス・ドッドリッジが家政婦長を脅すのに利用していた秘密がなんだったのか、いまティファニーは正しく理解した。

「エミリー、もう何枚か使い古しの布を持ってきてくれる?」ティファニーは言った。「ミセス・ホイートリー、屋根裏にも水のはいった洗面器はありますか? お医者さまやほかの方たちがようすを見に来るまえに、ミス・ドッドリッジの身体を、ぜひともきれいにしてあげたくて」

エミリーとミセス・ホイートリーは部屋を出ていった。ティファニーは窓際に行き、外に向かって窓を開けた。暑く狭苦しい空間に、新鮮な空気が少しでもはいってくるのはありがたかった。部屋の中にはベッドと箪笥のほかには、ほとんどなにもない。ティファニーはレディーズ・メイドのために清潔な衣類を探そうと、箪笥に向かった。洗濯されたシフトが一枚あったけれど、コルセットはなかった。でも、それが必要だとは思えなかった。ミス・ドッドリッジは短期間でずいぶんと痩せ細っていたから。ティファニーはスカート部分にキジが刺繍された、立派な青いドレスを選んだ。あとひとつ、脚に穿かせるきれいなストッキングを見つけないといけない。

ティファニーはいちばん下の抽斗を開けた。そこにストッキングは一足もなく、細々とした装飾品が詰まっていた。バラが描かれ、金で縁取りされたスナッフボックス。リボンで縛られた、フレンチ・レースでいっぱいの包み。銀の指輪。それが従者の右手にはめられているのを、ティファニーは見たことがあった。そして、なにかがきらりと光った。兄のダイアモンドのクラスターピンだった。

やっぱり、ミス・ドッドリッジが盗んでいたんだわ。

ティファニーはピンを手に取り、どこにしまうのが安全かと考えた。スカートをたくしあげ、シュミーズの横に留めた。その上に借りもののメイド服のスカートをおろして隠してから、抽斗をさらに引いた。トーマスの懐中時計があった。銀のスプーンが何本かとフォークが一本。図書室から消えたものと、まったくおなじに見える燭台。

抽斗のいちばん奥にあったのは、硬貨が詰まった袋だ。ティファニーはそれを取りあげ、袋の口を開けた。いまにも破れそうなほど、あらゆる種類の硬貨がみっしり詰まっている。三十ポンドはあるはず。一介のメイドにはひと財産だ。このお金を、彼女はどうやって手に入れたの？　それに、このお金をなにに使おうと考えていたの？　ティファニーは袋の口の紐をぎゅっと縛り、元あったところにもどしてから抽斗を閉めた。

簞笥の奥のほうでシルクのストッキングを見つけた。つま先に穴が開いていた。簞笥の扉を閉めたところで、エミリーが何枚かの布とバケツを手にもどってきた。

「ここに置いてちょうだい」ティファニーは言った。「チェインバー・ポットを持っていって、中身を捨ててもらえないかしら。わたしは床を拭いてから、ミス・ドッドリッジの身体をきれいにするわ」

エミリーはうなずき、言われたとおりに中身が詰まったチェインバー・ポットを手に取ったものの、屋根裏部屋を出ないうちから何回も空えずきした。そんな気の毒な彼女を、ティファニーは見守った。ティファニーはティファニーで、慎重に汚物をよけてひざまずくと、使い古しの布で嘔吐物を拭き取ってはバケツの中に放っていった。嘔吐物は全体的には鮮やかな緑色だったけれど、早めの夕食で出されたものの塊もいくつかあった。血だとか、なにか怪しげなものは混じっていない。それでもやはり、サイドテーブルの上にあったグラスの中に、嘔吐物を少しだけ入れておいた。医師に調べてもらうために。

水を張った洗面器を持ってミセス・ホイートリーがもどったときには、ティファニーは床の拭き掃除をほとんど終えていた。つぎに彼女は床に膝をついたまま、ボタンをはずしてミス・ドッドリッジのドレスを脱がせた。コルセットをほどいてシフトも取った。脱がせたものはひとつにまとめて部屋の隅に置いた。あとで燃やしてしまうつもりだった。ミス・ドッドリッジは自分の魅力を利用して、アストウェル・パレスの男性たちから盗みを働いていたのかしら、とティファニーは考えずにはいられなかった。そうだとしたら、じつに効果的な戦略だったようだ。

「身体をきれいに拭いてあげてください」ティファニーは家政婦長に言った。「それからドレスを着せましょう」

ミセス・ホイートリーがミス・ドッドリッジの身体を拭き終わると、ティファニーは彼女が使ったのとおなじ水で手を洗った。ふたりでミス・ドッドリッジをベッドに乗せ、ドレスを着せた。エミリーがもどった。息を切らせている。彼女はミス・ドッドリッジの汚れたドレスと、汚物を拭き取った布のはいったバケツを片づけた。あいかわらず悪臭が漂う部屋に、ハドソン医師がやってきた。医師があまりにも若いので、ティファニーはおどろいた。二十五歳にもなっていないだろう。ひょっとしたら、もっと若いかもしれない。茶色い目は斜視気味で、鼻は長く尖り、顔じゅうに赤い斑点があった。

「あなたが見つけたときのままですか？」

ティファニーはミセス・ホイートリーが答えるのを待ったけれど、哀れな彼女はまた泣きだしていた。

「いいえ」ティファニーが答えた。「彼女は床にうつぶせになっていました。自分の吐いたものの中に。ですから、彼女の身体をきれいにしてから着替えさせました。嘔吐物は捨てましたが、少しだけそのグラスの中に取ってあります。血は混じっていませんが、医師《せんせい》はご覧になりたいだろうと思いまして。エミリーがお見せします」

ハドソン医師は頭をぶんぶんと横に振り、顔を青くした。「その必要はありません、ミセス・……？」

「ミス・ウッダールです」ティファニーは言った。「わたしはこちらを訪問している者で、亡くなっているのを見つけたのはミセス・ホイートリーです」

「ご協力に感謝します」医師はそう言い、黒い鞄を開けた。円錐形の小さな器具を取りだし、もう動かないミス・ドッドリッジの胸に当てた。しばらくその器具越しに耳をすまし、それからべつの器具を取りだして頬のそばに置いた。「この女性はどうしてアヘンチンキを服用していたんでしょう？」

医師は手にした器具で、サイドテーブルの上の栓の開いた瓶を示した。

「わかりません」

ミセス・ホイートリーが鼻を鳴らして答えた。「よく眠れるようにです。先週、体調が優れないようでしたから」

ハドソン医師は瓶を持ちあげて鼻のところに持っていき、思い切りにおいをかいだ。それから中身を小さな容器にあけ、スプーンのようなもので掻き回した。「見た目もにおいも、ごくふつうのアヘンチンキのようですが、毒がはいっていた可能性が高いですね」

ティファニーは片手で胸のあたりをぎゅっと摑んだ。「どく、ど——ど——毒ですって？」

ミセス・ホイートリーの顔が真っ青になった。いまにも気を失いそうだ。「まさか！　まさか、そんなことあり得ません」

医師はガラスの棒を手に取った。「残念ながら、あり得ます。嘔吐物の色は鮮やかで、全体的に悪臭がします。そのため、この若い女性は毒を盛られて亡くなったと思われます。顎の位置もずれていますが、何度も激しく吐いた結果でしょう。これもまた、犯罪があったことを示しています」

ミセス・ホイートリーはベッドの端にへたりこんだ。顔中から血の気が失せていた。「だれがセアラに毒を盛るというんです？」

ティファニーもほてった頬にさっと両手を当てた。「それはたしかなんですか、医師《せんせい》、ミス・ドッドリッジが毒を盛られたというのは？　ふつうの疾患かなにかではないというのは？」

ハドソン医師は取りだした器具を黒い鞄にもどした。「あいにくですが、彼女が自然死したと思わせるものはないんですよ」

ティファニーは、自らの嘔吐物の中にまみれていたユライアのことを考えた。「でも、胃腸が弱いひとはしょっちゅう嘔吐しますよね。いくらか吐くのはごくふつうのことで、身体にもいいのではないですか？」

医師は嘔吐物のはいったグラスをティファニーに渡した。「ふつうに吐いたものは、こんな色ではありません。こんなにおいでもない。毒のせいでこうなっているんです」

グラスの中の嘔吐物の鮮やかな緑色とにおいに、ティファニーの気分が悪くなった。ユライアが死んだ朝とそっくりだ。あの嘔吐物は、それまでティファニーが兄に代わって掃除してきたものとは、どこを取ってもちがっていた。それだっていいにおいではなかったけれど、最後の嘔吐物からはツンとした刺激を感じたし、胸が悪くなるほどの悪臭がした。

ティファニーはグラスをサイドテーブルの上に置いて、恐ろしさのあまり後退った。「ということは、彼女は殺されたんですか？」

「そうでしょうね」

ミセス・ホイートリーは顔を両手に埋め、ふたたびおいおいと泣きはじめた。

ティファニーの頭は、状況を理解して混乱していた。彼女もミセス・ホイートリーのように泣きたかった。でも、知らなければならないことはもっとある。「どんな毒でですか？」

「この植物の根だとか苗だとか、はっきりしたことは言えません。ナス科のなにかだとは思いますが」

ティファニーは若い医師の腕を摑んだ。「どうやって服《の》ませたんでしょう？」

ハドソン医師はティファニーの手を見下ろし、ティファニーは彼の腕から手を放した。彼は咳払いをした。「経口摂取です。たぶん、食べものか飲みものにはいっていたのでしょう。でなければ、このアヘンチンキに」

ティファニーの胃が、痛みを感じるまでによじれた。ユライアも毒を盛られたんだわ！でも、彼はアヘンチンキなど持っていなかった。それに、だれがどうして、ユライアを殺したいと思うの？　訳がわからない。彼がいなくなればいいのにと思っていたかもしれないのは、ミス・ドッドリッジだけだ。ユライアのピンを盗んだのだから。でも、その彼女も亡くなった。

「治安官を呼んではどうでしょう。わたしとしては、これ以上はなにもしてあげられませんから」そう言うと、ハドソン医師は帽子をかぶり手袋をはめた。「往診代についてはフォード執事と話します」

ティファニーは部屋を出ていく医師をじっと見つめた。毒殺された若い女性よりも、支払いのことを気にする彼に苛立った。ミセス・ホイートリーをふり返る。彼女は生気の抜けたミス・ドッドリッジの手を取り、やさしく握っていた。

「セアラにはもっとましな人生を生きてほしかった」ミセス・ホイートリーはささやくように言った。「いい子ではなかったし、思いやりのある子でもなかった。でも、毒殺される謂《いわ》れはないわ」

「もちろんですよ」ティファニーも同意した。ユライアだって、そうだ。横柄で気取り屋だということが、殺される理由にはならない。「フットマンに言って、治安官を呼びにやりましょうか？」

「そうですね」ミセス・ホイートリーは言った。「あと、これまでにわかったことをフォード執事に知らせてください。彼の口から公爵にお伝えすることになりますから。公爵夫人は、晩餐会のためのお召し替えをセアラが手伝うと思っていらっしゃるでしょうけれど、あの子はもういません。公爵夫人をより若くより美しく見せられる腕を持つのは、ミス・ドッドリッジ以外にだれもいないのに」

ティファニーはミセス・ホイートリーの肩にそっと触れた。「ミス・ドッドリッジといっしょにいてあげてください。頼まれたことはすべて、わたしがやっておきます」

屋根裏部屋を出て二歩も歩かないうちに、ティファニーはトーマスに出くわした。その顔は不安の見本のようだった。

「ミス・ドッドリッジのようすはどうですか？」彼は訊いた。「医師《せんせい》が帰るところを見ました。彼女、具合はよくなりましたか？」

ミス・ドッドリッジが亡くなったことを、だれからも聞かされていないのだ。このつらい役割は、いまティファニーに任されている。「申しあげにくいのですが、ミス・ドッドリッジはもう、わたしたちとはいっしょにいません」

長身の若者は膝から床にくずおれ、泣きだした。彼を思ってティファニーの心は痛んだ。彼女もまた、愛したひとを亡くしている。トーマスは両手に顔を埋めた。

「嘘だ。そんなはずない。嘘だ」

彼ともっと親しい仲だったら、ティファニーはその身体に腕を回して慰めようとしただろう。でも、トーマスはティファニーのことを知らない。ユライアになりすましているときのティファニーを、ほんの少し知っているにすぎない。それに、彼こそがミス・ドッドリッジにアヘンチンキを渡したのだ。トーマスはミス・ドッドリッジの不誠実さを知っていた? 彼女はトーマスから、恋心以上のものを盗んだ?

ため息をひとつついて、ティファニーはトーマスから離れた。三階分の階段をおりたところでようやく、執事と話せるほどには冷静になっていた。いつもは怒鳴り散らしているフォードも、いまだけは口がきけないでいたので、ティファニーがその任務を引き受けた。メイプルダウンに行って治安官を呼んでくるよう、バーナードに言いつける。けれど、フォード執事が承認の印にうなずくまで、彼は足を一歩も動かさなかった。男性が女ひとりに従うことなど、めったにないのだ。

ティファニーにできることは、身体を抱くようにして組んだ腕を掌でさすりながら、バーナードがもどるのをじりじりして待つことと、自分のドレスに着替えることだけだった。エミリーの手を借りて、シルクのドレスに着替えた。彼女は髪型も整えてくれた（髪はもう乾いていた）。なんでもこなすメイドとはいえ、エミリーが器用に巻き毛をつくることにティファニーはおどろかされた。それどころか、自分の髪がこれほど魅力的に見えたことなどいままでなかったとさえ思った。その手先の熟練ぶりに感じ入ったティファニーは、晩餐会用のドレスに着替える公爵夫人を手伝うようにと、エミリーを彼女のもとに送りだした。いまはだれかが公爵夫人に仕える必要がある。ミセス・ホイートトリーはだれのことも手伝える状態ではない。

気の毒なひと。

ティファニーが階段をのぼって屋根裏まで行くと、ミス・ドッドリッジの部屋にいるミセス・ホイートトリーが目に留まった。あいかわらず彼女のかたわらに座りこんで涙を流していた。

ティファニーに気づくと家政婦長は泣くのをやめ、泣きはらした赤い目で彼女を見あげた。

「お兄さまにも、なにがあったか知らせてください。ミスター・ウッダールのことをセアラはたいへん慕っていました。お兄さまもきっと、この子の葬儀に参列したいとお思いになります」

ユライア。

彼はひとり目の毒の被害者だ。

「わ——わかりました」ティファニーは口ごもりながら答えた。「ミス・ドッドリッジのことで兄はたいへんなショックを受け、彼女に心からのお悔やみを申しあげたいと願うはずです」

「つねに紳士ですものね」家政婦長はそう言うと、また泣きだした。

ティファニーは彼女にすばやくお辞儀をすると、ほとんど駆けるようにしてべつの部屋に向かった。ドアを閉め、ドレスのスカート部分の脇をつまみあげてシュミーズを確認した。ダイアモンドのクラスターピンはまだそこに留まっていた。スカートが元にもどるに任せながら、彼女は部屋を出て一段ずつゆっくりと階段をおりはじめた。なにかがわかってきたような気がしていた。

だれにしろユライアを殺した人物は、彼がまだ生きていると思っている。

毒を盛った人物は、ユライアに扮したティファニーをユライア本人だと思っている。

その人物は、またユライアを殺そうとする？

ティファニーは喉元に手を当てた。爆発しそうなほどに激しく脈打っている。だれが殺人者かを探りあて、その人物を止めないといけない。わたしがつぎの犠牲者になるまえに。

14

女性の装いで使用人用の休憩室にいるのは、なんだかふしぎな気分だった。ドレスを着ていることが気になるのではなく、ユライアとして振る舞うことに慣れていたから。ユライアは使用人の名前や役職を知っていたかもしれないけれど、ミス・ウッダールは知らない。そのことはつねに頭に入れておかなければならない。ユライアのことを考えて、あらたに深い哀しみが波のように押し寄せてきた。兄が死んだときにハドソン医師と治安官を呼んでいたら、ミス・ドッドリッジは殺されずにすんだかもしれないのに。罪悪感がマントのように、ティファニーの頭と肩をすっぽりと覆った。

こんなにも恐ろしいことをした人物を見つけないといけない、とティファニーは思った。自分自身を守るためだけでなく、ユライアのためにそうする義務がある。不愉快で、金銭面ではしみったれだったとはいえ、だれも頼るひとがいなかったティファニーをユライアは引き取り、住むところを与えた。親切でも愛想があるわけでも思いやり深くもなかったけれど、彼女が飢えることはなかった。それにユライアならぜったいに、ティファニーを裏庭のポッキリヤナギの下に埋めることはしなかっただろう。

ムッシュー・ボンが、砂糖を多めに入れた紅茶を持ってきてくれた。それを飲むと、少し気分がおちついた——毒がはいっているかもしれないと思いいたるまでは。紅茶のカップを置き、ティファニーは考えずにはいられなかった。ユライアと若いレディーズ・メイドのふたりに毒を盛ったのはだれだろう、と。そして、その理由も。

ミス・ドッドリッジの死で得られるものはなに？　この女性使用人用のテーブルについているほかのだれかが、新しいレディーズ・メイドになるのかしら、それとも公爵夫人は、しゃれたフランス人のメイドを雇うつもり？

自分の役職のためにひとを殺すというのは極端なことに思えるけれど、使用人のあいだで昇進するのは時間がかかるし、もらえるお給金も微々たるものだ。レディーズ・メイドは名ではなく姓で呼ばれる。使用人部屋の女性の中では、家政婦長に次ぐ重要な立場だ。レディーズ・メイドには、美しいドレスから古くなった手袋まで、公爵夫人が使わなくなったものをなんでも与えられるという特権もある。抜け目のない女性なら、そういった品をこっそり売って副収入を得ることだろう。硬貨の詰まった袋から判断して、ミス・ドッドリッジは盗んだものも売ってまわっていたとも考えられる。

バラが描かれた例の美しいスナッフボックスは盗んだものか、与えられたものか、どちらだろう。公爵夫人本人に尋ねないことには知りようがない。

ミス・ドッドリッジが叔母のミセス・ホイートリーを脅迫していたという事実もある。彼女は姪の死に心から動揺していたように見えたけれど、それがぜんぶ演技だったということもあり得る。ミス・ドッドリッジがその口に好きにしゃべらせていたら、失うものがいちばん多かったのはミセス・ホイートリーだ。彼女ほどの年齢でそれなりの立場にいる女性は、あらたに職を見つけるとなると、ずいぶん苦労するだろう。とりわけ、推薦状がない場合は。労働時間は長くお給金は安い、地位の低い使用人にもどることになるかもしれない。

そして、ミス・ドッドリッジに恋する三人がいる。バーナード、トーマス、ヒッケンルーパーだ。みんな、彼女に遊ばれているとわかっていた？　ミス・ドッドリッジには、ティファニーの知らない恋人がもっといたかもしれない――それがユライアだった可能性さえある。そう考えると肌が粟立った。

嫉妬は毒を盛る動機になり得る？

ミス・ドッドリッジはミスター・ヒッケンルーパーの指輪を持っていた。それが贈りものだったとしたら、ふたりのあいだでなにかしらの約束があった？　使用人同士の結婚を認める雇い主もいるけれど、ボーフォート公爵家ではそういった夫婦はいない。ということは、このお屋敷では使用人同士の結婚は認めていないと考えるほかない。ミセス・ホイートリーは結婚していない。〝ミセス〟の称号は、家政婦長という立場に与えられた肩書きに過ぎないのだ。

ミセス・ホイートリーは、ユライアに扮したティファニーに礼儀正しかった。でも彼女は、ミス・ドッドリッジが盗みを働いていることを知っていた。ユライアのクラスターピンを盗んだことも。ある日の昼食のとき、フォード執事がミス・ドッドリッジにずいぶんと甘く接していたことがあった。男性使用人たちへの態度とは大違いだった。でも、ティファニーも経験上よくわかっているけれど、笑顔でひとを欺くことはできる。フットマンふたりは食事のあいだ、若い娘たちに目をきょろきょろさせることに夢中で、ティファニー／ユライアにたいして注意を払いはしない。トーマスはティファニーがはじめてアストウェル・パレスにやってきた日に、彼女を図書室まで案内した。訝しそうにティファニーを見ていたけれど、彼女もおかしな振る舞いをしていたのだから、それもうなずける。なにしろティファニーは、はいるべきではない部屋のドアを開けたのだから。トーマスもまた、ものがなくなっていることに気づいていた？　ユライアがそのことに関わっていると考えていた？

図書係としてのユライアには、だれも仕えていない。彼が仕えるべき人物も、実質的にいない。雇い主の公爵を除いては。ユライアが死んだあと、彼の職に適任とされる人物はいなかっただろう。どの使用人たちも良家の生まれではないし、大学に通っていないからだ。そうなると、ユライアが殺されたのは職のせいではなく、知っていたことのせいかもしれない。ユライアが古代ギリシアや古代ローマの言語に通じていたということではなく、だれかの無分別な行為を知っていたから、ということだ。ユライアは少しまえ、お屋敷には悔い改める必要のある人物がいる、とティファニーに話したことがあった。それがだれで、その人物がなにをしたのか、そこまで話してくれていればよかったのに。

彼が知っていたことには、殺すほどの価値があった？

ミス・ドッドリッジもなにかしら関わっていた？

「ミス・ウッダール」エミリーが呼ばわった。「ラスロップ治安官が到着されました」

ティファニーがふり向くと、午後の陽射しの中にラスロップのがっしりした姿が見えた。おどろいた彼女は紅茶のカップをひっくり返し、カップは磁器のタイル貼りの床の上で粉々に割れた。ラスロップは彼女を見て眉をひそめた。ティファニーはきまり悪さを覚え、腰を落として割れたカップの大きな破片を拾った。そのカップは使用人用の質素なもので、高価な陶製の食器一式の中のひとつでなかったのは、せめてもの救いだ。

ユライアになりすましていることがばれたら、彼に逮捕される？　兄を裏庭に埋めることは、絞首刑に相当する罪になる？　でなければ、牢屋に入れられる？

「失礼しました」ティファニーはそう言い、破片を紅茶の皿の上に載せると、それをいちばん近くのテーブルに置いた。

だれもティファニーの謝罪に返事をしなかった。フォード執事はただ立ち尽くし、ミセス・ホイートリーはあいかわらずめそめそ泣いている。ムッシュー・ボンは、それまでしていた仕事にもどったほかの使用人たちといっしょに、すでに調理場に姿を消していた。

「ミス・ウッダール」ラスロップは言った。「ここでお会いできるとは思っていませんでした」

むりもない。ほんの数時間まえ、彼はバケツの水でティファニーをびしょ濡れにしたのだから。「ミス・ドッドリッジが亡くなっているのが見つかったとき、サリー公爵夫人を訪ねてこちらに来ていました」

ラスロップはうなずいた。

ティファニーは、だれかが彼をミス・ドッドリッジのところに連れていくと申し出るのを待ったけれど、だれもそうしなかった。「わたしといっしょに階上《うえ》に行きましょう。ミス・ドッドリッジの部屋までご案内します」

「ぼくが治安官だと知ってびっくりしていたね」ラスロップは声を潜めて言った。目には責めるような色がいっぱいに浮かんでいる。

彼が治安官でいることを、わたしが快く思っていないとでも考えているの？　そんなこと、まったくのでたらめだ。わたしはただ、独身女性として抱いてしかるべき以上の好意を抱く男性に会って、動揺しただけなのだから。

「たしかに思ってもみなかったわ」ティファニーは認めた。

「きみだけじゃないけどね」ラスロップは言った。「父が亡くなってボーフォート公爵がおなじ役職にぼくを就けると、メイプルダウンのほとんど全員があきれたし、腹を立てた。シャーリー牧師なんて、肌の色の濃い男が法を守るなど信用できないと、わざわざ主教に進言したんだ。でも公爵は譲らなかったし、とても尊敬されているから、ぼくは治安官に留まることを許された」

「いま、やっと腑に落ちたわ。だからあなたは、いつもわたしを助けようとしたのね、その必要もないのに」ティファニーはそう言って片目をつむった。

「というか、助けてほしくなかったのに、だね」ラスロップは笑顔で返す。その笑顔はティファニーの心を温かくした。

「窮地に立たされた未婚の女性のもとに駆けつけることはよくあるの?」

ラスロップは声をあげて笑った。笑い声は階段のうえでよく響いた。「めったにないよ。それに、ここ二度ばかり失態を演じたからね。そういうことをするのは、やめようかと考えているところだ」

ティファニーはくすくすと笑い、それからラスロップもつられて笑った。太陽に照らされた露のように、漂っていた緊張感が消えてなくなったように感じられた。最後に紳士といっしょに声をあげて笑ったのは、ナサニエルといっしょのときだった。ユライアは浮かれることを許さなかった。

ラスロップがここへ来た深刻な事情を思いだして、ティファニーは気を引き締めた。三つめの階段までやってくると、息苦しくもなってきた。「わたし――わたし、見たことを話すわ。い――いったん息を整えたら」

ラスロップはティファニーの肘を取り、階段をのぼるのを支えた。彼女を助けようとしている(ここでも)けれど、自分が触れることでティファニーの息がいっそう乱れることには、とうぜん気づいていない。彼の指はティファニーの腕をしっかりと握っている。そこにロマンティックな意味はない。それなのになぜ、全身が反応しているように感じるの? そんなことを考えて、ティファニーの鼓動が速まった。お腹の奥に熱がこもる。耳に彼の息を感じると、うれしくて身体が震えた。階段をのぼりきったところでラスロップの手が離れると、ふたたび冷静になった。ひどいにおいは完全には消えていない。彼女は、自分がここにいる理由を思いだした。

「サリー公爵夫人と紅茶を飲んでいたら」ティファニーはそう話しはじめた。「廊下から叫び声が聞こえたの。なにがあったか確かめようと部屋を出たら、使用人用の棟でミセス・ホイートリーが取り乱していた。彼女は、ミス・ドッドリッジが死んでいると言ったわ。それで、ミセス・ホイートリーとエミリーとわたしとで屋根裏部屋に向かったの。なにかできるかもと思って。でもミセス・ホイートリーは正しくて、ミス・ドッドリッジは死んでいた。エミリーとわたしは汚れた部屋を掃除して、彼女の身体をきれいにしたわ。すぐにハドソン医師がやってきて、アヘンチンキの瓶と彼女が吐いたものを調べた。そうしたら、ミス・ドッドリッジは毒を盛られたらしい、あなたを呼んだほうがいい、と言ったの」

ティファニーはミス・ドッドリッジの部屋のドアを開けた。悪臭はそこがいちばん強かった。嘔吐物をいれたグラスは、空《から》になったアヘンチンキの瓶のとなりに置かれたままだ。ベッドに横たわるミス・ドッドリッジは安らかに見えた。彼女を見て、ラスロップは顔色をなくした。

「死んだひとのそばにいても平気みたいだね」

ティファニーは顔がかっと熱くなるのを感じた。「父は教会区牧師だったの。その父をしょっちゅう手伝って、遺体を埋葬する段取りをしていたから。亡くなったひとを前にしても、わたしはびくついたりしない。ほんとうに恐ろしいのは、生きているひとよ」

ラスロップはわかったというように短くうなずいた。「彼女を見つけたとき、身体は温かかった、それとも冷たかった？」

ティファニーは少し考えなければならなかった。「まだ温かかった」

「ということは、死んでからそれほど経っていなかったんだな」ラスロップは言った。「ほかになにか、ぼくが知っておいたほうがよさそうな、怪しいと思ったことはある？」

ティファニーは口唇を嚙んだ。どこまで話すべき？　ミス・ドッドリッジがふたりのフットマンと密会しているところ（時間はべつだったけれど）を見たことは、まず明かせない。ミス・ウッダールはアストウェル・パレスに来たことがなく、ここで仕事をしているのはユライアなのだから。それに、ミス・ドッドリッジとヒッケンルーパーとの関わりを疑っていることも話せない。ティファニーがそう疑うのは、ユライアからなにか聞かされたからだとラスロップは思うはず。そうなったら、彼はユライアと話したいと言うだろう。ティファニーにとっては大惨事になる。ユライアが死んでいることに、ラスロップが気づくかもしれないのだから。それに、ミス・ドッドリッジがミセス・ホイートリーを脅していたことを話すつもりはなかった――ティファニーは知らないことになっている情報だから。

「ミス・ドッドリッジを着替えさせているときに、彼女の簞笥を見たの。埋葬にふさわしい衣類を探して。そうしたら、こういったものを見つけたわ」ティファニーはいちばん下の抽斗を開けた。

ラスロップが横で身を屈め、ティファニーは彼から漂う革と紙のすてきな香りを吸いこんだ。ラスロップは燭台を取りあげた。「この燭台は使用人が持つ代物ではないな。金製じゃないか」

なにも言わずにティファニーはうなずいた。ユライアになりすましていることや彼の死を知られることなく、ラスロップ自身で結論にたどり着いてもらおう。

ラスロップは銀の指輪を、つぎに懐中時計を手に取ってから、三つとも元にもどした。そして抽斗ごと引き抜き、硬貨の詰まった袋を持ちあげた。「使用人ならこれくらいは持っていそうだと思うよりも、たくさんの硬貨だ」

「わたしの所持金よりも多いわ」

ラスロップは抽斗を手に立ちあがった。「執事のところに持っていって、それぞれがだれのものかを確かめよう。硬貨はミス・ドッドリッジのご家族に渡そうか」

ラスロップはドアに向かった。

「ミス・ドッドリッジの遺体をもう少し調べる？」

ラスロップは首を横に振った。「医師以上にぼくにわかることはないだろう。フォード執事に墓掘り人を呼ぶように頼むよ。それとシャーリー牧師には、彼女の埋葬と葬儀の手配をしてもらう」

「わかった」

ティファニーはラスロップにつづいて部屋を出た。階段のところまで行くと、彼は抽斗を持っていないほうの手を差しだしてきた。たくましいその腕に指をそっと置くと、身体がぞくりとした。自分はなぜここにいるのかを、また忘れた。なにもかも忘れた。ラスロップの腕の感触と、彼の存在から感じた歓び以外は。ティファニーはこの日はじめて、階段が三階分以上あればいいのにと思った。彼といっしょなら、十二階分の階段だっておりていける。

使用人用の休憩室まで来ると、ティファニーはラスロップの腕から手を放し、彼は両手で抽斗を抱えた。

「ミスター・フォード、ミセス・ホイートリー」ラスロップが呼ばわった。「この抽斗の中身がだれのものか、調べるのを手伝ってもらえますか?」

ラスロップは燭台を掲げた。

「それは図書室に置いてあるものです」フォード執事が言った。

ラスロップは燭台をテーブルに置き、スナッフボックスとフレンチ・レースの包みを取りだした。

「レースは公爵夫人のものです」またひとしきりの涙を流してから、ミセス・ホイートリーは言った。「でも、スナッフボックスはミス・ドッドリッジへの贈りものですよ」

「二週間まえに公爵夫人が渡すところを見ました」トーマスが言い足した。

治安官はうなずき、銀のスプーンとフォークを取りだした。

「調理場のものです」執事が言った。「この屋敷の中に盗人がいたなど、信じられません。あの娘は相応の報いを受けたんですな」

つぎにラスロップは懐中時計を取りあげた。

「それはわたしのものでした」トーマスが言った。「でも、盗まれたのではありません。わたしがミス・ドッドリッジに贈ったのです。わたしたちは結婚の約束をしたものですから」

「それで、この銀製の指輪も彼女に渡した？」二本の指でその指輪をつまみながら、ラスロップが訊いた。

トーマスは哀しげに首を左右に振った。ティファニーは彼を気の毒に思った。それからヒッケンルーパーにちらりと目をやり、その指輪は自分のものだと言うのを待った。でも、彼はなにも言わなかった。しばらく沈黙がつづいたあとで、ラスロップは指輪を抽斗にもどした。

「ミスター・フォード、これですべて、本来の持ち主に返されたということですね？」ラスロップは訊いた。「そして、このお金はミス・ドッドリッジのご家族に渡してくれますね？」

「もちろんです」執事は言った。

「あと、ミス・ドッドリッジの亡骸《なきがら》は正しく埋葬していただきたい」

「遺体をこの屋敷に置いておくことはできません、治安官」執事は強い口調で言った。「公爵夫人はパーティを催されます。遺体を置いておくなど、もってのほかです」

「では、ご家族のもとに送りましょう」

ミセス・ホイートリーが首を左右に振った。「それは賢明ではないですね。少し多めにお金をお渡しすれば、牧師さまは葬儀までのあいだ、歓んでお住まいで預かってくださるのではないかしら？」

「シャーリー牧師が謝礼を断るなんて聞いたことがないですからね」ラスロップが辛辣《しんらつ》に言った。「あらためてお悔やみ申しあげます。ですが、葬儀のあとでまたお邪魔して、使用人のみなさんおひとりずつから話を聞かせてもらいますよ」

フォード執事は立ちあがってラスロップにお辞儀をした。ラスロップも頭をさげた。

「ミス・ウッダール、村に帰りがてら、家までお送りしましょうか?」ラスロップが訊いた。

ティファニーは、いちばんふさわしくないときににっこり笑いそうになるのを必死に抑えて答えた。「そうしていただけると――ありがとう」

15

先に玄関を出るよう、ラスロップはティファニーに手で示した。ふたりは黙ったままいっしょに歩き、とちゅうの湖のあたりまでやってきた。

「夜の湖はとてもきれいだ」ラスロップは言った。

「このあたりはよく散歩するの？」

「夏のあいだは、するよ」ラスロップは答えた。「水面は穏やかだけど、いちど、ニンフを見たことがある」

陽が沈むところで、あたりが暗いことをティファニーはありがたく思った。顔が赤くなっているのをラスロップに見られたくなかった。でも、ありったけのウィットを集めて、彼のことばに応えた。「そのニンフは、あなたに捕まったら木になってしまったんじゃない？」

「それが」ラスロップはそう言うと、立ち止まってティファニーの目をじっと見つめた。

「彼女は美しく、ぷりぷり腹を立てた女性になってしまったんだ」

また、美しいと言ってくれた。ティファニーはどうにかして、ふたたび歩きはじめた。あれ以上、目を合わせていたら、彼の腕の中に飛びこんでいただろう。

「ということは、あなたは身をもって学んだということね」ティファニーはかすれ声で言った。「ニンフは捕まりたくないの」

「追いかけっこのほうがいいんだろうね」

あっという間にブリストル・コテッジに着いてしまった。ラスロップはトライコーンハットに軽く触れた。そのまま帰ろうとしたようだ。

「ちょっと紅茶でも飲んでいかない？」ティファニーは訊いた。

「兄上はぼくがお邪魔するのをよく思わないんじゃないかな」

「兄はいないわ」

ラスロップは目をぱちぱちさせた。

ティファニーは早口で言った。「シャーリー牧師と会食の予定があるの。コテッジにはあなたとわたしだけよ。残念ながらちゃんとした食事の用意はないけれど、パンとバターなら出せる。たいした手間ではないし、このまま帰るというなら、それでもかまわないけれど」

「ぜひお邪魔させてもらうよ」ラスロップは言い、大きく息をついた。

彼もティファニーとおなじように緊張していたようだ。ティファニーは玄関の扉を開けてから、帽子とショールを脱いだ。ラスロップは彼女に帽子と手袋とコートを渡した。彼のコートは前面が短く、うしろの裾は長かった。ティファニーは玄関扉の脇のフックにそのコートを掛けた。

「紅茶を淹れるあいだ、パーラーでくつろいでいてくれる？」

「きみといっしょに台所に行って手伝おう」

手伝おう。

ユライアはいちどだって、手伝おうとはしなかったのに。ティファニーはその申し出を受け入れた。彼女がやかんに水を入れるあいだに、ラスロップが火をおこした。ティファニーはそのとなりに屈んで、火にやかんをかけた。ラスロップが彼女のほうを見た。ふたりの顔は三センチと離れていない。

「ミス・ウッダール」ラスロップが口をひらいた。

「ティファニー」ティファニーは彼を止めた。「ティファニーと呼んでちょうだい」

彼がほほえみ、ティファニーは全身で温かさを感じた。「では、ぼくのことはサムと呼んで」

「サミュエルのサム？」

「サミールだ」ラスロップは小さな声で言った。「でも、イギリス人は外国風の名前を嫌うから、父にはサムと呼ばれていた」

「サミールは、とてもすてきな名前だと思うわ」ティファニーは言った。温もりが脚を伝って広がる。激しく見つめてくる彼と、これ以上、目を合わせていられない。彼女は目を伏せた。スカートの裾に火がついていた。温もりは気持ちが燃えあがったからではなく、火のせいだつた。

ティファニーが何の反応もできないうちに、サミールはティーポットを摑んで、中身をティファニーの新品のシルクのドレスに浴びせかけていた。それから立ちあがり、残り火を足で踏みつけた。ティファニーは、シュミーズに留めたダイアモンドのクラスターピンがだめになっていないことを願った。ラスロップが手を伸ばして、ティファニーを立ちあがらせた。

「ありがとう」彼女は言った。

「ようやく助けられた」彼は笑みを浮かべて言った。「きみは座っていたほうがいいんじゃないかな？　紅茶はぼくが淹れるよ」

気詰まりを感じながら、ティファニーはパンとバターをテーブルに並べた。サミールがまたやかんに水を入れ、火をおこすところを眺める。男性に世話を焼かれたことはいちどもなかった。ナサニエルにさえ。サミールがテーブルの向かいに腰をおろす。切り分けたパンにバターを塗るあいだ、彼女の手はかすかに震えていた。

ティファニーはパンをサミールに渡した。「たいしたものではないけれど」

「きみとの友情がごちそうだ」

自分の分のパンをかじりながら、ティファニーもサミールとまったくおなじことを考えていた。

サミールはさらに湯を沸かして紅茶を淹れ、ティファニーのためにカップに注いだ。「『オトラントの城』は読み終わりそう？」

「ええ！」ティファニーはそう言い、パンを皿にもどした。「ほんとうにおもしろかった！　イサベラが義理の父親と結婚させられなくて、心からほっとしたわ。それと、マティルダが刺されたときはほんとうに哀しくなった。かわいそうな娘よね」

「かわいそうなコンラッドのことはどう思った？」サミールはそう言いながら、テーブルに身を乗りだした。「婚礼の日に、空から落ちてきた謎の巨大な兜《かぶと》が当たって死ぬなんて」

ティファニーは鼻に皺を寄せた。「ええ、あれはすごく異様で、ほんの少し惨めだったたわね。でも、そもそも彼はずっと病弱だった。どのみち長くは生きられなかったわよ」

サミールはけらけらと笑った。温かく、深みのある笑い声だった。「あの本を楽しんで読んだんだね？」

「べつの世界、べつの人生に連れていかれたみたいだったわ。完全に」ティファニーは答えた。「『オトラントの城』がすごく気に入ったから、『イギリスの老男爵』も『ふたりのメンター』も読んだの。そうしたら、『オトラントの城』よりもずっとおもしろかったわ」

サミールは頭をふるふると振った。「そんな、まさか」

「いいえ、まさかなのよ」ティファニーは笑いながら言った。「『オトラントの城』のヒーローのセオドアは、マティルダでもイサベラでも、どちらを妻にしてもおなじように幸せだと思っていた節があるんだもの。ふたりのあいだに、何のちがいもないとでもいうみたいに」

「ふたりの美しい乙女のどちらかを選ぶのはむずかしいからね」サミールはたくましい肩をすくめた。「都合のいいことに、マティルダは父親のマンフレッドに刺されてしまった。そして、彼の運命が決まった」

ティファニーは鼻を鳴らした。「空から謎の兜が落ちてきてさえいればよかったのかも。

物語全体が完璧になったんじゃないかしら」

サミールは乾杯するように紅茶のカップを持ちあげた。「空から落ちてきた、謎の兜に」

ティファニーも自分のカップを持ちあげ、彼のカップとそっと合わせた。「空から落ちてきた、おかしな兜に」

ふたりはいっしょに熱い紅茶を飲み、いっしょに笑った。ティファニーは心地よい一体感に浸った。彼となら、ひと晩中でも本について語り合えただろう。

16

ティファニーがラペルにダイアモンドのピンを着け、ユライアとしての身支度を終えようとしていたところで、コテッジの玄関の扉が激しく叩かれた。彼女は鬘を摑んで頭に載せると、扉を開けた。アストウェル・パレスのエミリーだった。

エミリーは輝く青い目を大きく見開き、口もあんぐりとさせた。「顔に白粉をしていないと、まったく別人のようですね」

いけない、いけない。

ティファニーは咳払いをしてから低い声で言った。「なにかご用ですかな、エミリー?」

「あなたにではないのですが」エミリーは答えた。「シャーリー牧師が、ミス・ドッドリッジを埋葬する最終的な準備のために、妹さんに来てほしいとおっしゃっています。葬儀はきょうのお昼に行なわれます。あなたにお伝えするようにと、ミセス・ホイートリーに言いつかって参りました」

あの牧師、どこまでも間が悪いんだから! それでも、ユライアへのなりすましがばれるかもしれない厄介事を避けるためにも、シャーリー牧師とミセス・ホイートリーの頼み事を聞くしかない。

「もちろん」ティファニーは答えた。「妹には、すぐに手伝いに向かわせます。わたしはきょうのところはアストウェル・パレスに行きませんが、ミセス・ホイートリーとは昼からの葬儀で会えるでしょう」

「かしこまりました」エミリーは膝を曲げてお辞儀をした。「ミセス・ホイートリーには、あなたはきょう、お食事を召しあがらないと伝えます」

「よろしく頼むよ」ティファニーは言った。意図したよりも声の調子が高くなった。

エミリーの射貫くようなまなざしでじっと見つめられ、ティファニーは玄関の扉を閉めた。彼女の疑念も、かんたんに閉め出せたらいいのに。ティファニーはふらふらと階段まで歩き、それをのぼってユライアの部屋にもどった。頭から鬘を取り、男性用の衣類をひとつひとつ脱いだ。顔にはまだ白粉をはたいていなかったし、頬にはむずがゆくなる黒くて丸いつけぼくろをつけていなかった。それだけでも、よしとしよう。自分の寝室にもどり、いちばん暗い色のドレスを着た。濃い灰色のドレスだ。黒いドレスは持っていないけれど、死者への敬意を払おうと、髪のほぼ全体を覆う黒いボンネットをかぶり、それから手袋をはめてショールを羽織った。ミス・ドッドリッジの罪が何であっても、自らの嘔吐物の中で死んでいいひとなど、ひとりもいない。

ティファニーはユライアの白粉や化粧品を鞄に入れ、ゆっくり歩いて村に向かった。牧師に会うのに、急ぎはしなかった。でも歩いているうちに、とうとう牧師館まで来てしまった。

彼女は扉を強く叩いた。シャーリー家の何人もいる不機嫌そうな顔つきの娘のひとりが、ティファニーを迎えた。その娘は十六、七歳だろうか。幽霊のような青白い肌に茶色の目をして、ほとんど真っ黒な髪をひっつめてうしろで結っている。その髪型は、尖った頬や顎のラインを柔らかく見せるのに何の役にも立っていない。ティファニーは娘に笑いかけてみたけれど、彼女はむっつりした表情を崩さないでいた。

「ミス・シャーリー、ミス・ドッドリッジの葬儀のお手伝いに来ました」

「こちらへ、ミス・ウッダール」娘は平坦な声で言った。「来てくれてよかったです。父は、わたしがふしだらな女に触れるのを嫌がっていますから」

ミス・シャーリーがそんな不愉快なことばを口にして、ティファニーの足がよろめいた。ミス・ドッドリッジがどんな選択をしたにしても、犯してしまった最悪の過ちだけで語られていいはずがない。世間が女性を、とりわけ堕落した女性を貶《おとし》めることが、ティファニーは気に入らなかった。

「わたしは彼女に触れても気になりません」ティファニーは言った。「わたしはいつも、審判は神に委ね、わたしたち同胞には慈悲を示すのが最善だと信じてきました。イエス・キリストが、果てしない贖《あがな》いを見せてくださったように」

ティファニーの演説を、ミス・シャーリーはしかめっ面で受けとめた。彼女は父親の考え方を受け継ぎ、村人全員が地獄の業火で焼かれると信じているようだ。ティファニーは堅物の娘のあとをついてパーラーを通り、きれいに磨かれた台所を抜けた。家具はまばらで、禁欲的だった。カーテンさえ黒色だ。ミス・シャーリーは、台所を抜けたところにある小さな部屋までティファニーを案内した。そこではすでに、ミス・ドッドリッジが棺の中に寝かされていた。遺体にはまだ、ティファニーが前日に選んだドレスが着せられていたけれど、髪を整え、両手を胸の上で祈りの位置に組む必要がある。

「櫛とヘアピンはありますか？」

すぐに返事がなかったので、この若い娘はふしだらな女にはヘアピンを与えるつもりはないのかしら、とティファニーは不安になった。でも、慈悲か慈善、どちらかの気持ちが最後には勝ったらしく、ミス・シャーリーはピンを取りにいくことを承諾した。彼女は部屋を出ると、ドアをばたんと閉めた。ミス・ドッドリッジの穢《けが》れは、ひとつの部屋にだけ留めておこうとでもするように。

ティファニーは手袋を脱いだ——ひと組しか持っていないので、汚したくない。ミス・ドッドリッジの口は大きくひらいていた。顎の位置がずれて突き出ているせいだ。彼女の身体を傷つけたくはないけれど、葬儀のまえに参列者が最後の対面をするときに、この若い女性が最良の状態に見えるようにしてあげたい。ティファニーは意を決して、片手を冷たくなったミス・ドッドリッジの額に、もう片方の手を顎に置き、カチッと音がするまでしっかりと押した。顎が正しい位置にもどって口を閉じられるようになると、ティファニーはドレスからリボンをはずして顎の下に引っかけ、先を額のところで結んだ。ミス・ドッドリッジの口を閉じておくためだ。

その人生で口を閉じてさえいれば、この気の毒な娘はまだ生きていたかもしれない。悪い男ともめていたのか、まちがった人物を脅迫していたのか。ティファニーはミス・ドッドリッジがこの状況にどう収まり、ユライアは彼女のことでなにを知っていたのかを知りたいと思った。

ミス・シャーリーが櫛とヘアピン二本を持ってもどってきた。彼女はそれをサイドテーブルに置くと、なにも言わずにまた部屋を出ていった。顎を押さえているリボンが外れないよう気をつけながら、ティファニーはミス・ドッドリッジの髪をゆっくり梳いた。頭をそっと持ちあげ、髪をシェニール糸のように縮れさせてから、額の上では大きく盛りあげ、うしろは巻き毛にした。つぎに、顔がより自然に見えるようにしなくてはならない。ティファニーは、ユライアの白粉と紅がはいった鞄を開けた。白粉をはたくと、ミス・ドッドリッジの顔色は、毒のせいで黄みがかった緑という病的な色から、青みがかった白色になった。頬にほんのりと紅を差し、口唇には赤い紅を少しだけ塗った。最後に、まぶたに紫の粉を載せた。ティファニーがはじめて会ったときほどは美しく見えないにしろ、ミス・ドッドリッジはたしかに、見苦しくなくなった。アストウェル・パレスの上位にいる男性使用人たちの目を惹くと思える程度には美しい。

あとは手に持たせる花があればいい。

ティファニーは化粧品を鞄にもどし、絡まった髪を取り除いてから櫛をテーブルの上に置いた。台所を通って牧師館から出ると、櫛から取り除いたミス・ドッドリッジの髪を空中に放った。一羽の鳥がその髪に気づいて、巣をつくるのに使ってくれたら、と願う。牧師館の周辺に花が育っていないのを見ても、彼女は意外に思わなかった。不要な美は許されてこなかったということだ。

ティファニーは道を曲がって川のほうへ向かった。川岸には花が何種類か自生している。彼女は白と青と黄の花を数本ずつ摘んだ。それを鞄に入れておいた紐で束ね、牧師館にもどった。ノックはしないで、そのまま台所のドアを抜け、ミス・ドッドリッジの遺体が置かれた部屋に向かった。花束を慎重に彼女の手に握らせてから、その手をお祈りをするときのように組み合わせた。

ドアがひらいて、ティファニーはびくりとした。シャーリー牧師だった。ティファニーを見て、黄色い歯をむき出してにやにや笑っている。

「ミス・ウッダール、牧師の妻として立派にやっていけると、すでに証明してくれましたね」彼は棺を指さしながら言った。「これ以上にかわいらしい死人は見たことがありませんよ」

「わたしが望むように送ってあげたかったものですから」ティファニーは敬虔《けいけん》な気持ちで、ささやくように言った。兄もこんなふうに送るべきだったという思いもあった。「使用人には、告別をしたり葬列を出したりするための自分の家がありません。不憫《ふびん》なことです」

「あなたにはどこまでもキリスト者としての思いやりがありますね、ミス・ウッダール」シャーリー牧師は言った。「とりわけ、もっとも思いやるにふさわしくない者たちにたいして」

「わたしたちはみな、思いやるにふさわしくなく、慈悲を必要としているのではないですか？」

「神はわたしたちの心の中にうず巻く感情や、頭の中で考えていることをご存じです」牧師は言った。「ですが、わたしが知りたいのはあなたの心の中ですよ」

知ることはできないわ。

知らせるつもりもない。

たとえ牧師でも、遺体越しに結婚をほのめかす男になど。

「ミス・ウッダール、わたしは辛抱強くあろうと努めてきましたが、死に直面して、わたしたちの命は短く、待つことはまちがっていると認識せざるを得ませんでした」

「わたしたちの命は短いですね」ティファニーは言った。そこだけは同意できた。

「では、わたしの妻となってわたしの子どもたちの母になると言ってください」牧師はそう言い、またもやおぞましい笑みを浮かべようとした。

「求婚は光栄なことですが――」ティファニーはそう切りだしたものの、断りのことばを口にできないうちに部屋のドアがひらき、ミス・シャーリーに連れられてミセス・ホイートリーが現れた。棺と三人のおとなとで、部屋はぎゅうぎゅう詰めになった。

「ミス・ウッダールが奇跡を起こしてくれましたよ」シャーリー牧師が言った。

ミセス・ホイートリーは大きく洟《はな》をすすってからうなずいた。「ええ、そのようですね。セアラは美しくなりました」

「葬儀の費用は公爵がお支払いになりますか、それとも……？」

ティファニーは憤然としてため息をついた。葬儀がはじまってさえいないのに、すでに費用を要求するなんて。この男は、正しい感情というものをいっさい持ちあわせていない。

「わたしがお支払いします」ミセス・ホイートトリーが言い、財布を取りだした。「少し多めに。ご親切にもひと晩、遺体を置いてくださいましたから」

シャーリー牧師は片手を差しだした。ミセス・ホイートトリーは硬貨を何枚か、脂ぎった彼の掌に載せた。牧師の骨張った指は、その硬貨をがっちりと握った。

「カソックに着替えてきましょう」彼はそう言い、ふたりに会釈してから部屋を出ていった。

葬儀までまだ数時間ある。おそらく牧師は、硬貨を数えるために部屋を出ていく口実を探していたのだろう。ティファニーはミセス・ホイートトリーの泣き濡れた顔を見てから、彼女の手の中のハンカチーフに視線を移した。涙を拭って、すでにぐっしょりとなっている。罪悪感と悲嘆は硬貨の表と裏だ。でもこの家政婦長は、どれほどの罪悪感を抱えているのだろう？

「ミス・ドッドリッジがこのようなことになって、心からお悔やみを申しあげます」

涙がひと粒、ミセス・ホイートトリーの目からあふれ、頬を流れおちた。「すぐにお医者さまを呼ぶべきでした」

「なぜ、そうなさらなかったのですか？」ティファニーはやさしい声で訊いた。

ミセス・ホイートトリーはまた洟をすすった。「なにが原因であの子が体調を悪くしているのか、わかったと思ったからです。ですから、お医者さまを呼ぶことが助けになるとは考えませんでした」

ミス・ドッドリッジは嘔吐していたし——妊娠初期に見られる症状だ——ティファニーもミセス・ホイートリーも、彼女とバーナードがことに及ぼうとしているところを目撃していた。「赤ん坊がいると思ったのですね？」

ミセス・ホイートリーはわっと泣き声をあげ、うなずいた。

「医師や助産婦を呼びたくはなかった。ミス・ドッドリッジの妊娠が発覚して、解雇されることを恐れたんですね」

ミセス・ホイートリーは、涙があふれた目元をびしょ濡れのハンカチーフで拭った。「ミス・ウッダール、お願いですから、この件はひと言も洩らさないでください。姪の評判はすでに傷ついています。あの子の品位をさらに穢したところで、得られるものなどなにもありません」

ティファニーは安心させるように片手を彼女の腕に置いた。「そうですね、ありませんね。ですから、あなたの娘さんに石を投げるのはわたしが最後になるでしょう」

ミセス・ホイートリーはびくりとして、ティファニーから身体を離した。脅えたウサギのようだ。「どうしてご存じなの？」

「あなたとおなじ目をしていたからです。それに、彼女はあなたを脅していたと、ユライアから聞きました」ティファニーは静かに言った。家政婦長の動きのひとつひとつをまじまじと見つめ、発するひと声ひと声にじっと耳をすましながら。自分の立場や住む家を失って絶望した人間がどうなってしまうか、ティファニーは自分でもよくわかっている。「おふたりが叔母と姪以上の関係だと推測するのは、むずかしくありませんでした」

「それで、黙っているからお金を寄こせと?」

「まさか、そんな」ティファニーは両手をあげて言った。「ミス・ドッドリッジに正義がなされてほしいだけです。そして、彼女に毒を盛った人物がなぜそんなことをしようと思ったのか、その動機を理解したいのです。あなたとミス・ドッドリッジとの関係を、今後いっさい口にしないことは約束します。ただ、彼女の父親はだれか、そのひとはミス・ドッドリッジの存在を知っていたかどうかは、聞かせていただきたいと思います」

「あの子の父親はずっとまえに亡くなりました」ミセス・ホイートリーは言った。「名前はジョナス・ヒルといいます。アストウェル・パレスで庭師の助手をしていました。二十年以上まえのことです。わたしが妊娠したと知ると、彼は航海に出ました。わたしと結婚するよう、教会に強いられたくなかったのです。彼が姿を消してしまい、わたしはどうしていいのかわかりませんでした。ですから、自分の状況を姉に打ち明けました。姉はすでに小作人と結婚して、家族がいました。一年ごとにお金を支払うという条件で、姉はわたしの子どもを引き取り、恥ずかしくない名前をつけることに同意しました」

「ミス・ドッドリッジはどうやって真実を知ったのでしょう?」

老いた女性は両手で目元を覆った。「わかりません。わからないんです。姉が亡くなるまえに教えたのかもしれません。あの子自身でそう思いいたったのかも」

「ミス・ドッドリッジに、黙っているからお金を渡すように要求されましたか?」

「ええ」ミセス・ホイートトリーは言った。「それに、頼み事もされました。あの子がバーナードとしていたようなことをほかの使用人がして、それをわたしが見咎めたら、その使用人は解雇されたでしょう。でも、あの子は解雇されなかった。だから味を占めて、盗みを働いていることも黙っているようにと言ってきました」

いまや家政婦長は膝をつき、すがるように両手を合わせている。「お願いです、ミス・ウッダール。わたしは大罪を犯しました。でも二十年以上も、自らの過ちを贖おうと力を尽くしてきたのです。わたしは公爵夫人からの信望を利用して、二年まえにセアラをいまの仕事に就けました。セアラを愛そうとしました。あの子の罪を隠そうと、できるかぎりのことをしました。でも、あの子はわたしの愛など必要としなかった。わたしのお金だけをほしがったのです」

ティファニーが手を差しだした。「立ってください。わたしの前で膝をつく必要はありません。ユライアにはわたしからピンを返しました。彼がその件でなにかを言うことはありません」

ミセス・ホイートトリーは冷たい手でティファニーの手を握り、どうにか立ちあがった。

「ありがとうございます」

「あなたを信じます」ティファニーは言った。「それに、あなたが献身されてきた家政婦長の職を失うところは見たくありません。ところで、ミス・ドッドリッジはあなたから受けとったお金でなにをするつもりだったのでしょう？」

「バースかロイヤル・タンブリッジ・ウェルズに行ってレディを気取り、裕福な紳士を見つけて結婚したかったのだと思います」

向こう見ずな計画ではない。しかも、お金も。なんとかなったかもしれない。

「彼女の狙いが裕福な紳士だったのなら、どうしてふたりのフットマンや従者と戯れていたのでしょう？」

「お金です」ミセス・ホイートリーははっきりと言った。「あの子は金品と引き換えに男性と関係を持っていたのです。夏の終わりにはお屋敷を出ていけるだけのじゅうぶんな蓄えができる、と言っていました。ほんの数カ月まえのことです。それまでなら、わたしもどうにかお金を工面できると思いました。あの子が裕福な紳士と結婚したら、わたしはもう安全だろうと考えたのです。わたしがだれなのか、なにをしているかなど、あの子が自分の夫に知られたいはずがなかったでしょうから」

ミセス・ホイートリーに娘を殺す理由はない。ミス・ドッドリッジがほんとうに、お屋敷を出ていくつもりだったなら。ミセス・ホイートリーの話で、ヒッケンルーパーの指輪がなぜミス・ドッドリッジの抽斗にあったかもあきらかになった。「トーマスはセアラと結婚の約束をしたと言っていましたよね。わたしは彼のことはよく知りませんが、彼の愛情は真摯なものに思えましたよ」

「そうなのでしょうね」ミセス・ホイートリーは言った。「でも、セアラはちがいました。あの子は一介の使用人と結婚するつもりなどありませんでした。トーマスとの結婚を承知したのは、そうすれば彼の懐中時計やお給金の一部ももらえると考えたからにちがいありません。トーマスは公爵夫人とたいへん親密ですから、自分の立場が有利になるよう、そのことも利用しようとしていたようです」

最後のことばにティファニーは不意をつかれた。ファースト・フットマンと公爵夫人が親密だとは、気づいていなかった。ふたりの不謹慎なロマンスを世間が知れば、夫人にとって大きな醜聞になり得る。ミス・ドッドリッジは、公爵夫人との関係をトーマス自身から聞かされたのだろう。使用人は往々にして、そういった密通を拒絶しきれないものだ。でも、ユライアがそれを知っていた可能性はある？

「最後に、もうひとつお尋ねします」ティファニーは言った。「使用人の中にミス・ドッドリッジの敵はいましたか？　彼女の死を願うようなだれかは？」

ミセス・ホイートリーは目をぎゅっとつむり、それから頭を左右に振った。「とくにだれも思い当たりません。セアラは下位にいる使用人は相手にしていませんでしたし、その使用人たちもまた、セアラを無視していました」

ティファニーは老いた家政婦長の肩をぽんぽんと叩いた。「どうぞ、ふたりきりでお別れをなさってください」

ティファニーはすでにドアノブに手をかけていた。そのとき、ミセス・ホイートリーが訊いた。「わたしの秘密をあなたがだれにも言わないと、どうしてわかります?」

「わたしにもやはり、秘密があるからです」

17

　教会の鐘が死者を悼んで鳴りひびいた。まもなく葬儀の時間だ。ティファニーは来た道をコテッジまでもどり、ユライアに扮装した。追悼の場で男性が求められる装いは、帽子につける黒いリボンだけだけれど、ティファニーは葬儀に参列するのに、兄の衣服の中ではいちばん色の濃い紺青色のスーツを着た。彼女が牧師館についたときには、告別はすで終わっていた。アストウェル・パレスからやってきた使用人たちが賛美歌を歌いはじめた。教会の鐘はあいかわらず鳴っている。その音がミセス・ホイートリーの大きな泣き声と一体になり、死者のための式をいっそう重苦しくした。

　トーマスとバーナードに加え、ティファニーが名前を知らないアストウェル・パレスのふたりの若い使用人が棺を担ぎ、牧師館を出て教会に隣接する墓地までの短い道のりを歩いた。四人とも厳粛な表情をしている。葬列の先頭はミセス・ホイートリーだ。あいかわらずびしょ濡れのハンカチーフを握りしめ、哀しみの深さを周囲に見せつけていた。彼女のうしろに、おそろいの黒いメイド服姿のメイドたち、それから黒いリボンを帽子につけた男性使用人たちがつづく。ティファニーは最後尾についた。

墓地の門のところでシャーリー牧師に迎えられ、葬列は教会の中にはいった。葬列の全員が教会の後方の席に腰をおろした。ティファニーは真ん中のユライアの指定席に座った。隣り合った信徒席にはいつも地元の名士の家族が座っているけれど、だれも参列していない。ティファニーは無人島にいるような気持ちになった。牧師の視線を一身に浴びることのないよう、近くにだれかいてほしいと思った。

きょうだけはシャーリー牧師も長々とは話さず、ミス・ドッドリッジの魂は永遠の責め苦を受けることになる、とほのめかしただけだった。少なくとも、英語ではそういうことを話していた。最後にラテン語で抑揚をつけて話した内容は、もっとずっとひどいものだっただろう。

ティファニーは最後まで教会に残った。先ほどの四人がふたたび棺を持ちあげ、すでに墓地に掘られた墓穴まで運ぶようすをじっと見つめた。棺は穴の中にそっとおろされた。トーマスのハンサムな顔を、涙が止めどなく流れる。あふれる哀しみを抑えようとはしていない。ミセス・ホイートリーとおなじように、彼の流す涙は罪悪感のせいなのか悲嘆のせいなのか、ティファニーにははっきりとわからない。毒はアヘンチンキにはいっていた？　もしそうなら、彼がそこに入れたの？　それなら、ユライアはどうして死んだの？　エミリーがトーマスのところにやってきて、ハンカチーフを渡した。彼は感謝するようにうなずいた。あまりにも打ちひしがれていて、口がきけないようだ。

あいにくシャーリー牧師は、墓穴の脇でもまた短くお説教をした。ただティファニーのいるところからは遠すぎて、内容までは聞こえなかったのはありがたかった。

牧師の祈りが終わると、ヒッケンルーパーが墓穴のほうに歩いていった。ティファニーはそのようすを見つめたけれど、彼は穴の中を覗けるまで近づいたところで顔を青ざめさせ、くるりときびすを返した。自分のハンカチーフを口許まで持っていくと、その場から大急ぎで離れた。とちゅうでバーナードの肩とぶつかった。バーナードは苛立ったように「はっ」と洩らし、手で肩を払った。従者が触れてコートが汚れたとでもいうように。バーナードはふんぞり返って穴まで行くと、中を覗きこんだ。片手をポケットに入れ、バラが描かれたスナッフボックスを取りだした。ミス・ドッドリッジの抽斗にあったものだ。追悼のためにそれを墓に入れるつもりなのだろう、とティファニーは思った。でも彼はそうしないで、ぱちんと蓋を開けてスナッフを吸いこんだ。それから蓋を閉め、なにも言わずに墓地を出ていった。

ヒッケンルーパーもバーナードも、墓穴のそばでの行動はどこかおかしかった。

男性も女性も前方に集まりだした。アストウェル・パレスの使用人たちだとティファニーにもわかるけれど、名前は知らない。だれひとりとして、埋められていない穴のそばに長くは留まらず、弔意を示して頭をちょこんとさげると、そのまま歩き去った。列の最後はラスロップだった。彼がそこにいたなんて、ティファニーは気づいていなかった。それでよかったのかもしれない。気づいていたら、取り乱しただろうから。ラスロップは墓穴の前にしばらく立っていた。ティファニーのように、だれがミス・ドッドリッジを殺したのだろうと考えているのかもしれない。

ラスロップがふり向き、彼の力強い目がティファニーの目と合った。ふたりの間が、見えないなにかで繋がれたようだった。一瞬、変装を見破られるのでは、とティファニーは思った。でも、彼はうつむいてその場を立ち去った。

ティファニーは最後まで墓地に残るつもりはなかったし、シャーリー牧師とまた、あれこれ話すのはいやだった。彼女はユライアのトライコーンハットに軽く触れた。「では、失礼します」

「気をつけて」牧師はうなずいて言った。

ティファニーはコテッジまでゆっくりと歩きながら、ミス・ドッドリッジとユライアを手にかけたのがだれか、ぜんぜんわからないでいることを受け入れた。でも、あきらめるつもりはない。この物語には、読まなければならないページがまだまだ残されている。

18

ティファニーが使用人用のダイニング・ルームにはいったとき、そこはほとんど静まりかえり、ナイフやフォークが皿に当たる音だけが聞こえていた。ミス・ドッドリッジの葬儀が前日に執り行なわれたばかりなのに、なにもなかったとでもいうように、だれもが仕事にもどっていた。

「ミスター・ウッダール。きょうは来ないものと思っていましたが」フォード執事が言った。彼の皺の寄った顔はいっそう年老い、疲れて見えた。

ティファニーはヒッケンルーパーの向かいの席に腰をおろした。彼の皿に食べものはほとんど残っていなかった。「仕事をすれば気も紛れると思いましてね。わたしが来たことで、どなたの面倒にもならなければいいのですが」

「もちろん、そんなことはないですよ」執事は答えた。

ティファニーはミセス・ホイートリーにちらりと目をやった。彼女は女性使用人用のテーブルの上座に座っている。顔はかすかに紅潮しているものの、つい今し方まで泣いていたと思わせるような涙の痕はない。いつもの黒いドレスに家政婦長のエプロンを着け、モブキャップをかぶっている。

ティファニーは食べものを自分で給仕した。茹でたジャガイモ、ローストしたマトン、スグリのゼリーソースを添えたハクチョウ、パンを一枚、さまざまな野菜。どれもすでに配膳台に並んでいたので、ためらいはした。とはいえ殺人犯でもまさか、使用人全員を殺すほど大胆なことをするとは思えなかった。それに、コテッジで自分のためにちゃんとした料理をこしらえることを億劫《おっくう》に感じるようになっていたので、それを埋め合わせるためにもしっかり食べておくことにした。ふたりのフットマンにこっそり目をやると、バーナードはいつもの彼にもどっていた。女性使用人のひとりに、しきりに色目を使っている。彼女はバーナードより十歳は年長のはずだけれど、髪は暗赤色で、メイド服姿でもスタイルのよさがわかる。彼はさっそく、自分の魅力の虜になるあらたな獲物を見つけたようだ。

トーマスの目は、半分ほどしか手をつけていない皿の上の食べものをじっと見つめていた。全身で意気消沈している。彼が一心に死者を悼むのに、黒い服を着る必要はなかった。ミス・ドッドリッジを思う彼の気持ちは誠実だとティファニーは思っていたけれど、それは正しかったということだ。そして、このハンサムなフットマンに向けられているのは、ティファニーの目だけではない。エミリーもまた、女性用のテーブルの末席からトーマスの一挙一動を見つめている。彼女の青い目は気遣いにあふれていた。愛情にあふれていた。

ティファニーは報われない愛という感情がどういうものか、まったくわからないでいる。でも、それは苦しいものにちがいない。たぶん、失った愛とおなじように。

エミリーがミス・ドッドリッジに毒を盛ったということはあり得る？　彼女の部屋は、亡くなったレディーズ・メイドの部屋のすぐ近くだ。それにミス・ドッドリッジの死で、エミリーはレディーズ・メイドの立場を得られるだけでなく、トーマスを慰めることもできる。ミス・ドッドリッジがいなくなれば、トーマスの愛情だって手にすることができるかもしれない。

嫉妬は、人を殺すのにじゅうぶん強力な動機になる？

愛は？

ティファニーはマトンをしっかり味わい、自分の考えをとくと吟味した。だれもいなくなるまで、彼女はテーブルに残っていた。図書室にもどるとちゅう、バーナードと暗赤色の髪のメイドが、こそこそとある部屋にはいっていくところを目にした。ありがたいことに、その部屋はティファニーのたいせつな図書室の近くではない。彼女はまた、お気に入りの椅子に腰をおろすことができた。そして『クラリッサ』をひらいた。

あまりにも本に夢中になっていて、図書室のドアが開く音に気づかなかった。

「ああ、ユライア。おひさしぶり」テスが言った。

ティファニーはひっと息をのんだ。彼女のなりすましを見抜ける人物がいるとすれば、それはかつての友人のテスだろう。何年もまえ、ティファニーに兄の扮装をさせるというおふざけを思いついた張本人。

ティファニーは立ちあがり、堅苦しくお辞儀をした。「奥さま」

テスは彼女に歩みより、繊細な手を差しだした。この手にキスをしろというの？ どうしよう！

テスはユライアが自分の手にキスするのを待っている。ティファニーは差しだされた手をぎこちなく取り、口唇をほんの一瞬、触れさせた。さまざまな感情を抑えた。息が詰まった。

テスから身体を離しながら、咳払いをした。

「なにかご用がおありでしょうか、奥さま？」

テスはくすくす笑った。「もう、ユライアったら。あいかわらず堅苦しいのね。わたしたち、友人だったわよね？　ずいぶんとむかしの話だけれど」

「わたしを友人だと思っていてくださったとは光栄です」

「あなたとティファニーがいなければ、子ども時代をどう耐えればよかったのか、わたしにはわからなかったわ」テスは言い、いたずらっぽい親しげな笑みを見せた。「それでね、公爵夫妻だけが話し相手のお食事の席なんて、あといちどだってがまんできそうにないの。わたしの家族はあしたにならないと到着しないし、あなたとティファニーにはぜひとも、わたしといっしょに晩餐の席についてほしいと思って」

「公爵はそのようなことをお許しにはならないでしょう」

「キャサリンは気にしませんよ。それにフランシスは、わたしが歓ぶことなら何だってしてくれるわ」テスは自信満々に言った。

むかしのテスは、どんなことでも自分の意志を通していた。この友人は歳を重ねても、こういうところは変わっていないらしい。ティファニーは同席しないわけにはいかないだろう。

「残念ながら、わたしにはシャーリー牧師との先約があります」ティファニーは言った。

「ですが、妹は歓んでごいっしょさせていただくでしょう」

「あら、あなたはだめなのね」テスは言い、ふざけたようにティファニーの腕を叩いた。「ユライア・ウッダール、約束は延期しないとだめよ。あなた、わたしとは二十年以上、会っていなかったんだから。せっかくボーフォート公爵が晩餐会に招待してくれるのに。それを断って公爵のご機嫌を損ねることなんてできないと、約束のお相手だってわかってくださるわよ」

「わたしがごいっしょしても退屈なだけです」ティファニーは言った。ふたりの人物がおなじ時間、おなじ場所にいる状況になることは避けようと必死だった。「奥さまにも妹にも、わたしがいないほうがより楽しいひとときになることでしょう」

テスはすねたように顎をあげた。「もう！　先日の夜にフランシスが持ちだした、お気に入りの猟馬の話題よりも、ドレス一枚一枚とおそろいのスナッフボックスを持っているとキャサリンから百回も聞かされることよりも、あなたのお話が退屈だなんてぜったいにあり得ないわ。何と言っても、わたしはすでに午前中いっぱい、彼女が持っているスナッフボックスをひとつ残らず見せられることに耐えたんだから。息子たちの到着が待ちきれないわ！」

テスが公爵夫人を洗礼名で呼ぶのが、ティファニーにはふしぎだった。公爵夫人というひとたちは、おなじような身分のひとたちからは〝公爵夫人〟と呼ばれると、常々、思っていたから。でもひとつ屋根の下で、ふたりの女性がおたがいに〝公爵夫人〟と呼びあっていたら混乱することだろう。それでもやはり、ボーフォート公爵夫人をキャサリンと呼ぶことは理解しがたい。平凡な名前の持ち主にしては、彼女はあまりにも格がちがう。

「お願いです、奥さま」ティファニーは言った。「身分が高い方たちとごいっしょしては気が休まりません。どうか、先に負った義務を優先させてください」

テスがティファニーの腕に手を置いた。ティファニーは後ろめたさから、頰が熱くなった。自分がじゃれ合っている相手が男性ではなく女性だと知ったら、テスはなにを思うだろう？

「あなた変わったわね、ユライア」テスは言った。「以前は、自分はだれと同席するにも相応だと考えていたのに。というか、フランシスはあなたのはとこだかいとこじゃない。居心地が悪いなんて感じるべきではないわ。公爵以上に愛想のいいひとなんて、この世にいないのだし」

ティファニーの心臓が雷のように激しく鳴っている。彼女はテスから数歩、後退った。言い訳は通用していない。

「そういうことでしたら、ごいっしょします。ですが、妹は家に残らないといけません。そのような場にふさわしいドレスを持っていませんから、奥さま。身分のちがいのせいで妹が恥ずかしい思いをすることは、わたしの望むところではありません」

「わたしのドレスを貸してあげてもいいわ」テスは言った。また、すねたような表情を浮かべている。「でも、あなたとおなじでティファニーは背が高いのよね。わたしのドレスを着たら、ふくらはぎの半分くらいは見えてしまうかもしれないけれど。もしかしたら、キャサリンが貸してくれるんじゃないかしら、それとおそろいのスナッフボックスもいっしょに。ふたりとも彫像みたいに背が高いもの」

「公爵夫人のドレスをお借りするなど、ティファニーはできませんし、しないでしょうし、するべきではありません」ティファニーは自分のことを第三者の立場で語る。「それこそ、もっとも不適切です」

「はいはい、わかりました。もう、けっこうよ」テスは小さく笑った。「ティファニーには早めに来てもらうわ。わたしが、どんな公爵夫人にも引けを取らないよう着飾ってあげる」

舌がもつれて、ティファニーにはうなずくことしかできなかった。

「では、四時に」テスはそう言い、顔に笑みを浮かべてドアのほうに歩いていった。

テスがドアの前で立ち尽くしているのを見て、それを開けるのは自分だとティファニーは気づいた。これで、公爵夫人というひとたちはドアノブには触れないと学んだ。まったく、いちばん懐かしい友人の人生を面倒くさいものにするひとたちだ。

19

シルクのドレスの裾は前の部分がだめになっていたけれど、ドレスに合うペチコート用の生地を買えば、無傷の部分は左右に寄せてひだにし、スカートからペチコートが見えるようにできる。このドレスはいちどしか着ていないし、袖のところの刺繍をまだ終えていない。ラスロップの――ではなく、サミールの――とっさの判断がなければ、ティファニーはドレスをまるごと一着、失っていたかもしれないし、ひょっとしたら炎でやけどをしていたかもしれない。

その出来事は、サミールにもほんの少し責任があると思わずにはいられないけれど――彼に心を乱されなかったら、ドレスに火がつくことなんてなかっただろうから。

ティファニーの口許に笑みが浮かんだ。サミール・ラスロップのことを思うと、いつもそうなる。彼について知らないことはたくさんあるし、そのなにもかもを知りたかった。彼の人生のさいしょの一ページから、いちばん新しい章まで。彼自身とおなじように、彼の人生の物語に魅了されるはず。ティファニーはそう確信していた。

頭をふるふると振りながら、ティファニーは気持ちを集中させた。アストウェル・パレスに行くのにシルクのドレスを着られないので、ぱっとしないドレスのうちの一着を着るしかない。それでかまわないだろう。お屋敷に行ったら、どうせ着替えるのだから。でも、どうすればおなじ場所で、ふたりの人物になれる？　そんなこと、できるわけない。テスにあれやこれやと言い訳を並べたてることさえしなければよかった、とティファニーは思った。妹は病気になって、とかいう伝言を（自分で）届けるだけですんだかもしれないのに。でも、ユライアとして、大惨事の到来を予感させる会話をテスとしていたあいだ、ティファニーの体調が万全ではないとはひと言も口にしなかった。気詰まりに感じるとほのめかしただけだ。それに、テスのことはよくわかっている。彼女はすでに、ティファニーのためのドレスをボーフォート公爵夫人から借りていることだろう。でも、夫人としては穏やかな心持ちではないはず。公爵夫人の怒りを招くことは、ティファニー／ユライアの本意ではない。

ティファニーはいちどにふたつの場所にいることはできない。でも、おなじ場所でふたりの人物になることはできる。彼女は冴えない青いウールのドレスを着ると、小ぶりの鞄にユライアの鬘、衣類、髪粉、ビロードのつけぼくろを詰めた。アストウェル・パレスまでの道中、頭の中で計画をおさらいする。ティファニーがドレスを着て晩餐の席につく。それからユライアの衣服に着替え、食後のコーヒーを飲めばいい。そして中座し、ふたたび公爵夫人から借りたドレスに着替えたあとは、ずっとそのドレスで過ごす。最後に自分のドレスに着替え、コテッジに帰る。胃がよじれた。昼に食べすぎたものが逆流してきて、気持ちが悪くなった。計画は完璧からはほど遠い。危険がいっぱいだ。見咎められる可能性はおおいにある。でも、ほかにどうすればいいのか、なにも思いつけない。ティファニーは歩きつづけた。

ティファニーがティファニーでいるかぎり、晩餐の席で毒を盛られる心配をしないですむことが、せめてもの慰めだ。

ティファニーは使用人用玄関に向かった。いつもそうしているように。自前でこしらえたウールのドレス姿でお屋敷の正面玄関を通ることなど、できるはずがなかった。使用人用玄関からはいるときでさえ、家政婦長にお辞儀をしながら、手がぶるぶると震えた。

「晩餐にお招きいただきました」

「ドレスはお客さま用のお部屋に用意してあります。エミリーが着替えを手伝います」ミセス・ホイートリーはつらそうな笑みを浮かべて言った。「こちらへ、ミス・ウッダール」

ティファニーは家政婦長のあとをついて中央の廊下を進んだ。大階段をのぼり、ゲストルームが並ぶ一角へ向かう。各部屋にはティファニーが選んだ本が置かれている。ミセス・ホイートリーは、ティファニーのために用意されたゲストルームのドアを開けた。エミリーが中で待っていた。化粧台には優美な品々がいくつか載っている。しゃれたティー・セット一式のようだ。銀製の小さなティーポットもある。缶や瓶やブラシや鉄製のトングを見て、いったいこれは何のためにあるのかと、ティファニーは考えずにいられなかった。それに、缶や瓶にはいった粉や液体が毒として使われる可能性はあるか、とも。でも、どれもエミリーに塗ったりはたいたりしてもらえば、あきらかになるだろう。それに、トーマスについて彼女に質問をするなら、いまがうってつけの機会だ。

「ありがとうございます」ティファニーは言った。

家政婦長はティファニーにお辞儀をしてから部屋を出ていった。ティファニーはエミリーとふたりきりになった。

「きょうはお手伝いをしてくれるということで、感謝するわ」

「それが仕事ですので、ミス・ウッダール」エミリーは言った。それからティファニーのショールに手をかけた。脱がせようとするかのように。

ティファニーはさっと身を引いた。「着ているものをひとに脱がせてもらうことに慣れていないの」

エミリーはにっこりとした。「はい、わたしもです。でも貴族のご婦人方は、ご自分のストッキングの脱ぎ方さえご存じないんですよ」

ティファニーは弾けるような笑い声をあげた。「晩餐の席ではわたし、とんでもなく浮いてしまうでしょうね。これまで、だれかがストッキングを引きあげてくれたことなんて、ないと思う。いま着ているものは自分で脱ぐから、新しいドレスを着るのを手伝ってもらえる？」

「おっしゃるとおりにします、ミス・ウッダール」

「ティファニーよ」ティファニーは言った。エミリーに秘密を打ち明けてもらうには、信頼してもらわないといけない。親近感がないと。

「いけません」

「わたしには特別なところなんてなにもないの、だから洗礼名で呼ばれてもまったくかまわないのよ、エミリー」ティファニーは言った。「兄とわたしは、品位は保っていたけれど生活は貧しかったわ。わたしが成人してからは、ほぼずっと」

「でも、レディとしてお生まれですよね？」

「女として生まれたの。あなたとおなじよ」

「かしこまりました。あなたのことはミス・ティファニーとお呼びします」

「ずっと未婚の女というより、デビュタントみたいに聞こえるわ」ティファニーはそう言いながらドレスをするりと脱ぎ、分厚いストッキングを引きおろした。身に着けているものは、シュミーズとコルセットとパニエだけという姿になった。それからエミリーはそのパニエをはずし、詰め物をした対《つい》のパニエと交換した。これで、ティファニーの腰回りは二倍も大きく見えることになる。それから背後も膨らんで見えるよう、そこにも詰め物を当てた。

「コルセットを締めてもいいですか？」若いメイドが訊いた。「そうしないと、ドレスの腰のあたりがはいらないような気がします」

一瞬、それほど華奢《きやしや》とはいえない自分のウェストがようやく望みどおりのサイズになる、とティファニーは期待した。ボタンを留められないドレスを着るなんて考えられない。とはいえ、とんでもないことにエミリーの腕力はとても強かった。彼女がコルセットをきつく締めつけると、ティファニーのウェストはふだんの半分になったように見えた。

「公爵夫人のレディーズ・メイドのお仕事は気に入ってる？」ティファニーがかすれ声で訊

いた。これほどコルセットをきつく締められたら、息をすることもしゃべることも、ほとんどできない。

エミリーは口唇の片方をさっとあげ、半笑いを浮かべた。「とてもやりがいがあります。でも、この職にずっといられる保証はありません。ミセス・ホイートリーは、わたしよりも長く働いているほかの女性使用人を追い越したことに、いい顔をしていません。それに、奥さまはフランス人のレディーズ・メイドがいいわ、とおっしゃいます。それでも、わたしがじゅうぶんにお仕えできたら、このままでいさせてくださるかもしれません」

「あんなことがあった日、あなたに公爵夫人のお世話を任せたけれど、わ――わたしにはメイドのみなさんの競争心を煽《あお》ろうなんて気持ちはなかったのよ、エミリー」ティファニーはなんとか声を絞りだした。「あなたは器用だと気づいただけ。だから、あなたならちゃんとできると思ったの」

「そして、わたしはそのことに感謝しています」エミリーは言った。「わたしの人生を永遠に変えてくださったかもしれません。あのような機会が、だれの人生にも訪れるとは限りませんから」

ティファニーはほほえんだ。「公爵夫人があなたを手放さないといいわね」

「はい、わたしもそう思います」エミリーはそう答えた。「わたしはミス・ドッドリッジより気分屋ではありませんし、彼女の二倍は働いて、ずっとそばに置きたいと奥さまに思っていただけるようにするつもりです」

「ミス・ドッドリッジのことは、あまりよく思っていなかったみたいに聞こえるわ」

エミリーはティファニーのウールのドレスを箪笥の中に吊していた。「ミス・ドッドリッジはすごく意地悪でした」

「メイドのみなさんは、彼女のことが好きではなかった？」

「わかりません」エミリーは箪笥の扉を閉めながら答える。「さあ、スツールに腰かけてください。お顔に白粉を塗って髪を整えます」

ティファニーはアヒルのようによちよちと歩いて化粧台の前のスツールに向かい、慎重にそこに腰をおろした。横幅のあるパニエと後方の膨らみのせいで、一連の動作は心許ない。エミリーへの質問をつづけるつもりだったけれど、彼女に顎をがっちりと摑まれながらでは、ほとんどしゃべることができなかった。エミリーはなにか液体のようなものをティファニーの顔に塗ってから、白粉をはたいた。眉毛と睫毛《まつげ》、どちらも濃く描いた。それから頬に紅を差し、アルカネットの根っこで色をつけた練り粉を口唇に塗った（アルカネットは中央ヨーロッパから南ヨーロッパ原産。青紫の花をつけ、根から抽出した染料は口紅などの着色に使われた）。ティファニーは鏡を見ても、そこに映るのが自分だとは思えなかった。鏡の中の人物は高貴な女性で、貧しいだれかではない。

エミリーはティファニーの頭からヘアピンをはずすと、櫛で梳かしてカールを伸ばしはじめた。それから縮れさせた髪で、顔の周りを大きくふんわりと囲った。

「葬儀のときに気づいたのだけれど、あなたはトーマスととても親しいのね」ティファニーはそう切りだした。「彼も気の毒に、ミス・ドッドリッジの死をとても重く受けとめているみたい」

苦々しい表情がエミリーの顔に現れ、青い目がすっと細くなった。「彼女のようなひとにとって、トーマスはいつもいいひとすぎました。彼女がいなくなって、トーマスのためにはよかったんです、わたしの意見ですけど。ミス・ドッドリッジのような女性は、トーマスに心の痛みしか与えませんから」

「でも、あなたのような女性なら……そうではない、と？」

エミリーはすぐには答えなかったけれど、ティファニーの濃い金色の髪のもつれをひと筋、ぐいと引っぱった。痛さに声をあげないよう、ティファニーは口唇をぎゅっと嚙まなければならなかった。とはいえ、あんな個人的な質問をしてしまったのだから、この仕打ちもとうぜんだろう。

「トーマスはトーマスが好きなひとを好きになっていいんです」エミリーは言い、ティファニーの髪をまた手荒く引っぱると、櫛を使って頭の上で雲のように膨らませた。

ティファニーはエミリーの反応をじっと見つめながら言った。「ちょっと耳にしたんだけれど、公爵夫人はトーマスのことがお気に入りみたいね」

エミリーは鼻に皺を寄せた。顔に浮かんだ嫌悪感をごまかせてはいない。でも、彼女が快く思っていないのはトーマス、それとも公爵夫人？

あるいは、ふたりとも？

ティファニーは軽く息をついてから話をつづけた。「ボーフォート公爵夫人は、トーマスがミス・ドッドリッジと親しくするのをよく思っていなかったような気がするわ」

エミリーは歯をぎしぎし嚙んだけれど、ティファニーの髪を整える手を動かしつづけた。

「わたしには何とも言えません、ミス。そのとき、わたしはレディーズ・メイドではありませんでしたから。でも、何でもかすめ取るあの女の手からトーマスが逃れられて、奥さまが安心なさっていることはよくわかります」

ティファニーはその言い草にひるんだ——もしかしたら、エミリーの手つきが荒々しいからかも。鏡を見ると、ティファニーの髪はほんの数個のリボンを使っただけで、あるべきところにきちんとまとめられていた。彼女の手際のすばらしさに、ティファニーはいたく感心した。すばらしい能力を備えた指の持ち主だ。エミリーは首の下のほうにもいくつか巻き毛をつくり、それから三角錐のマスクをティファニーに渡した。

「これで顔を覆ってください」エミリーはそう言いながら、ティファニーの身体が汚れないよう、フリルのついた優美なペニョワールを着せた。

ティファニーがマスクを顔に当て、エミリーは彼女の頭に粉を振りかけた。

「もうはずしてもいいですよ」

ティファニーが言われたとおりにすると、くしゃみが出た。エミリーがけらけらと笑った。ティファニーも笑った。それから、ドレスを着るのにエミリーの手を借りたけれど、ボタンは（あいにく）ティファニーがぜんぶ自分で留めることができた。もういちど鏡をちらりと見て、その変身ぶりにティファニーは心の底から感じ入った。より若く、より美しい。しかも、胸がいつもより豊かになっている。

「エミリー、あなたって魔女みたいね」

「なんですか?」エミリーはびくっとして言った。

ティファニーは両手をあげた。「やだ、ちがうわよ。褒めたのよ。わたしをまるっきり別人に変えてしまったんだもの。ずっとすてきなだれかに」

エミリーは頭をぶんぶんと振った。「もともと完璧でしたよ」

目をぱちぱちさせ、このメイドは心にもないお世辞を言ったのだとティファニーは思った。でも、彼女の顔に浮かぶ誠実さは見間違えようがない。

ティファニーはクスッと笑った。「ありがとう。でも、わたしは完璧からはほど遠いわ。ずっと未婚の女性という以外の、何者でもないから」

「あなたは親切です。そうしなくていいときも、そうする必要がないときも。それよりも完璧なことなんてありません」

ティファニーの胸に温もりが広がった。あれこれ質問をしてエミリーに信頼してもらおうとしてきたけれど、自分のほうがエミリーを信頼するようになっていた。

「これから、あなたからの高評価を台無しにするわよ」ティファニーは言った。「自分でストッキングを穿いてから靴を履くの。正しいレディならしないでしょうけど」

エミリーは楽しそうに笑い、ティファニーに絹のストッキングを渡した。それはごく滑らかで、水のような手触りだった。ストッキングを穿こうと腰を屈めたところで、ティファニーは大きな音を立ててスツールから床に転がった。

「だいじょうぶですか、ミス・ティファニー？」

ティファニーは痛みを感じたけれど、自分の粗相に床の上で笑うことしかできなかった。

「これだから、公爵夫人方は自分でストッキングを穿かないのね」

エミリーは笑みを浮かべて、頭をふるふると振った。

ティファニーはすばやくストッキングを穿き、エミリーの手を借りて立ちあがった。

「靴はわたしに履かせてください」エミリーは言った。「安全のために」

ティファニーはまた声をあげて笑った。「ありがとう。どうやら、そのほうがよさそう」

ティファニーが片足を伸ばすと、エミリーは繊細なヒールの靴を履かせた。ドレスとおなじように、手の込んだ美しい刺繍が施されていた。ただ、ほんの少し窮屈だ。もう片方の足を出すと、ティファニーは自分がプリンセスだと感じずにはいられなかった——いえ、女王だわ。今回の晩餐を、懐かしい友人といっしょに楽しむことだけできたらよかったのに。ひと晩のあいだにふたりの人物になろうとしないで。

「パーラーまでご案内します。そこでほかのみなさんをお待ちください」エミリーはそう言い、膝を曲げてお辞儀をすると、部屋のドアを開けた。そのようすは、エミリーがちがう人物へと変わってしまったようだった。使用人へと。背すじをぴんと伸ばし、目を伏せている。

「こちらです、ミス・ウッダール」

ティファニーはほほえみ、エミリーを安心させようとした。でも、彼女の表情は変わらなかった。パーラーのドアの前に行くまで、エミリーはひと言も話さなかった。「ドレスを脱ぐお手伝いをしますので、今晩はずっと待機しています、ミス・ウッダール。ほかにもなにかご用があればお申しつけください」

「なにもないわ」ティファニーは言い、その場を退がろうとするエミリーの腕をぎゅっと摑んだ。「あなた、ほんとうにすばらしいわよ」

20

だれも部屋にやってこないうちに何分も時間が過ぎ、ティファニーの不安はどんどん大きくなっていった。自分がふつうの客人でないことは承知している。身分が低いお方なのだから、こちらの好きなだけ待たせておけばいいわ、と貴族のみなさまには思われているのだろう。とはいえ、そう考えたところで気は紛れない。そこで彼女はくり返し、ユライアが遅れることを弁解する口上の練習をした。部屋にはいるテスのためにトーマスがドアを開けたとたん、そのことばのすべてが、ティファニーの口からごちゃごちゃとあふれ出た。「ユライアは遅れます。先約を断ることはできませんでした。どうか、お気を悪くなさらないでください」

「残念ね。でも、気を悪くはしないわ」テスは扇子をパチンと閉じた。「ああ！　彼をからかうのは楽しいのに！　かわいそうに、あのひとったら何でもかんでも、真剣に考えすぎるんだもの」

「でも、奥さまはちがうと？」

テスはほほえみ、長椅子に腰をおろしてドレスの裾を広げた。「ええ、ちがうわ。でも、メソジストに信仰を見出したからには、物事を真剣に考えようとがんばっているところよ。息子によると、わたしには軽率で不道徳な傾向がおおいにあるんですって。でも、もうそんなことはないと請けあったわ。殿方とたわむれるなんてこともしない。その方と結婚するのでないかぎり」

ティファニーはうぶな娘ではないけれど、女性がこんなにもあけすけに自分の情事について話すところを耳にしたことはなかった。

「あら！　びっくりさせちゃったかしら、愛しいティファニー」テスは言った。「でもね、上流階級のひとたちのあいだでは、ちょっとしたお遊びはごくふつうのことなの。あなたも知っているでしょうけれど、わたしたちは愛情では結婚しないわ。だから、婚姻関係の外で愛というものを知るしかないの」

「知ることができたのでしたら、いいのですけれど」ティファニーは言った。「奥さまは愛を知るのにふさわしい方ですから」

テスのふざけたような笑顔が消えた。「知ったわ。十五年くらいになるかしら。でも、もう彼の腕のなかで安らぐことはできないの」

慣れ親しんだ哀しさがティファニーの心の奥を満たした。愛したひとを失うことがどれほどの痛みとなるか、ナサニエルのことで身に沁みてわかっている。「お相手は亡くなられたのですね、お気の毒です」

涙がひと粒、テスの頬を流れおちたけれど、彼女は頭を横に振った。「彼は亡くなってはいないわ。ほかの方と結婚しているの。でも、もうあきらめないといけない、おたがいに思い合っているのだけれどね。わたしの新しい信仰がそうさせるのよ」

ティファニーは何と言っていいのかわからなかった。そのときフォード執事がドアを開け、つづいてボーフォート公爵夫妻がはいってきたおかげで、なにも口にしないですんだ。彼女は立ちあがり、夫妻に向かって膝を曲げてお辞儀をした。

公爵はティファニーに温かい笑みを見せた。「やあやあ、ミス・ウッダール。今宵あなたが来てくれて、こんなにうれしいことはないですね」

それからテスのほうを向き、彼女の手を取ってキスをした。「公爵夫人、お会いするたびにますますお美しくなられますね」

テスは扇子で公爵の腕を軽く叩いた。「わたしほどの年齢のレディは、お世辞は大歓迎ですわ」

「ところで、ミスター・ウッダールはどうしたのかな？」公爵は訊いた。「彼もまた、今宵の晩餐に来るのでは？」

ティファニーの顔に血が一気に集まり、どうしたことかコルセットがぎゅっと締まった。

「兄には先約がありまして。ですが、あとで遅れて参ります」

「それはいい」公爵は言い、肘を曲げた腕の片方を妻に、もう一方をテスに差しだした。彼はふたりをエスコートして部屋を出た。ティファニーはそのあとにつづいた。使用人のように。公爵はふたりをダイニング・ルームまで導いた。空色に塗られたその部屋は、広さも装飾も見るからに贅沢だった。クリスタルのシャンデリアが天井からさがっている。楕円形のテーブルには三十人はつけそうなのに、ほんの五人分の銀器がひと揃いと、椅子が用意されているだけだ。公爵は妻をテーブルの上座に連れていき、椅子に座らせた。それからテスを自分の右側に座らせた。あとはふたりぶんの椅子が残されている。ひとつはテスのとなり、ひとつは彼女の向かいだ。どこに座ればいいのかわからなかったので、ティファニーはドアのそばにぎこちなく立ったままでいた。

公爵はテスの椅子を引いて彼女を座らせた。それから、ティファニーのところにやってきて腕を差しだした。「さあ、ミス・ウッダール。エスコートさせてください」

公爵がこれほどていねいに接してくれるとか、気遣いを見せてくれるとか、ティファニーは予想だにしていなかった。まるでわたしが身分の高い女性だというみたいじゃない、公爵の図書係の独り身の妹ではなく。ティファニーはそう思いながら、そろそろと指を公爵の白いコートに置いた。それはあまりにも繊細で、ぞんざいに触れたら破れてしまいそうだった。公爵の先導でテスの向かいに連れていかれ、そこでまたおどろかされた。公爵が椅子を引き、座らせてくれたのだ。

ティファニーはボーフォート公爵夫人にちらりと目をやった。夫人はティファニーを見ていたけれど、その表情には嫌悪が浮かんでいた。わたしが夫人のドレスを着ているから？　それとも、わたしの人格や外見にあきれるほどのなにかを感じ取って、顔をしかめるしかないから？

フォード執事がバーナードとトーマスに指示を出し、何皿もの料理が待つ晩餐がはじまった。このお屋敷に殺人者がいると知らなければよかったのに。そうすれば、手間のかかった豪華な宴の席をきちんと楽しめたのに。ティファニーはしっかりと周囲を観察し、自分がいちばんに料理に手をつけることのないよう気をつけた。バーナードがにやにや笑いを浮かべながら、チューリーンを給仕した。ほかのだれも知らないことを自分は知っている、とでも言いたげだ。トーマスは、まるでだれかの葬儀に参列しているかのような雰囲気を漂わせていた。六皿目のハクチョウの料理を給仕するとき、彼はティファニーにそっとほほえみかけた。けれどテスと公爵に給仕するときは、はっきりと冷淡な素振りを見せた。ファースト・フットマンはこれ以上ないほど堅苦しいようすでボーフォート公爵夫人の傍らに控え、給仕をするあいだ、夫人の懇願するような目を見ないようにしていた。フォード執事は裁判所の判事よろしく食事の進行具合をじっと見つめ、グラスの中のワインが半分になるとすぐに、あらたに注いでまわった。

テーブルに出された料理はなにもかもが美味だった。牛の頬肉や仔羊の脳入りのラグーといった食欲をそそるものもあれば、鶏肉に添えられたスグリのゼリーやケーキ類やダムゾン・チーズ（スモモなどを砂糖で煮固めたもので、チーズではない）といった甘いものもあった。どれも口に入れるたび、繊細な味が広がった。

食事中の会話はごく少なかった。ちゃんと話をするには楕円形のテーブルが広すぎるというだけのことで、テーブルの端から端に向かって叫びたければ、そうすればよかった。ティファニーの席からはテスの姿さえ、テーブルの真ん中に置かれた巨大な銀製のトラの像のせいでよく見えない。でも、まったく気にならなかった。ティファニーは目の前の豪華な料理に集中することで満足していた。でも公爵夫人が立ちあがり、そろそろ女性たちは退出しましょうと合図すると、その満足感はすっと消えた。テスも立ちあがった。ティファニーもどうにかして椅子から腰をあげ、よろよろとふたりのあとについてドアに向かった。

フォード執事が、こちらもまた豪華な部屋のドアを開けて待っていた。公爵夫人とテスは部屋にはいった。

ティファニーはドアの手前で足を止めた。「少し失礼させてください。すぐにもどります、奥さま。わたし――」

テスは声をあげて笑った。「わたしたち、あなたのご用は承知よ。いってらっしゃい、ティファニー」

用を足すだけですめばいいのに、ユライアの振りなどすることなく。ティファニーはそう思いながら、エミリーの手を借りてすばらしいドレスに着替えたゲストルームにもどった。小ぶりの真珠のボタンをはずすとき、指が震えた。慎重に脱いだドレスをベッドに置いてから、ストッキングと靴を脱いだ。コルセットを緩めることができなかったので、ハンドバッグから細い布を取りだし、コルセットの上から胸の膨らみにぐるりと巻いた。息がしづらくなるとは思ったけれど、いま、ほんとうに深い呼吸ができないでいた。すばやくユライアの服に着替え、きれいに髪粉をはたいた髪に彼の鬘をぽんと載せた。

視線を部屋の中にさまよわせ、水差しと盥《たらい》と布きれを見つけた。布きれを水に浸し、目の周りの化粧をそっと拭きとった。さらに用心としてもういちど顔に白粉をはたき、それから三つのビロードの黒いほくろを頬につけた。鏡を覗き、自分がもう女性に見えないことを確認する。ティファニーはふたりの公爵夫人が待つ部屋へと急いだ。いまごろは公爵も加わっていることだろう。

トーマスが部屋の外にいて、ティファニーのためにドアを開けた。

「ユライア！」テスが声をあげた。「うれしいわ、来てくれて。さあ、となりに座ってちょうだい」

ティファニーは軽くお辞儀をして、長椅子のテスのとなりに腰をおろした。「妹はどこでしょう？　もう、お暇《いとま》しましたか？」

テスがティファニーの太腿の真ん中あたりをぽんぽんと叩いた。ティファニーはびくりとして、危うく立ちあがりそうになった。

「すぐにもどってくるわ、すぐに。女性はね、ご用をすますのに少々、時間がかかるときがありますから」

ティファニーは顔が赤くなるのがわかった。でも、話が〝ご用〟のこととなれば、兄なら顔を赤くしただろう。

「わたしも妹も、お招きいただいたことをたいへん名誉に思っています、奥さま」ティファニーはボーフォート公爵夫人に顔を向けながら言った。

「いつだってお客さまは大歓迎よ」夫人はややそっけない口調で言った。「それと、あなたが購入した新しい小説にはたいへん満足しています」

「小説ですって！」テスが口をあんぐりとさせた。「ユライアったら、わたしのつま先までおどろかせてくれるわね。あなたは小説なんて認めないと思っていたのに」

認めていなかったわ。

ティファニーは口唇を噛み、それから咳払いをした。「公爵夫人から、いちばんおもしろい最新の作品をお客さま方にご用意するよう仰せつかりました。そのご期待に沿えたとは言い切れないのですが」

テスは甲高い笑い声をあげた。公爵夫人さえも笑みを浮かべた。

「客人たちがじっさいにその小説を読めるかどうか、わからないがね」公爵が妻にウィンクをしながら言った。「キャサリンはその小説をぜんぶ、自分のものにしたようだから」

「ことばで言い表せないほど、楽しんで読んでいますわ」公爵夫人は答えた。「ぞっとする感じには、何とも言いがたい趣があるの。優れたお芝居でさえ、何時間ものあいだ、これほど楽しませてもらったことはめったにないわね」

「まさしく、そのとおり」公爵も同意した。

「ちょっとティファニーのようすを見にいったほうがいいかもしれないわ」テスはそう言い、扇子をピシッと鳴らした。「迷子になっているかもしれないから」

ティファニーはあわてて立ちあがった。「わたしが見てきましょう、奥さま」

「そうしてちょうだい、ユライア」テスはティファニーの手をぎゅっと握った。「でも、すぐにもどってきてね」

ティファニーはうなずき、彼女の手から逃れた。これ以上なくすばやく動いてドアの前に立つ。部屋を出ると、走るようにしてゲストルームにもどった。中にはいり、コートと、紋章のついたウエストコートのボタンをはずして脱ぎ捨てた。ブリーチズを脱ぎ、公爵夫人のドレスにもういちど身体を滑りこませる。あっという間にボタンを喉元まで留め、ユライアの鬘を頭からむしり取った。いくつかの巻き毛をまっすぐに伸ばし、まぶたの周りにあらためて濃い化粧をしてから部屋を出た。

階段のいちばん下の段でエミリーと出くわした。彼女は膝を曲げてティファニーにお辞儀をした。

「あら、エミリー」

「ほくろも取らないといけませんよ、ミス・ティファニー」エミリーは言った。「ばれたくないとお思いでしたら」

息をあえがせながらティファニーは片手を頬に当て、ビロードの三つのほくろを探した。息をしようとしても、肺の中に空気がはいってこない。なりすましが見つかってしまった。これでコテッジを失うことになる。牢屋に入れられるかもしれない。ティファニーのすべてが、エミリーの手に握られた。

エミリーはティファニーに近づき、ビロードのほくろを三つとも剥がした。「ミスター・

ウッダールはいちどとして、わたしに声をかけたことはありません。ましてや、一瞥する以上にわたしに目を向けることなど。あなたがはじめてここにいらした日、図書室の場所がわからなかったときから、どこかおかしいと思っていました」

「それでも、なにも言わなかったの？」

エミリーは顔を左右に振った。「だれがわたしの言うことなど信じます？　それにこのお屋敷の中で、あなたはだれよりも親切にしてくださったから」

「あなたのやさしさは、わたしがしたどんな親切をもはるかに上回っているように思えるわ」

「あまりお待たせしないほうがいいと思いますよ」

ティファニーはうなずき、急いで先ほどの部屋にもどった。トーマスがドアを開けてくれたものの、彼女の神経はすっかり参っていた。

「よかった、ティファニー」いつもの明るい声でテスが言った。「もどってこられたのね。でも、こんどはお兄さまが行方不明よ」

ティファニーは震える両手を握りあわせ、部屋を横切ってテスのそばに腰をおろした。

「あいにく兄は気分が優れないようで、失礼させていただきました」

「まあ、それは残念ね」テスはくすくす笑いながら言った。「わたしがずっとからかったから、怖気《おじけ》づいたのでなければいいのだけれど」

「それはないですわ」ティファニーは言った。「ユライアはずっと胃腸に問題を抱えているんです。ひさしぶりに奥さまと再会できたことを、とても歓んでいました。奥さまは少しも変わっていない、と言っていました」

「彼もわたしをからかっているのね！」テスはまた、くすくすと笑った。

「いやいや、公爵夫人はずっと若々しくいらっしゃいますよ」ボーフォート公爵も、テスについての意見に賛成した。彼の妻でもうひとりの公爵夫人は扇子で自分を扇ぎながら、退屈そうな表情を浮かべていた。

「今夜はまったく気分が乗らないわ」ボーフォート公爵夫人が言った。「なにか楽しいことをしないと。ミス・ウッダール、なにか楽器は弾ける？」

ティファニーが「いいえ」と答えたのと、テスが「ええ」と答えたのは同時だった。テスはティファニーの腕に手を置いた。「謙遜しないで――あなた、すばらしくじょうずじゃない。わたしたちの学校で、いちばんのハープシコードの弾き手だったわ。それに天使の歌声の持ち主よ。ほんとうに」

座ったままもじもじしながら、ティファニーは顔がかっと熱くなったのがわかった。「あいにく、学校を出てからずっと、演奏する楽器も機会もありませんでした。それにわたしの演奏では、みなさまを楽しませることなど、ちっともできませんよ」

「もう！」テスはそう言い、口を尖らせた。「この二十年のあいだ、歌わなかったなんてことはないはずよ」

それがおもしろいことに、歌わなかったのだ。歌うことはいつも、ティファニーに歓びをもたらしてくれた。でもおとなになってからは、歌で幸せになれることはなかった。練習するための楽器もなかったし、ユライアは〝ティファニーのキーキー声〟を嫌った。パンを焼いたり掃除をしたりしているときの彼女の歌声を、兄はそう表現したのだ。音楽も絵画もやはり貴族階級の特権だと、ティファニーは思わずにいられなかった。テスはほんとうに、わたしの生活がどんなものかわからないの？

「残念ね」もうひとりの公爵夫人があくびをしながら言った。

「それならカード・ゲームはどうだろう？」公爵が提案した。

ホイストをやることになり、トーマスがカード・テーブルを運んできた。テスとティファニーがペアを組み、ボーフォート公爵夫妻と対戦した。掛け金はごく少額だったものの、それでもティファニーは勝たないといけないとわかっていた。そうでなければ、朝か夜の一食を抜くことになるだろう。食費を賭けるギャンブルが健全な選択であるわけがない。でも、ほかにどうしていいのか、彼女にはわからなかった。

公爵がそのように賭け金を低く設定したのはなぜか、テスはあいかわらず理解できないようで、それでは楽しみが減ると文句を言った。彼女はプレイがうまくいくと満面の笑みを浮かべ、負けると口を尖らせた。いつでも自分の意志を通してきた子ども時代そのままの、甘やかされた少女のようだ。

公爵夫人が立て続けに何度かあくびをすると、ティファニーは立ちあがって部屋を出た。わずかでも賞金を手にその場を離れられて、気分がよかった。

ティファニーがゲストルームにもどると、エミリーが待っていた。彼女はなにも言わずに着替えを手伝い、ティファニーが脱いだ美しいドレスとシルクのストッキングと繊細なハイヒールを受けとった。それらがティファニーのものだったのは、今夜だけのことだ。彼女は自分のドレスを着て、そして気づいた。部屋中に脱ぎ散らかしてあったユライアの衣類が、きちんとたたんで鞄の中にしまわれている。ユライアの鬘の上には、ビロードの丸いほくろが三つ、載っていた。

「事情を聞きたい？」

メイドは首を横に振った。「今夜は奥さまの着替えを手伝わなくてはいけませんから、ミス・ティファニー。気をつけてお帰りください」

「今夜あなたがしてくれたこと、なにもかもにもういちどお礼を言うわ。ありがとう」ティファニーは言った。「あなたには借りができた、だからなにかあったら、どうかわたしに教えてちょうだい」

エミリーがドアを開けてくれた。ティファニーは使用人用宿舎を通ってお屋敷を出た。外は真っ暗闇だった。明かりは湖を照らす月だけ。湖面で小波《さざなみ》が追いかけっこをしているけれど、たがいに追いつくことはない。気持ちはいいけれど恐ろしくもある。お屋敷のどこかに殺人者が身を潜めているのだ。ティファニーは片手で喉元を押さえた。

「ミス・ウッダール」トーマスが玄関から呼ばわった。「お帰りになるのに馬車を呼んでありますか？」

ティファニーがふり返ると、お屋敷から洩れるろうそくの炎の中に長身のトーマスの姿があった。彼女は首を横に振った。「いいえ。でも、歩いても遠くないの。一キロくらいかしら」

「しかし灯りをお持ちではない」

ティファニーは小さく肩をすくめた。「ランタンを持ってくることを考えるべきだったわね」

トーマスは片手をあげた。「少しお待ちください、ミス・ウッダール。ランタンを取ってきて、家までお送りします」

灯りもコテッジまで送ってくれることも、ティファニーはほんとうにうれしかった。トーマスがランタンを高く掲げるおかげで、前方の道がよく見えた。

「家まで送ってくれるなんて、あなたは親切ね」

トーマスはかすかに頭を振った。「わたしにできることは、これくらいです。お屋敷で馬車を呼んでおくべきでしたのに。あなたはお客さまなのですから」

「哀しいことに、未婚の女はほとんど気を遣われないのよ。残念だけれど」ティファニーはにっこりとして言った。

そのことばに応えてトーマスは言った。「フットマンもおなじです」

ティファニーはトーマスの腕にそっと手を置いた。「ミス・ドッドリッジのことは、ほんとうにお気の毒だわ。兄から聞いたけれど、とくにあなたは彼女と親しかったそうね。いまは、とてもつらい時期よね」

トーマスは鼻をグズグズさせてうなずいた。彼はなにも言わなかったけれど、愛するひとを失った痛みはことばではじゅうぶんに表せないことを、ティファニーはいやというほど理解している。

「あなたが思っていたような女性ではなかったと知ることも、おなじようにつらかったわね」

トーマスは首を振った。「もっと早く気づいていれば、と思います。忠告されていたんです、あるひとから――セアラはわたしに誠実ではない、と。でも、わたしはそのひとが嘘をついていると思いました。わざと彼女を侮辱しているのだと」

ティファニーはつぎの質問をしなくてはいけないことを申し訳なく思ったけれど、彼の動機を探る必要があった。「ミス・ドッドリッジが誠実ではないと知ったのは、彼女が亡くなるまえかしら、それとも亡くなったあと？」

トーマスはティファニーから顔を背け、数歩、歩いてから話しはじめた。「ミス・ウッダール、あなたには関係ないことです」

不躾《ぶしつけ》な質問を彼が軽くあしらっても、責めることはできない。それでも、ティファニーは答えを知りたかった。「ミス・ドッドリッジの振る舞いが死を招いたのかもしれないと考えずにはいられないのよ」

前に出しかけた足を止めて、トーマスはティファニーの顔をまじまじと見た。「あなたがほのめかしていること、気に入りません。わたしは愛した女性を傷つけたことなどけっしてありません。なにをされたとしても。それに、傷つけようとする人物をわたしが知っていたら、それがだれであっても止めたことでしょう」

ティファニーは小さくうなずいた。「公爵夫人は、あれほど有能なレディーズ・メイドを失って、まちがいなく哀しんでいるわ」

トーマスは歩を速めた。「わたしにはわかりません」

顔に浮かんだ表情を見れば、彼が正反対の意見であるとわかる。

コテッジの玄関までやってくると、ティファニーが錠を開けられるよう、トーマスはランタンを高く掲げた。そして彼女が中にはいるのを見届けてからお屋敷にもどっていった。ひどいことを訊かれても、彼は真の紳士だった。

ろうそくを灯しながら、兄とミス・ドッドリッジを殺した人物に一歩も近づいていないと、ティファニーは認めるしかなかった。上位の使用人たちはみな、ユライアかセアラ、あるいはふたりともに死んでほしい事情がありそうに思える。全員がなにかを隠している。ティファニーもふくめて。

21

日曜日はティファニーにとって、もう心安らぐ日ではなくなった。教会までの道をとぼとぼ歩きながら、べつの教会でべつのお説教を聞ければいいのに、と思う。ティファニーの父親は、家では感情をあまり見せなかった。でも、そのお説教を聞けばいつでも希望が持てたし、毎週のように生まれ変わった気持ちになれた。ステンドグラスの窓を通して射しこむ光や、救い主の絵画や像も大好きだった。それなのに、なんてこと。目の前にメイプルダウン教会がぬっと現れても、ティファニーはなんの温もりも感じなかった。

「ミス・ウッダール、今朝はずいぶんとすてきだ」サミールが言った。

ティファニーは返事の代わりにほほえんだ。まえの晩、かなりの時間をかけて、ドレスの燃えてしまった部分をかがった。その美しいドレスを着て教会に来られたことをうれしく思っていた。そのドレス姿をサミールに褒められ、いっそううれしくなる。

「今朝のあなたは、いつもとかわらずハンサムといえるわ、ミスター・ラスロップ」ティファニーは言った。人前では洗礼名で呼ばれないことに気づいた。そんなことをすれば、ふたりにとって必要もないし望みもしないゴシップを招くだけ。何と言ってもティファニーは未婚女性で、サミールは白人ではないのだ。

サミールは茶色の目の端で笑いながら、腕を差しだした。ティファニーはためらわずにその腕を取った。紙とシナモンのにおいがする彼のそばにいることが好きだった。

「捜査の進み具合はどう、治安官?」

サミールの顔に浮かんでいた輝きが翳《かげ》った。彼はかすかに頭を左右に振った。「残念だけれどほとんど進展はない、ミス・ウッダール。何の毒かも、それを服ませた方法も、どちらもわからない……薬剤師のミスター・カニングと話したが、アストウェル・パレスの使用人や村人のだれにも、ナス科の植物を売っていないと断言した。毒はメイプルダウンの外で入手されたにちがいない。おかげで、捜査の範囲が狭まらないんだ」

「ハドソン医師に話は聞いたの?」

「殺人事件解明のきっかけになりそうな情報は、なにも聞きだせなかった」サミールは認めた。「彼がひとつだけ確信しているのは、ミス・ドッドリッジが毒を盛られたということだ。彼女の嘔吐物のにおいや色から判断してね。あと、顎の位置がずれていたことからも。お屋敷のシェフのムッシュー・ボンにも話を聞きにいった。でも使用人はみんな、おなじボウル、おなじチューリーンから食べものを取り分けたと断言したよ。その点は、ミスター・フォードもミセス・ホイートリーもおなじように言っている。ミス・ドッドリッジが食事中に毒を盛られたという可能性は、極めて低いように思える。もしそうだったなら、ほかにも毒の影響を受けた使用人がいただろうからね。それにだ、ハドソン医師はアヘンチンキをすでに廃棄してしまった。そこに毒が含まれていたとは思わなかった、と言っている。でも、調べたところで確信は持てなかっただろうということだ」

「ということは、手がかりはなにもないのね」

「なにも」

ティファニーは大きくため息をついた。これは解けないパズルだ。殺人の手段も動機もわからない。ミス・ドッドリッジとユライアに正義をもたらしたいという望みは、手の中からこぼれ落ちはじめた。そしてティファニーの呼吸のひとつひとつが、最後の一回になるかもしれない。殺人者はまた手をくだそうとするはず、とティファニーは思う。そして今回殺されるのは兄でなく、このわたしだ。

サミールが教会の扉を開けてくれた。ティファニーは仕方なく彼の腕から手を放した。たちまち、彼の温もりと存在が恋しくなる。信徒席へと歩きながら、シャーリー牧師のビーズの目にがっちりと捕らわれているような気がした。牧師のてかてか光る額と、寂しい前髪をふさふさに見せるための縮れ髪のつけ毛から、慎重に視線をそらす。サミールが自分の前に座ってくれれば、こっそりと彼のことを観察できるのに。黒衣に身を包んだ、シャーリー牧師の十四人の子どもたちを見ていたら、陰気な気持ちにさせられるだけだ。

お説教の最後にシャーリー牧師は咳払いをした。ティファニーはお祈りの準備をした。

「たいへんうれしいことに」牧師がそう切りだした。「わたし、メイプルダウンのミスター・ワシントン・シャーリーと、メイプルダウンのミス・ティファニー・ウッダールとの結婚をここに予告します。きょうが一回目の予告です。このふたりが正式に結婚していっしょになるべきではないという理由、あるいは結婚を妨げる障害について知っている者があれば、申し出てください」（イングランド国教会では、結婚するまでに三週つづけて日曜日に結婚予告を読みあげなければならない）

いっ、いっ、いったい、これはなに？

ティファニーは口をあんぐりと開けた。具合が悪くなる気がした。教会の中の目という目を向けられ、じろじろと見られた。ほほえんでいる目もあれば、不満そうな目もある。そして一対の目は咎めていた——サミールのどんぐり色の目だ。彼女は立ちあがって、自分の結婚予告に抗議したかった。でもそんなことをすれば、シャーリー牧師はユライアと話をつけると言って、コテッジまでやってくるかもしれない。ユライアになりすましていることが確実にばれてしまうような面倒を引き起こすだけだ。だから代わりに、みんなの顔を見回した。だれか異議を申し立ててちょうだいと、心の中で必死に願った。この結婚予告に、礼拝堂の中でティファニーよりも衝撃を受けていそうなのはただひとり、寡婦のデイヴィス夫人だった。彼女は五十歳くらいで、シャーリー牧師と同年代だ。髪は雪のように白い（髪粉のせいではない）。あいかわらず黒いドレスを着て、四人の成人した息子がいる。その四人は彼女と並んで、背の高いほうから低いほうへと順に座っていた。

ほんの一瞬だったのか、永遠と言えるほど長かったのか、ティファニーの人生はいったん、中断した。それでもシャーリー牧師はお祈りをつづけた。それから真ん中の通路を花嫁のようにしゃなりしゃなりと歩いていき、扉付近に集まった信徒たちにしきりに声をかけた。信徒たちからは、来たる結婚を祝福された。ティファニーはどうにかして立ちあがった。教会に残る最後のひとりになりたくなかった。そんなことになったら、シャーリー牧師はコテッジまで送ると言ってくるだろうし、コテッジまでの長い道のりを歩くあいだ、自分が怒りを抑えていられるとは思えなかった。

ティファニーが通路を進みはじめると、サミールが彼女と扉との間に立ちはだかった。

「きみのことはわかっていると思っていたけど、ミス・ウッダール」彼はかすれ声で言った。「どうやら、そうでもないようだね」

ティファニーは彼の腕に触れたかった。なにもかもがとんでもないまちがいだと断言したかった。でも、身体と頭が正しい行動を決められないうちに、サミールはきびすを返し、彼女をひとり残して行ってしまった。ティファニーはとぼとぼと扉に向かった。また、最後まで残ってしまった。

シャーリー牧師が脂ぎった手を差しだしてきたけれど、彼女はその手を取ることなどできなかった。

「結婚予告を読みあげるなんて、ほんとうにおどろきました」ティファニーは言った。「わたしたちの間で決まっていることなど、なにもないと思っていましたから」

「わたしの求婚を受けることは光栄だと言ったではないですか」牧師は黄色い歯を見せて、笑いながら言った。「あなたの慎ましさは賞賛に値しますが、わたしは待つことにうんざりしてきたのですよ。しかも、あなたが結婚を受け入れるためには、あと二週にわたって結婚予告をしなくてはならないのですから」

ティファニーはうなずき、なにも言わずにその場から歩き去った。あと二週間。ついにユライアになりすましていることを明かすか、牧師と結婚するかしなければならない。どちらにしても、ブリストル・コテッジは失う。

あと二週間で、何とかこの窮地から逃れる道を探そう。シャーリー牧師と結婚するくらいなら、ポッキリヤナギの下、ユライアのとなりに埋められるほうがましだ。

22

月曜日の朝がやってきても、愛しいコテッジと図書係という職を手放さずにすむための解決策を、ティファニーはまったく思いつけないでいた。とりあえずはアストウェル・パレスに行くだけだ。そうしておけば、ユライアがいないことには気づかれない。いまティファニーは、毎日お屋敷に通っていた。というのも、楽しかったから――図書係でいることのなにもかもが。本を整理すること、分類すること、目録をつくること、本を購入すること、そして――なににもまして――読むことに惚れこんでいた。世の中に図書係よりも偉大な専門職があるはずがない。これも（よくあるように）男性だけに用意された職だ。

『クラリッサ』の結末を読んでも、ティファニーの気分は晴れなかった。物語の中の女性は、ただ死ぬだけのように思えた。自らを救うとか、行くべき道を自ら決めることはない。小説の中でさえ、男性がすべての力を持っているかのようだ。権威ある者でさえ、相手の女性の明確な同意なしに結婚予告を読みあげる。

二時からはじまる使用人用の食事に、ティファニーは時間よりも早めに行った。すると、バーナードが暗赤色の髪の年上のメイドに、思わせぶりに身を寄せていた。彼女は声をあげて笑っていたけれど、フォード執事がダイニング・ルームにはいってくると、ふたりはぱっと離れた。バーナードはジャケットのポケットからバラが描かれたスナッフボックスを取りだし、スナッフをひとつまみ吸いこんでから、使用人用テーブルの自分の席のそばに立った。ティファニーが見るかぎり、愛するひとを失って哀しんでいるようすはまったくない。それどころか、ミス・ドッドリッジの持ちものをくすね、あたかも自分のもののように使っている。見た目の麗しさとは裏腹に、どこまでも不愉快な若者だ。

ティファニーは上座の自分の席、フォード執事のとなりに座ったものの、女性使用人用テーブルの下座に座るエミリーに、ちらりと目をやらずにはいられなかった。いまのところ、彼女はティファニーのなりすましには口をつぐんでいる。これからもずっと、つぐんでいてほしい。とはいえ、それを知られているのは危険だ。何の悪気もなく、うっかりだれかに話してしまうこともあり得る。エミリーにたいする、あるいは自分がうっかりしてしまうことへの不安、さらには食事に毒が盛られているかもしれないという不安のせいで、せっかくのムッシュー・ボンのおいしい料理を楽しむというティファニーの歓びは奪われた。使用人用の料理は、公爵夫妻に供される一皿一皿ほど手が込んではいないけれど、それでもとてもおいしく、より心がこもっているのに。

トーマスに目をやると、そのハンサムな顔には哀しみが浮かんでいた。目の下には隈ができ、顎のあたりには力がない。彼はひとことも話さず、ほとんどなにも口にしていない。心配して彼を見つめているのはティファニーだけではなかった。エミリーもまた、ひとくち食べては、彼の顔に鋭い視線を向けている。ミセス・ホイートリーは自分の席から、母親が気遣うようなようすで何度か彼のことを見ていた。このフットマンを気にかけるひとたちがお屋敷にいるとわかり、ティファニーは安心した。

図書室にもどったあとは、どちらかといえば実りのない午後を過ごした。自然科学の棚を整理しようとしたけれど、心の中は自分の問題のせいで乱れていた。そもそもが何の約束もしていない婚約から、どうやって逃げればいい？　どれくらいのあいだ、ユライアと自分の二役をつづけられそう？　それに、兄の死を報告しなかったことや、教会の墓地に埋葬しなかったことで、法のもとではどんな結果が待っている？　サミールが自分を逮捕しにやってくると考えたところで、ティファニーは身体をぶるっと震わせた。ラスロップの彼女への信頼感も、ユライアのとなりに埋められるだろう。

だれがユライアとミス・ドッドリッジを殺したのかについても、まったく真相に近づけないでいる。ミセス・ホイートリーとトーマスはふたりとも哀しみに打ちひしがれ、なにかしらの罪の意識を感じているようだ。エミリーは秘密を守るべきだと理解している。バーナードは非情で、愛する相手にも躊躇《ちゆうちよ》なく毒を盛りそうだ。となると残るはヒッケンルーパーだけれど、ティファニーはこれまで彼と話したことがない。彼と親しくなることはできそう？　食事のときに向かいに座ってみよう。いちどもことばを交わしたことはないけれど。

図書室を出ると、テスとボーフォート公爵がいた。ふたりとも天使よろしく、白ずくめの恰好で並んで立っている。パーティの招待客があらたに到着したようだ。紳士が三人と、レディがふたり。全員が巨大な髪型をして、たくさんのジュエリーで飾りたて、凝った衣服を着ている。彼らは、ティファニーがそこにいることにすら気づかないようすで、彼女の前を通り過ぎた。ティファニーのことは、銅像だか家具のひとつだかとでも思っているようだった。

テスの目がほんの一瞬、ティファニーの目と合ったけれど、彼女はすぐにとなりの紳士に向きなおった。腕と腕を絡ませ、反対の手に持った扇子でその紳士を、あだっぽくぴしゃぴしゃと叩いている。「皇太子の最新のゴシップはお聞きになりまして、タルガース卿?」

「あれは事実なんですかね?」テスの優雅な連れが訊いた。招待客の中でも群を抜いてハンサムだ。広い肩幅に、立派なふくらはぎ。美しく誂《あつら》えられた衣服を着て、白粉をはたいたり化粧をしたりはしていない。顔立ちがたいへん美しく、顔になにかを塗りたくって隠す必要がないのだ。このタルガース卿が、テスの既婚者の恋人にちがいない。

「事実よ!」テスはくすくす笑いながらそう言い、ティファニーのそばを通った。ふたりのかつての親密さを感じさせるようすは、これっぽっちも見せなかった。

ユライアの扮装をしているからだ、とティファニーは自分を納得させようとした。懐かしい友人がそこにいるとわかっていたら、まさか、こんなふうにあしらうことなんてしないわよね? それでも、胸に残る鋭い痛みが思いださせる。テスは以前もおなじことをしたし、またおなじことをする、と。ふたりは友人だとテスが明言したところで、彼女はべつの階級に属しているのだ。ティファニーよりも上の階級に。恋人や上流階級に属するひとたちの前で、一介の図書係との、あるいは未婚の女との関係を認めて、自分を貶めることはしないだろう。

最後にティファニーの前を通ったのはボーフォート公爵夫人だった。彼女からもやはり声をかけられなかった。それでも公爵夫人は、ティファニーの真ん前で足を止めた。スナッフボックスを取りだして蓋を開け、ティファニーには見えないくらい少量のスナッフを細い指でつまんだ。夫人は片方の鼻の穴でそれを吸いこみ、それからもう片方でも吸いこんだ。公爵夫人はぱちんと蓋を閉めた。「来てちょうだい、トーマス——アドキンス夫人が手を借りたいそうよ」

トーマスはティファニーのそばを通るとき、彼女に思いやりのあるまなざしを向けた。人間以下の扱いをされるのがどういうことかよくわかっていますよ、とでもいうように。ハンサムな若者のことを思って、ティファニーの胸は痛んだ。自分の家から連れ去られ、動物のように陳列されるために、知らない国に連れてこられたなんて。そんなことが正しいわけがない。しかも、それだけではない。なんといっても、結婚するつもりだった女性のことを彼はまだ悼んでいる。そうするための時間を、いくらか与えられてもよかったのに。でも、使用人には哀しむという特権は与えられていない。

トーマスと公爵夫人がたしかに恋人同士なら、彼はそんな関係をもう歓びはしないと、夫人はちゃんとわかっているはず。たとえ、彼も以前は歓んでいたとしても。

その日、ティファニーの退勤は遅くなってしまった。彼女は文字どおり、使用人用宿舎を走り抜けてお屋敷の外に出た。

ひどいにおいが鼻をついた。

植え込みのあたりをまわってみると、バーナードが激しく嘔吐していた。両手と両膝をつき、嘔吐するたびに身体をピクピクさせている。

「すぐにだれかを呼んでこよう」

ティファニーはお屋敷の中にもどった。ムッシュー・ボンしかいなかった。ティファニーのフランス語は、彼と会話できるほどではない。使用人用宿舎を走り抜け、フォード執事を見つけた。

「バーナードが外で具合を悪くしています」ティファニーは言った。「ただちに処置が必要かと」

フォード執事の顔色がうっすらと赤くなった。「まさか、彼は――？」

執事は最後まで言わなくてもよかった。ティファニーには、彼が言いよどんでいることばはわかっていた。毒を盛られた。

まさにそのことばでティファニーの胃がよじれた。それが自分だった可能性もじゅうぶんあったはず、と思った。「妹から聞かされた、ミス・ドッドリッジが亡くなったときの症状と似ています」

執事はうなずき、ティファニーを押しのけるようにして歩いていった。大声でメイドを呼ばわり、嘔吐物をかたづける準備をするようにと言っている。「トーマスはどこです？　だれか、医者を呼びにいけますか？」

執事のあとをついて回りながら、ティファニーにはエミリーが答えるより先に答えがわかっていた。

「トーマスは奥さまとそのお客さまたちのところにいます」

「役立たずが」執事は忌々しそうに言った。「ヒッケンルーパー！　ヒッケンルーパーはいますか！」

小柄な従者がドアを開けて現れた。「ミスター・フォード、お呼びですか？」

「ただちにハドソン医師を呼びにいってください」

ヒッケンルーパーはすっと背すじを伸ばし、背を高く見せようとして頭をわずかにうしろに傾けたものの、むだな努力に終わっていた。「わたしは従者です。そのようなことは下位の者の仕事です。ほかのだれかにお申しつけください」

執事の顔色がいつもの暗赤色にもどった。彼はヒッケンルーパーのラペルを摑み、小柄な従者の足が床から離れるほどに持ちあげた。

「ここでの責任者はわたしだ。おまえの意見など知ったことではない」フォード執事はそう言い、ヒッケンルーパーの顔めがけてつばを吐いた。「さあ、ハドソン医師を呼んでくるんだ」

ヒッケンルーパーはジャケットのラペルをなでつけ、頭をもたげた。わずかにそり返るほどに。「承知しました、ミスター・フォード」

従者は帽子をかぶると、アストウェル・パレスを出ていった。威厳は地に落ちていた。ティファニーはすばやく彼のあとを追った。ヒッケンルーパーと一対一で話せるこの機会を逃したくなかった。彼は小柄なので脚も短い。お屋敷から五、六メートルも離れていないところで追いついた。

「たいへんなことになりましたね」ティファニーは帽子を彼のほうに軽く傾けながら言った。

ヒッケンルーパーは鼻を鳴らした。「どの使用人のためにでも、医師を呼びにいくことはやぶさかではないですよ。でも、バーナード・コラムはべつです。あの男はフットマンの面汚しですから」

この従者がだれかのために進んで医者を呼びにいくという点はおおいに疑わしいけれど、ティファニーは聞き流すことにした。彼から真実を聞きだそうと、ここまで追ってきたのだから。そこで彼女は、ヒッケンルーパーがまだ保っていると思いこんでいる見せかけの威厳を、そのまま保たせておくことにした。

「たしかに、彼はメイドたちといちゃついていますからね」

「メイドたちだけじゃないですよ、わたしの言ってることはわかりますよね」ヒッケンルーパーは言い、両眉をあげた。

ティファニーはおどろいた表情を浮かべるふりをする必要はなかった。バーナードは客人のだれかともベッドを共にしているということ？　その考えは突飛ではない。上流階級のひとたちは、決められた結婚相手とはべつのところに愛を見つけるとテスが言っていた。ティファニーは愚かにも、テスとおなじ階級のひとたちがお相手だと思っていた。でもとうぜん、そうとばかりは言えない。ボーフォート公爵夫人とトーマスが親密な関係だということは、ティファニーも知っているのだから。

「あなたの言わんとしていることはわかりますよ」ティファニーは言い、ヒッケンルーパーの歩く速さに合わせて歩を緩めた。「ただ、彼は亡くなったミス・ドッドリッジと恋愛関係にあると思っていましたので」

ヒッケンルーパーは顔をしかめた。「ミス・ドッドリッジはだれとも恋愛関係になりやしませんでしたよ。彼女に情なんてものはなかった。来る者は拒まなかっただけです」

ティファニーは口をあんぐりと開けた。ヒッケンルーパーは、ミス・ドッドリッジと関係を持つために指輪を渡したとばかり思っていた。あのレディーズ・メイドは銀器を盗んだように、彼の指輪も盗んだの？

「正直に言いましょう、ミスター・ヒッケンルーパー。わたしはいちど、彼女があなたの腕にしなだれかかっているところを目撃しました」ティファニーは言った。「あなたたちふたりは、何と言いますか、仕事上の知り合い以上の仲なのではと思いました」

ヒッケンルーパーは足を止めた。「遠回しに言ったところで、それはわたしへの侮辱ですよ。ミス・ドッドリッジのような女たちとなど、ぜったいにつきあうものですか」

彼をふり返り、ティファニーは言った。「では彼女はなぜ、あなたの指輪を持っていたのでしょう？」

ヒッケンルーパーはシマリスのように頬を膨らませた。顔色はリンゴのように真っ赤だ。「あなたが気にすることではありません」

彼は先を行こうとしたけれど、ティファニーはその腕を摑んだ。「治安官は、自分が気にすることではないと思うでしょうかね?」

ヒッケンルーパーはよろめいた。「指輪と彼女が死んだこととは関係ありません」

「では、なぜ彼女はそれを持っていたのです?」ティファニーは訊いた。「わたしを信じて話してください。あるいは、治安官に報告してもいい。ですが、約束します。わたしに話してくれたら、ほかのだれにもひと言だって洩らしません」

ヒッケンルーパーは何度か深呼吸をした。「何でもかすめ取るあの女は、わたしを脅迫していたんです」

「ミス・ドッドリッジが?」

「そうですよ!」彼は吐き捨てるように言った。顔色はトマトのようにつややかな赤になっていた。怒っているようにも恥じているようにも見える。「彼女はわたしのあとをつけて、そして見たんです……あることを。それで、公爵に言うと脅してきたんです。そんなことをされたら、わたしはクビになっていました。黙っていてもらう代わりに、指輪を渡しました。でも、わたしはけっして彼女を傷つけていない。神に誓う。彼女に指一本、触れたことはない。腕を摑んで覆いかぶさってきたのは、彼女のほうだ。あんな類《たぐい》の女とは、どんなことだってしたくない」

その〝女〟という言い方を聞いて、ヒッケンルーパーは女性というものにまったく興味がないのでは、とティファニーは思った。ミス・ドッドリッジはこの小柄な従者のどんな弱みを握っていたのか、これは、という考えが浮かんだ。ヒッケンルーパーが男性とつきあうほうを好んでいたら、それを秘密にしてほしいと彼が望んでも、ティファニーはどうこう言えない。そんなことを告発されたら、彼は牢屋行きになる。死刑だってあり得る。ユライアは以前、イギリスの法律には死刑になる罪が二百以上あり、男色もそのひとつだと話していた。

ティファニーはうなずいた。「この件には二度と触れません。安心してください」

ヒッケンルーパーがティファニーを追い抜いた。「どうしてかまうんです？　あの娘に恋していたんですか？」

ティファニーは頭をぶんぶんと振った。「わたしはただ、彼女が報われるところを見たいのです」

「報いは受けたじゃないですか」彼は言い、それ以上ミス・ドッドリッジのことには触れずに歩きつづけた。

ティファニーはヒッケンルーパーのことばに同意するしかなかった。正義はたしかに、ミス・ドッドリッジにその報いを受けさせた。ふたりの使用人を脅していたこと。雇い主から盗んでいたこと。そして、トーマスに嘘をついていたこと。

とはいえティファニーの知るかぎり、ユライアは死んでとうぜんというわけではなかった。兄、ミス・ドッドリッジ、そしてバーナード。この三人の間にどんなつながりがあった？

ミス・ドッドリッジとバーナードの関係は、ティファニーもよくわかっている。では、ユライアはどこに嵌《は》まる？　ミス・ドッドリッジのもうひとりの恋人だった？　けれど彼は、ダイアモンドのピンは盗まれたと断言していた。性的な関係を持つことと引き換えではなさそうだ。三人に共通するのは、アストウェル・パレスでボーフォート公爵夫妻のために働いているということだけ。ユライアとミス・ドッドリッジの死が、公爵家となにか関係している可能性はある？

だれであれユライアを殺した人物はいまでも、彼は生きていると思っている。そのことだけはティファニーも確信している。そしてその人物はいずれ、ティファニーのところにやってくる。

23

翌朝、ティファニーがアストウェル・パレスにやってくると、前日にバーナードが具合を悪くしたことをうかがわせるものはなにもなかった。使用人用のダイニング・ルームには、レモン石鹼で磨いたばかりのようなにおいが漂っていた。その真ん中で、二卓の長いテーブルの間にサミールが立っているのに気づいて、ティファニーはぎょっとした。彼の両脇には、髪がぼさぼさで腹を立てているようすのバーナードと、ムッシュー・ボンがいる。サミールは両腕を横に広げていた。ふたりがたがいに手を出そうとするのを、止めようとでもいうように。バーナードの皮膚は青白く、緑色を帯びていた。額は汗ばみ、目は潤んでいる。

「だから言ってるじゃないですか、ラスロップ」ムッシュー・ボンを指さし、バーナードが大声をあげる。「わたしは毒を盛られたんだ。で、わたしの食べるものはみんな、この男が用意したんですよ。ほかのだれかにできたはずがない。わたしとミス・ドッドリッジに、ちゃんと正義で報いてほしいですね」

「わたし《モワ》、わたしは若い娘さんを傷つけることなどしません」ムッシュー・ボンは胸を押さえながら、きついフランス語なまりで言った。

「おちついてください、ミスター・コラム」サミールは言い、ふたりの両腕をしっかりと掴んだ。「証拠はないんですよね――あなたがそう言い張っているだけで」

バーナードは身をよじるようにしてサミールの腕から逃れ、磨かれたばかりの床につばを吐いた。「でも、わたしは血の気の多いイギリス人ですからね。フランスのカエル野郎より、わたしのことばには二倍の価値がある」

「わたしはなにもしていない」ムッシュー・ボンが言った。甲高い声で、いまにもヒステリーを起こしそうだ。「誓います。わたしは料理をするだけです」

サミールは両手をあげた。「ミスター・コラム、適切な証拠がなければわたしは動けません。ですが手を尽くして、あなたに毒を盛ったのはだれかを見つけだしますよ」

バーナードは非難がましく、ムッシュー・ボンに指を突きたてた。「外国人は逮捕されないといけない――でなければ、せめてフランスに送り返されないと。イギリスはイギリス人のものだ」

ティファニーはショックを受けた。とはいえ暴力を目の当たりにするのも、外国出身のひとや肌の色がちがうひとを侮辱するひどいことばを耳にするのも、これがはじめてではない。「あんたが外国人の味方をするって、知っていればよかった」バーナードはなおも大声でまくしたてている。「忌々しい、浅黒い肌のインド人め」

敵意むき出しのことばに、サミールはひるんだ。

ティファニーはこれ以上、黙っていられなかった。「それぐらいにしておきなさい、バーナード。あなたは自分自身を辱《はずかし》めていますよ、それにアストウェル・パレス全体も。ミスター・ラスロップに謝りなさい、いますぐに」

「謝らなかったら？」

ティファニーはバーナードより背が低く体格も小さいけれど、彼を恐れてはいなかった。身体が震えるほどに憤っていた。彼女は手袋を脱ぐと、それでバーナードの頬を思い切りひっぱたいた。「謝らなければわたしはあなたをぶち、そして他人に対する敬意というものを教えます。あなたはもっと早いうちに、お父上からぶたれておくべきでした」

ミセス・ホイートリーがティファニーとバーナードの間にさっと割りこんだ。「暴力はなりません。そんなことがあれば、わたしたちはみな職を失いますよ。バーナード、体調不良からまだ完全に回復していませんね。ご両親の家に帰って安静になさい。いつもの自分を取りもどすのですよ。ミスター・フォードにはわたしから話しておきます」

「公爵夫人のパーティのとちゅうで帰ることなどできません」

「はっきり言います。お屋敷のシェフであるムッシュー・ボンのほうが、パーティの成功にはずっと重要です。ただのセカンド・フットマンよりは」家政婦長は言った。「すぐに出ていきなさい。わたしがいいと言うまで、もどることはなりません」

バーナードの顔には、恨みを絵に描いたらこうなるだろうという表情が現れていた。彼は帽子を手に取ると、頭を突っこむようにしてかぶった。それから調理場を抜けて、ドアをバタンと閉めた。

ムッシュー・ボンは止めていた息を何回か吐きだした。「いやはや、まったく不愉快なことでした」

ミセス・ホイートリーはサミールの前を過ぎてムッシュー・ボンのところまで行き、彼の肩にそっと手を置いた。「まったく不愉快ですよね。バーナードはいつもそう。さあ、紅茶を淹れましょう、ムッシュー。少し飲んだほうがよさそうですよ。食事のまえに、あなたに倒れられるわけにはいきませんもの。サリー公爵夫人は、あなたの仔牛のタンをとくに楽しみにしていらっしゃいますから」

ティファニーはミセス・ホイートリーがムッシュー・ボンをダイニング・ルームの反対側に連れていき、四段の階段をあがって調理場に向かうところをじっと見つめた。サミールひとりが置き去りにされたように思えた。彼の周りには使用人たちがいたのだけれど。

「よくわかりませんね、ミスター・ウッダール」サミールが言った。「どうしてかばってくれたのですか？」

ユライアならそんなことはしなかっただろう。ユライアならバーナードの嫌悪と偏見に調子を合わせて、自分の国のまちがいを外国人のせいにし、自分とは異なるところのあるひとたちを害悪や犯罪者扱いしたことだろう。なぜユライアがサミールをかばうことにしたのか、ティファニーはひとつの理由も思いつけなかった。

「理由が何であれ」サミールはぴょこんと頭をさげた。「お礼を言います」

「公平に対応したからといって、その相手に礼を言う必要はありませんよ」ティファニーはぶっきらぼうに言った。「あなたはイギリス人だ。イギリス人がイギリス人であるように」

「わたしがインド生まれでも？」

「この国に住んでいる。この国で仕事をしている。わたしたちのために治安官を務めている」ティファニーは言った。「どこで生まれたかは関係ありません」

サミールは彼女を間近で見つめた。あまりにも間近で。彼の目が見開かれた。なにかがわかったとでもいうようだった。あんなにも親身になるべきではなかった、とティファニーは思った。あんなにもあなたのことを気にかけていると、顔に出すべきではなかった。

「ごきげんよう、ラスロップ」ティファニーはそう言い、図書室まで歩きつづけた。

図書室にはいったとたん、木製のドアにもたれかかって大きく息をついた。首に輪縄を巻かれた魔女の気分だった。輪縄は日を追うごとに、首をぐいぐい締めつけてくる。

24

よろよろとコテッジにはいり、ティファニーはブーツを脱いだ。椅子に倒れこむ。身も心も疲れ切っていた。自分のために食事をつくる体力も気力もない。パンさえも残っていない。台所にはなにもない。しばらく食品の買い出しに行っていなかった。地元の若い娘を雇って、コテッジの掃除と食事の用意を任せられたらいいのに。つぎのお給金をもらえば、そうするだけの余裕もなんとかできるかも。ユライアになったり自分になったりする必要さえなければいいのに。でも、それは考えるだけ愚かなこと。なりすましが発覚してコテッジを失うのも、時間の問題なのだから。

そんな鬱々としたことを考えながら、ティファニーは階段をのぼってユライアの部屋へ行き、服を脱いだ。手が震えていたせいで、保管用のスタンドに鬘をかぶせるときに、白粉のはいった容器を化粧台の上からはたき落としてしまった。容器を拾おうと屈んだけれど、瓶は割れて箪笥のうしろまで転がっていた。彼女はもういちど立ちあがり、残った体力をふりしぼって箪笥の片側を持ちあげて前のほうにずらした。ふたたび膝をついて瓶を摑んだとき、瓶のすぐ横に上品なスナッフボックスがあるのに気づいた。七種類の青色の羽を持つクジャクのような色彩に塗られたものだ。ユライアが自分のスナッフボックスを持っているなんて、ティファニーは知らなかった。スナッフもやはり、ふたりが気軽に買えるものではなかったから。兄がスナッフを嗜《たしな》むことができたのは、だれかに分けてもらったときだけだった。

　ティファニーはスナッフボックスを拾い、目の前に持ってきた。よくある品ではない。金色の渦巻き模様や蝶番《ちょうつがい》は、本物の金でできているようだ。兄にこんなものを買えたという道理はない。この小さな入れ物は、ユライアが公爵のところで働いてもらえる、一年分のお給金よりも高価そうだ。

　ユライアはこれを盗んだ？

　ミス・ドッドリッジもそのことを知っていた？　彼女はユライアがスナッフを吸うと知っていたから、そこから推測したのかもしれない。

　ユライアがだれかにもらったという可能性もある。テスが言っていたことが頭によみがえった。ボーフォート公爵夫人は手持ちのドレス一枚一枚とおそろいのスナッフボックスを自慢する、と愚痴をこぼしていた。公爵夫人がその中のひとつをユライアに与えた？　でも、どうして？

　蓋を開け、スナッフに触れてみた。乾燥して、甘くバラの花の香水のようなにおいがした。

バラが描かれたスナッフボックス！

　ミス・ドッドリッジはバラの模様のスナッフボックスを持ち歩き、中身を吸っていた。そして毒で死んだ。バーナードは彼女が死んだあと、そのスナッフボックスをくすね、中身を吸いはじめた。そして数日のうちに嘔吐しはじめた。ミス・ドッドリッジもそうだったように。でも、バーナードは死んでいない。ひょっとして、吸った量が少なかったから？　つまり、彼のように身体の大きな男性を殺すにはもっと毒が必要だった？

そういうことね！

これが毒だったのだ。

ユライアとミス・セアラ・ドッドリッジとバーナードは、三人ともスナッフを吸っていた。そして三人とも具合を悪くした。

ティファニーは下唇を噛んだ。こうなるとバーナードは容疑者から外れる。容疑を晴らすために少量でも毒を自らに盛るほど、彼が賢いとも度胸があるとも思えない。エミリーとミセス・ホイートリーはどちらも、ミス・ドッドリッジの部屋にはいってスナッフボックスを持ちだすことができただろう。彼女たちの部屋もやはり、屋根裏にあるのだから。そしてトーマスは、ミス・ドッドリッジと恋愛感情を伴う親密さがあった。彼もまた、毒を盛る機会はあっただろう。

これからどうする？　アストウェル・パレスでバラが描かれたスナッフボックスを手に入れ、ユライアのスナッフボックスの中身と比べる必要がある。おなじものかを確かめるために。そのときはじめて、毒はスナッフボックスで運ばれたと確信できる。そしてじっさいそうだとしたら、ユライアとミス・ドッドリッジが殺された方法もわかる。

25

翌朝になっても、どうすればバラの模様のスナッフボックスを持ちだせるか、ティファニーはよくわからないでいた。地下にある男性使用人用宿舎にはいるのに、どんな口実が使える？　彼女はお屋敷では寝起きしない。だれにも見られることなく地下に行けたとしても、バーナードの部屋をつきとめるまで、各部屋を見てまわらないといけないのでは？　それはたいへんに時間がかかるだろうし、見咎められる確率も高くなる。両親の家に帰ったバーナードが、スナッフボックスもいっしょに持っていった可能性さえある。

ティファニーはまず図書室に行き、大きすぎるユライアの靴を脱いだ。そうすれば足音を立てずにすむ。それからドアを開け、廊下の先まで左右にさっと視線を走らせた。ストッキングを穿いた足ですばやく歩き、休憩室と使用人用の階段につづくドアのところまできた。階段をおりて男性使用人用宿舎のドアの手前にたどり着いたとき、息は荒くなっていた。ドアを開けると、せまい廊下の両側にドアがずらりと並んでいる。

考えて、考えて。

フォード執事の部屋はおそらく、ドアにいちばん近い左右の部屋のどちらかだ。テーブルの席順のように、ヒッケンルーパーの部屋はそのとなり、そしてトーマスの部屋とつづき、四番目がセカンド・フットマンのバーナードの部屋だろう。一か八か、ティファニーは左側のドアを開けた。狭苦しく、ほとんどなにもなかった。ベッドが二台と、その間に置かれたテーブルに洗面器が載っている。彼女はそっとドアを閉め、向かいの部屋のドアを開けた。先ほどの部屋より二倍ほど広く、箪笥と椅子、それに上質な掛け布団のかかったベッドが一台あった。ここが執事の部屋だと目星をつけた。

ドアを閉めると、ティファニーはドアノブを三つ分数え、四番目のノブを摑んでドアを開けた。ベッドは整えられておらず、箪笥の扉もひらいていた。さっと中にはいってドアを閉める。箪笥の中をくまなく探ったけれど、寝間着用のシャツと、淡い青色の予備のお仕着せ以上のものはなかった。抽斗は空《から》で、ベッドの下や洗面器に残った水の中にも、なにも見つけられなかった。残るはベッドだけだ。彼女はいやいやながらも、シーツと掛け布団をめくった、なにもなし。枕を持ちあげた。するとそこに、バラの模様のスナップボックスがあった。

ティファニーはためらわなかった。さっとそれを摑み、ジャケットのポケットに押しこんだ。ドアまでもどり、廊下にだれもいないことを確認した。階段の手前のドアまで走る。息を切らし、ストッキングを穿いた足が許すかぎりの速さで階段をのぼった。その足が一階の大理石の床を踏んだ。

「ミスター・ウッダール、どうかされましたか？」フォードがお辞儀をしながら言った。彼は休憩室の中にいた。

ティファニーは頭を左右に振り、息を整えようとした。「公爵夫人のところに本を一冊、お持ちしただけです」そう嘘をついた。

フォード執事は鼻を鳴らした。「ミスター・ウッダール、公爵夫人になにかお渡しするときは、銀製の盆に載せなければならないことはご存じない？」

「知りませんでした、サー」

「ものを手渡しして公爵夫人を侮辱するなど、今後いっさいなりませんよ、ミスター・ウッダール」執事は言った。「生まれがどうあれ、アストウェル・パレスではあなたは使用人です。使用人らしく振る舞わないといけません」

ティファニーは頭をこくこくさせた。「そうします。教えてくださってありがとうございます、ミスター・フォード」

執事になにか言う間《ま》（と、ストッキングしか穿いていない脚に気づかれる間）を与えず、ティファニーは図書室までそのまま歩きつづけた。図書室のドアを閉め、すばらしい蔵書と自分だけになってようやく、もう安心だと思えた。机まで行って椅子に座り、スナッフボックスを取りだす。それを、ユライアのクジャク色のスナッフボックスと並べて置いた。サイズも形も品質もそっくりだ。まず、ユライアのスナッフボックスの蓋を開け、香《かぐわ》しいバラのにおいをかいだ。それからバーナードのほうを開けた――こちらもおなじ香水のにおいがした。

ティファニーは両方の中身を比べた。わかるかぎりでは、色も手触りもかなり似ている。ひとつだけ異なるのは、ユライアのほうのスナッフは乾燥していて、バーナードのほうは湿っている点だ。彼女はスナッフについては、たいして詳しくない。父親は、スナッフを嗜むことは男性にも女性にも好ましくない習慣だと考え、信徒たちには控えるようにと言っていた。

ティファニーが知る範囲では、ユライアがスナッフを習慣的に吸うことはなかった。品位を保ちながらも貧しい生活を送る中では、とうてい手を出せなかっただろう。でも、スナッフボックスもスナッフも公爵夫人からもらったのだとしたら、兄は使っていたと思える。なにをおいても、紳士として扱われることを望んでいたのだから。紳士として見られることを。

ボーフォート公爵夫人がユライアに毒を盛ったということはあり得る？　公爵夫人の眼中にユライアはなかったはず。それでも彼は信じられないくらいのエゴイストで、その恩着せがましい態度は聖人さえも苛つかせただろう——とはいえ、殺すまでする？

あるいは、ユライアはなにかを目撃したり知ってしまったりした？　お屋敷には悔い改める必要のある人物がいると彼は言っていたけれど、それは公爵夫人のことだった？　夫人がトーマスと親密なことを言っていたの？

では、公爵夫人が自分のレディーズ・メイドを殺したかったのはなぜ？　それも、客人を招く直前に？

夫人はミス・ドッドリッジにも無分別な行動を知られていて、彼女がだれかにしゃべるまえにその口を塞がなければならなかったのかも。でなければ、トーマスが自分より若くかわいらしい彼女を好きになったことに嫉妬した？

あるいは、まったくべつの事情があった？

ティファニーは頭をかきむしり、椅子に思い切りもたれかかった。ミス・ドッドリッジの記憶が頭の中にふわふわと浮かんだ。あのレディーズ・メイドは、図書室でユライアであるティファニーに身を投げだしてきた。そこへボーフォート公爵が現れて、修羅場になろうかというところを救われたのだった。公爵が言ったことを思いだそうと、頭をフル回転させたけれど、あのときはミス・ドッドリッジと公爵がやってきたことで、とにかく動揺していた。でも、公爵がなにを言いたかったかはよく憶えている。公爵は、あのレディーズ・メイドは性に関して奔放だとほのめかしていた。客人のだれかがバーナードといっしょにいることを楽しんでいたのなら、公爵だってミス・ドッドリッジとベッドを共にできたのでは？　もしそうだとしたら、公爵夫人がレディーズ・メイドを殺すだけのじゅうぶんな理由になる。手段も、動機も、そして機会もあった。自分に仕える忠実な使用人にすてきな贈りものを与えることは、これ以上ないほど筋が通っているのでは？

バーナードはもうひとりの殺したい標的だったのか、あるいは偶然の犠牲者だったのか？ティファニーの知るかぎり、ボーフォート公爵夫人はバーナードにはスナッフボックスは与えていない。彼がミス・ドッドリッジの持ちものの中からくすねたのだ。バーナードは死者から奪うというとんでもない行動の報いを受けたと、ティファニーはそう思わずにいられなかった。

ため息をついて頭をしゃきっとさせた。どちらのスナップボックスにも毒が盛られていたのか、彼女にはっきりわからない。わかるだれかに訊かなくては。メイプルダウンでそういう知識を持っているのは、薬剤師しかいないだろう。


ティファニーは夕食を終えるとアストウェル・パレスを出た。重い足取りでコテッジに帰り、ブリーチズを脱いでドレスに着替えた。ユライアの蔓がなく、スカートにかすかに吹きこんでくる風のおかげで、村まで歩くあいだ、ずいぶんと涼しく感じられた。牧師館と教会は迂回し、サミールの書店を通りすぎた。とはいえ、中を覗いて彼の姿を見ずにはいられなかった。サミールは椅子に座り、本を読んでいた。本の題名を知りたい、とティファニーは思った。そうすればわたしも読めるのに。読み終わったら、その本について意見の交換だってできる。彼とまた、登場人物や物語の設定のことであれこれ話せたら、どんなに楽しいだろう。彼が自分とはちがう視点を持っていることを、ティファニーはちゃんとわかっている。でも、彼女の視点を尊重してくれることもわかっていた。

サミールはいつも、敬意を持ってティファニーに接していた。

哀しみに沈みながら大通りを歩きつづけ、つきあたりの店までやってきた。ミスター・カニングの薬局だ。ドアを開けると、どこかちがう世界に足を踏みいれたように感じられた。一方の壁は全面が棚になっていて、あらゆる形と大きさの瓶が並んでいる。天井全体からは乾燥させたハーブや薬草が、ティファニーの髪をかすめるほどの高さにぶらさがっている。べつの壁には暖炉が設えられ、その上で大釜がぶくぶくと煮え立っていた。鼻をツンと刺すような強烈なにおいがする。男性がひとり、その大釜をかき混ぜていた。しなびた魔法使いのようだった。長くて白い髪を背中に垂らし、髭もそれとおなじくらいに長く伸ばしている。赤い帽子をちょこんと頭に載せていた。彼はティファニーに笑いかけた。歯が何本かなかった。

「ミス・ウッダールですな？」

「はい」ティファニーは答えた。さまざまなにおいが漂い燻《くすぶ》る店内に、彼女は慣れつつあった。「ミスター・カニング、お尋ねしたいことがあるのですが、よろしいでしょうか」

「もう尋ねているじゃないか」

ティファニーは声をあげて笑った。「ほんとうですね。スナッフについてお訊きしたいのです」

彼は大釜に突っこんでいた匙《さじ》を放し、足を引きずるようにしてカウンターのほうへ向かった。「ミス・ウッダール、訊かれるだけではわたしは家族を養えんのですよ」

「歯磨き粉を少し買ってもいいですよ。そうしたら質問に答えてくださいね」

ミスター・カニングは背後の棚から白い粉のはいった瓶を手に取り、歯のない口を大きく開けてまた笑った。彼はその瓶をカウンターにことんと置いた。ティファニーは、この中の粉がわたしの歯を溶かしませんようにと願った。

「二ファージング」

ティファニーはレティキュールを探ってから、ミスター・カニングの皺だらけの掌の上で硬貨の枚数を数えた。彼は硬貨をポケットにしまった。

「では、質問を聞こうか」

彼女はレティキュールからふたつのスナッフボックスを取りだし、カウンターの歯磨き粉の瓶のとなりに並べた。

ミスター・カニングが口笛を吹いた。「たいへん美しい品だ。それぞれにそれなりの額を支払いましょうかね」

「お売りするつもりはないんです」ティファニーは言った。「ですが、中身について知りたくて」

皺だらけの片方の手で、ミスター・カニングはバラの模様のスナッフボックスの蓋を開けた。それを丸っこい鼻のところに持っていき、深々とにおいをかいだ。

「高価なスナッフですな。混じりけがなく、香り付けされている。ロンドンのたばこ商人からでも買ったのでしょうな」

「では、もうひとつもお願いします」

ミスター・カニングはユライアのクジャクの羽色のたばこ入れを開けた。「こちらはよく手入れされていないようだ」

「中身が乾燥しているからですか？」

「まさに」彼はそう言い、長くて白い髭を片手で撫でおろした。「スナッフを真に嗜む者で、中身を乾燥させてしまう者などおらんでしょう。スナッフがだめになってしまう」

「このふたつの中身はおなじものだと、そう思いますか？」

ミスター・カニングはため息をついた。「そのように思えますな」

彼はそれぞれのスナッフボックスから中身をひとつまみして手の甲に載せ、鼻をくんくんとさせた。

そのようすを見て、ティファニーは喉が締めつけられるように感じた。あんな少量でも、このおじいさんの害になるのでは？

「ああ、おなじものですよ」

「わたし――わたし、先に言っておくべきでした、あなたがにおいをかぐまえに」ティファニーは息も絶え絶えに言った。「そのスナッフには毒がはいっているかもしれないんです」

ミスター・カニングは頭をふるふると振った。「スナッフには何百種類もあるが、基本的には三つの種類に分けられる。ラペといって、荒く砕いたスウェーディッシュ・スナッフ。スコッチ・スナッフというのは、粉を乾燥させた無香料のもの。それと、マカボイ。このスナッフですな。マカボイはしっとりして、しっかり香り付けされる。ただ、これに毒がはいっているかどうか、わたしには判断できかねますな、ミス・ウッダール。どんな成分がはいっているのか、見分けられんのですから」

「わからないんですか？」

ミスター・カニングはバラの模様のスナッフボックスをティファニーの顔の高さに持ちあげた。「花から抽出したなんらかのオイルに浸したということはわかるが、それだけですな。典型的なラヴェンダー・オイルのにおいはしない。だいたいのひとは、スナッフを湿らせておくのにラヴェンダー・オイルを使うものさ」

ティファニーは大きくにおいを吸いこみ、彼のことばに納得した。ラヴェンダーのにおいはしないけれど、たしかに甘く香っている。なにかの花のにおいだ。彼女は、ハドソン医師が言っていたことを思いだした。「なにか、ナス科の植物ではないでしょうか」

ミスター・カニングは頭を左右に振った。「その情報だけでは、たいして絞りこめませんな、ミス・ウッダール。まさにナス科の植物かもしれないし、ドクニンジンかもしれないし、ベラドンナかもしれないし、マンドレイクの可能性だってある。よく目にする野菜だということさえあり得る。トマトにナス、ジャガイモ、それにピーマンもナス科の植物なんでね」

「でも、甘いにおいがしますよね。バラとかリンゴとかのような」

ミスター・カニングはスナッフボックスの蓋をパチンと閉めた。そうして、ふたりの会話も締めようとした。「お嬢さん、きょうはほかにも入り用のものはあるかな、粉にしても薬にしても？」

「ここでもスナッフの調合はします？」

「しますよ」彼は言った。「だが、こういう風変わりなことはしない。スナッフはシナモンかアーモンドのオイルに浸しますな」

ティファニーはユライアのスナッフボックスの蓋も閉め、ふたつともレティキュールにしまった。「いろいろ答えてくださってありがとうございました、ミスター・カニング」

「歯磨き粉を忘れておるよ」ミスター・カニングが呼ばわった。

ティファニーは瓶を取りにカウンターにもどった。

「お気をつけなさい、ミス・ウッダール」長い指で丸っこい鼻の脇に触れながら、ミスター・カニングが言った。「だれであれ、これほどのものを手にする余裕のある人物は、関わりたいと思う相手ではないものですよ」

ティファニーはうなずき、もういちどお礼を言った。彼女が関わりたくないいちばんの相手とは、ボーフォート公爵夫人だ。帰るとちゅう、サミールの書店の前を通った。中にはいって、なにもかもを彼に告白したほうがいいかもしれない。でも、自分自身を咎めることなしに、公爵夫人に罪を宣告することはできない。

26

選択の余地はなかった。ティファニーはメイプルダウンを離れなければならない。文字どおりの意味ではないにしても、ほんとうの自分は消さないと。これ以上、ユライアとティファニーの両方ではいられない。ふたりの人間になることは、だんだんと不可能になってきていた。ティファニーでいればコテッジを失い、牧師と結婚することになる。ユライアでいればコテッジと愛しい図書室を手放さなくてもいいし、シャーリー牧師からの不快な求婚に悩まされずにすむ。

公爵夫人がふたたび毒で襲ってきたら、ユライアとして安全に、彼女の罪を問える。それに、毒がどのように使われたかがわかったいま、夫人から害を受ける心配はない。なければいいのだけれど。

完璧な計画ではない。

ティファニーは女性でいることが大好きだけれど、ほんとうの自分を犠牲にする以外に、自分を救える方法を思いつけなかった。

どうすればわたしを消せる?

親戚かだれかの世話をするために呼び出されたことにすればいい。未婚の女性は、病気の親戚の面倒を見たり、だれもしたがらない、いやな役割をこなしたりするものだ。金銭面では価値がないとされているから。お荷物というわけだ。この町のだれもが、手間をかけずには訪ねていけないほど遠くに〝送られる〟必要がある。その町も、だれかが彼女を捜そうとしても、見つけられそうにないほどの大きさでないといけない。いや、親戚のところに滞在するとは言えない。ユライア以外に親族はいないと、テスが知っているから。となれば、ミセス・コーツのところに行くことにすればいい。夫に先立たれた、ナサニエルの母親だ。彼女はナサニエルの死後、もうひとりの息子と暮らすためにマンチェスターに引っ越していた。

マンチェスターは、行方をくらますことができる大きな市《まち》だ。労働者の市でもあるから、テスや上流階級のひとたちに捜されるかもという心配をしなくていい。ティファニーは、古い友人が本気で自分たちの友情を再開するつもりだとは思っていなかった。だから、マンチエスターで身元を伏せたまま、消えたように見せかけることはできるだろう。いましなくてはならないのは、コテッジと自分の寝室から、どんなものでもティファニーの痕跡を消し去ることだけだ。

シフトとドレスをユライアの使い古した衣装箱に詰めながら、ティファニーは自分自身の一部を脱ぎ捨てているような気持ちになった。最後に詰めたものは、公爵のおかげでつくることができたシルクのドレスだ。スカート部分の刺繍はまだ完成していなかった。でも、ボディスと袖の刺繍は完璧に美しく仕上がっている。ドレスを見ているうち、サミールを思いだした。さっと機転を利かせて、これを火から救ってくれた。でも、もうふたりの友情は終わった。ほかのみんなとおなじように、彼もティファニーは行ってしまったと信じるだろう。

ティファニーは目を閉じた。そして少しのあいだ、このシルクのドレスを着てサミールと結婚するところを思い浮かべた。ティファニー・ラスロップ。なんてすてきな名前。サミールが顔を近づけ、わたしの口唇に口唇をそっと合わせる。わたしは彼の力強い腕の中でとろけてしまう。たばこと本が混ざった、気がおかしくなるようなすてきな彼のにおいを、わたしは存分に楽しむ。

衣装箱の蓋が大きな音を立てて閉じ、ティファニーは夢から覚めた。望みはないにしても、彼女はいま、自分が彼を愛していることを知っている。それはナサニエルへの愛とはちがう。それでもやはり、強い。

それでもやはり、美しい。

それでもやはり、先はない。

サミールはメイプルダウンの治安官で、わたしは兄を埋めて彼の身元を奪ったのだ。サミールがわたしの気持ちに応えてくれるかどうかさえわからない。彼は友情を示してくれたにすぎない。わたしのことを美しいとも言ったけれど、それが彼の本心を表しているとはとうてい言えない。わたしはほんとうに、愚かな未婚の女だ。

衣装箱を肩に担ぐと、ティファニーははしごをのぼって屋根裏に行き、できるかぎり奥のほうへとそれを押しこんだ。はしごをおりてパーラーに向かい、ユライアの書き物机の椅子に座った。まっさらな紙を一枚、取りだす。シャーリー牧師に手紙を書き、ふたりの間のどんな合意（現実のものでも空想上のものでも）も、きっぱりと終わらせなくてはならない。

親愛なるシャーリー牧師さま

わたしに結婚をお申し出くださったこと、たいへん光栄に思います。ですが、うれしかったとはいえ、わたしにはあなたの手を取ることはかないません。はっきり申しまして、あなたと結婚することはできないのです。いまも、これからも。

わたしはメイプルダウンを出て、マンチェスターに参ります。そこでミセス・コーツのお世話をいたします。かつて婚約していた男性のお母さまです。彼女はこの何年かで具合を悪くされ、もはや歩くことができません。べつの人生では、わたしは彼女の娘になっていたことでしょう。そして、彼女にはほかに娘がいないとなれば、いまこそわたしがその役割を担い、お母さまのお世話をするときなのです。

メイプルダウンにもどってこられるか、それはいつになるか、わたしにはわかりません。ミセス・コーツのお母さまは九十三歳まで生きられました。ミセス・コーツもやはり、それくらい長生きされる可能性はあります。わたしは最後まで、彼女とごいっしょするつもりです。

あなたがべつのよいご縁に巡り合えるよう、また、お子さまたちと教会区のみなさまが健やかであるよう、あらゆる幸運を心よりお祈り申しあげます。

ティファニー・ウッダール

ティファニーは羽根ペンを置いてため息をついた。もうシャーリー牧師と関わらなくていいと思ってほっとするものの、自由の代償は高くついた。ひどく高い。手紙に砂を少しふりかけてインクを乾かした。砂を吹きはらってから手紙をたたみ、蠟《ろう》で封をした。

あとは牧師館に手紙を届けるだけ、それで完全に自由になれる。ティファニーは覚悟を決め、ユライアのトライコーンハットをかぶり、裾の長いコートを着た。メイプルダウンまで行くあいだ、手紙はずっと手に握っていた。どういうわけか、そうしていないとどこかに消えてしまいそうで心配だった。牧師館に着き、玄関扉をノックした。最年長のミス・シャーリーが戸口に現れた。

「ミスター・ウッダール、なにかご用ですか？」

「お父上宛てに、妹から手紙を預かってきました」ティファニーは言い、手紙を差しだした。ミス・シャーリーはそれを受けとらなかった。代わりに、扉を大きくひらいた。「父はあなたから直接、受けとりたいと思うはずです」

「お手を煩わせたくないのですよ」ティファニーはすぐさま言った。「あなたからお父上にお渡しいただければ」

そこでミス・シャーリーはティファニーに、にかっと笑いかけた。父親ほどの不気味さはなかったけれど、それでも彼女の笑顔も骸骨を思わせた。笑ったところで、生真面目な表情はまったく和らいでいない。「煩わせるなんて、とんでもない。最近、あなたがいらっしゃらなくて、父はたいへん寂しがっています。それに、わたしも」

ティファニーは息をのんだ。ミス・シャーリーは十六歳か十七歳のはず。その彼女がユライアを未来の夫として見ているなんて。ユライアは彼女の三倍の歳だ。ただ、ティファニーも自分の経験から、小さな町で適齢期の男性を見つけることはむずかしいと知っている。聖職者の娘として生まれ、そのうえお金がほとんどないか、まったくない場合は、とくに。聖職者の娘は、地元の職人の息子たちにとっては格がありすぎ、貴族や上流階級の人々にとっては格がなさすぎるのだ。ひょっとしたらミス・シャーリーは、自分の若さがユライアには魅力的に映るよう願っているのかもしれない。彼女がユライア（つまり、ティファニー）に惹かれているとは、ティファニーには思えない。どちらかといえば、兄には紳士という身分と自分の家があるという事実になびいているのだろう。

「コートと帽子をお預かりしますわ」ミス・シャーリーは言い募る。

「わかりました」ティファニーは言い、帽子とコートを渡した。「案内をお願いします」

「何なりと、サー」ミス・シャーリーはそう言うと、またもやひとを不安にさせる笑顔を見せた。

牧師の娘に連れられ、ティファニーは牧師館の中を歩いた。十四人の子どもがいる家にしては、あまりにも静かだ。ミス・シャーリーは牧師の書斎兼図書室のドアを開けた。牧師の縮れ髪のつけ毛ははずされ、つるつるの頭が沈みゆく太陽の光を反射していた。

「お父さま、ミスター・ウッダールがいらっしゃいました」ミス・シャーリーはお辞儀をしながら言った。彼女は最後にもういちど、ティファニーに笑いかけてから部屋を出ていった。

シャーリー牧師はつけ毛を装着した。「これは思いがけないことで、ウッダール。だが、近ごろ話をしていないのを残念に思っていたところです。ささ、座ってください。仲間のあいだで堅苦しいことはなしですよ」

「サリー公爵夫人が、アストウェル・パレスでわたしに会いたいとおっしゃいましてね」ティファニーは言った。それは嘘ではない。ティファニーはウィングバック・チェアに腰をおろし、くるぶしのところで足を組んだ。

シャーリー牧師は歯を見せた。「なんと貴重な関係でしょう。わたしも彼女とお近づきになりたいですな」

ティファニーは手紙を差しだした。牧師はとまどいながら、それを受けとった。

「これは何ですかな?」

「妹からです」ティファニーは言い、立ちあがった。「どうぞ、おひとりでお読みください」

シャーリー牧師は手をひらひらさせた。「座って座って。いま来たばかりじゃないですか。それに、わたしたちは家族同然だ。あなたの前で読んでも、わたしはかまいませんよ」

ティファニーは息を詰め、シャーリー牧師は手紙の封を開けた。もとから痩せこけた顔が、一行読むごとに険しく苦々しくなっていくようだ。

「彼女が発《た》つまえに話しあわないといけません」牧師は言った。「わたしがかならず気持ちを変えてみせます」

ティファニーは頭を左右に振った。「残念ですが、もう遅いのですよ。妹はきょうの昼に発ちました」

「もう行ってしまったと？　どうやって？　どこから？」シャーリー牧師は詰めよった。

「彼女がメイプルダウンで馬車に乗るところを見ていないのに」

そのことを考えておくべきだった。わたしはどうやって発ったの？　何と答えようかとティファニーは頭を高速で回転させ、つっかえながら言った。「バーズリーから馬車に乗りました」

そこはメイプルダウンにいちばん近い町だ。

シャーリー牧師は手の中で手紙をくしゃくしゃにした。いつも脂ぎっている顔が、いまは真っ赤になっている。「恥をかかせてくれましたね！　結婚予告はすでにされたというのに」

ティファニーは膝の上で両手を組み合わせた。「あいにくですが、予告は婚姻までに三回されなければなりません。予告がされたあとで結婚しないと決めた男女というのは、今回がはじめてではないでしょう」

シャーリー牧師は立ちあがり、鼻をふんと鳴らした。

「わたしはこの教会区の牧師です。信徒たちの敬意を失うわけにも、世間の笑いものになるわけにもいかない。あなたが妹君を追いかけ、メイプルダウンに連れもどせばいいだけの話ですよ」

ティファニーも立ちあがり、両手をあげた。「シャーリー、妹は心を決めました。あなたがご自分の名声を守ろうとするなら、できるだけ速やかにべつの女性を見つけて結婚することをお勧めしますよ」

シャーリー牧師は頭から湯気を出さんばかりになり、つけ毛が斜めにずれた。「あなたが家の主《あるじ》でしょうが。なぜ、あなたの望むことを彼女にさせなかった?」

「四十になる女性は自分の意見をしっかり持っているんですよ」ティファニーはつっけんどんに言った。「男が代わりに意見を用意する必要などない……。こんな会話をつづけても詮ないですね。これで失礼します」

ティファニーは部屋を出たけれど、牧師館をまさに脱出しようとしたところで、ふたたびミス・シャーリーに声をかけられてしまった。

「もうお帰りですか、ミスター・ウッダール?」彼女は言った。「ケーキを召しあがっていきませんかと、お誘いしてもいいかしら?」

「そのケーキはあなたと同年代の子に勧めなさい、お嬢さん」ティファニーはそう言ってトライコーンハットをかぶり、ようやく牧師館をあとにした。

あの館に今後いっさい足を踏みいれることがありませんように。

27

ティファニーは悪夢にうなされて目が覚めた。身体を起こし、自分はユライアのベッドにいるとわかった。兄がこのベッドで死んだあと、少なくともマットレスは替えたけれど、ほんとうなら彼の部屋では眠りたくない。でも、そうするより仕方なかった。ユライアはここで寝《やす》んでいたし、いまはティファニーがユライアなのだから。それに、ここはいちばん大きな寝室で、通りに面している――あらゆる点でティファニー自身にも都合がよかった。村人たちも、ユライアはここで寝起きすると思っているだろうから。

ささいなことだけれど、兄の寝室よりもせまくて居心地のよい自分の寝室が恋しかった。カーテンの隙間から外を見て、もう夜が明けはじめているとわかった。コテッジの掃除をしなくてはいけないし、きょうこそはほんとうにパンを焼かなくてはいけない。でないとこの先の一週間、夜に食べるものがなくなってしまう。ユライアの着古した寝間着用のシャツを着ると、ティファニーは袖をまくって、まずパンを焼く準備に取りかかった。パン種は、コテッジを天井から床まできれいにしているあいだに膨らむはずだ。

ティファニーはパン生地を摑んで、手の中でひねった。以前は、それを兄の顔だと思いながらやっていた。でも、いま叩きつけたいのはボーフォート公爵夫人だ。あの女性の尊大さだ。自分の使用人ふたりを殺しておいて、なにもなかったかのように平然としている。それぞれの人生も秘密もあったのに、彼女はそのふたりのことを、ひとときさえ思っていないかのようだ。

ティファニーはもういちど、生地をテーブルに落とした。ミス・ドッドリッジはふたりの人物を脅していた。公爵夫人のことも脅そうとしていた？　レディーズ・メイドとして、彼女はほかのだれよりも女主人の秘密に近づけただろう。公爵夫人がいつ、どこへ行くかも知っていただろう。彼女がだれとベッドを共にしていたかも、まずまちがいなく知っていただろう。ミス・ドッドリッジは、公爵夫人が夫や自分の属する世界には知られたくない情報という宝の山を持っていた。ミス・ドッドリッジが知っていたことをつきとめることさえできれば、ひょっとしたら、公爵夫人がミス・ドッドリッジだけでなくユライアを殺したことも証明できるかもしれない。

パン生地を捏ねながら、ティファニーは兄のことを考えた。公爵夫人が彼に毒を盛るというのは筋が通らない。ただ……彼が公爵夫人の恋人のひとりだったとしたら、話はちがってくる。でも、そんな考えは検討するのもばかばかしい。ユライアは若くもなかったし、ハンサムでもなかったし、好感度も高くなかったのだから。

パン生地を木製のボウルに入れてチーズクロスで覆うと、ティファニーは台所を磨いた。一階を掃き、二階に行ってシーツを取ってきた。急げば、お屋敷へ行くためにコテッジを出るまえに、洗濯して外に干しておける。井戸で汲んだ水でシーツをゴシゴシゴシゴシ擦ると、手は真っ赤になってひりひりと痛んだ。シーツを干して、台所にもどる。パン生地の形を整え、焼き型に入れた。かまどに入れるまえに、二次発酵させるだけの時間はなさそうだった。

階段を駆けあがり、水を含ませたスポンジで身体を拭いてから、胸にさらしを巻いた。シャツを着ると走って階段をおり、パンをかまどに入れた。そのときにこんろの横で手を擦ってしまい、ティファニーは痛みに声をあげた。火ぶくれができることだろう。でも、今朝はやけどにかまっている余裕はない。身支度をしてアストウェル・パレスに向かわなくてはならないのだ。ひょっとしたら、べつの（ほんとうの）身元を追いやってしまったいまなら、雑役メイドを雇っていいかもしれない。朝と晩にコテッジの用事をこなし、日中は図書係として仕事をしていれば、くたくたに疲れてしまう。

化粧台のまえに腰をおろしたティファニーは、一瞬、もう顔に白粉をはたいたかしら、と思った。けれど、鼻の先についた白いものは小麦粉だった。彼女は大急ぎで白粉をはたき、口紅を塗り、頬に紅を差し、目元に粉を載せた。ビロードのつけぼくろを正確な位置に貼り、長めのウエストコートを着た。それに合わせて、襟が高くモールで縁取りされた、ブロケード織りのコートを羽織った。クラヴァットを結んだり、ストッキングを引きあげてボタンを留めたりするとき、手がずきずきと痛んだ。変身の仕上げに、鬘をかぶらなくてはいけない。ティファニーは鬘を頭に載せた。いつものようにむずがゆかった。すぐにでも鬘業者に預け、しっかりと煮沸してノミを取り除いてもらわないと。

玄関扉の錠を閉めながら、かまどにパンを入れっぱなしだと思いだした。扉を開けたままにして、台所に走ってもどる。チーズクロスを摑み、二山のパンを引きだした。どちらも、こんがりきつね色に焼けていた。少し焼けすぎだとはいえ、それでも食べるのに問題はない。バケツに残った水をこんろにかけた。残り火をそのままにしておけないし、完全に消えるまで待てなかったから。

アストウェル・パレスに到着するころには疲れ切り、怒りっぽくなっていた。手に負ったやけどは、ギニー硬貨大にまで膨れた。ほかの使用人たちとはひと言も話さず、まっすぐ図書室に向かった。ところが、手に火がついたように感じるせいで、なににも気持ちを集中させることができない。刺すような痛みを追いやるには、やけどになにかを塗らないと。でなければ、どんな仕事も終わらせられない。

ティファニーは図書室を出て、ふらふらと使用人用宿舎に向かった。だれもいない廊下を通り、ダイニング・ルームを目指す。バーナードがもどっているのを見て、彼女はぎょっとした。しかも彼は、サミールといっしょにいる。胸に感じた痛みは、手に負ったやけどとおなじくらいに拷問的だった。サミールのことは、もうティファニーとして見ることはないのだ。

「ミスター・ラスロップ、ここでお会いするとはおどろきですね」ティファニーは言った。「それでバーナード、身体はちゃんと回復しましたか?」

バーナードは胸を反らすように立ちあがった。「すっかりよくなりました、ミスター・ウッダール——お気遣い、ありがとうございます。継母特製のプディングを食べたら、あっという間に元気になりました」

「ああ、ここにいらしたのね」ミセス・ホイートリーの声が背後で聞こえた。

ティファニーがふり返ると、ミセス・ホイートリーとトーマスがいっしょにこちらに歩いてくるところだった。ふたりとも、怯えたような表情を浮かべている。なにかが起きているのだ。

「ミスター・トーマス・モンターギュ、国王に代わり」サミールがそう切りだした。「ミス・セアラ・ドッドリッジ殺害とミスター・バーナード・コラム殺害未遂の容疑で逮捕する。巡回裁判所の法廷で裁判が行なわれるまで、身柄を拘束する」

「でも、わたしはなにもしていません——するはずがない——」トーマスが反論しはじめる。

「令状はありますか？」ティファニーが要求した。

サミールはポケットから折りたたんだ紙片を取りだすと、広げて全員に見せた。令状には治安判事の署名がされている。サー・ウォルター・アブニー。ティファニーは彼を教会で見かけたことがあった。メイプルダウンの北にある、メイプルハーストと呼ばれる屋敷に住んでいる。ユライアは彼と親しくなろうとしていたけれど、サー・ウォルター・アブニーは準男爵で、身分の低い紳士と交わろうなどと思っていなかった。とはいえ、サー・アブニーの生まれはユライアよりも低い。職人だった彼の祖父が爵位を買ったのだ。

「ほんとうに残念だ」サミールは言い、令状をたたんでポケットにもどした。

サミールはほんとうに残念に思っているようだったけれど、バーナードはすっきりして満足しているように見えた。なるほど、サミールがムッシュー・ボンの逮捕を回避したあと、このフットマンは治安判事のところに行ったのね、とティファニーは思いいたった。バーナードはもういちど、シェフを逮捕させようとした？　あるいは、トーマスが犯人だとほのめかし、ファースト・フットマンという彼の立場を奪おうとして、この機会を利用しているだけ？　バーナードはどんな卑怯なことでもやりかねないと、彼女には信じられた。

「こんなこと、無知と偏見以外のなにものでもない」ティファニーは歯を食いしばるようにして言った。「トーマスがどちらの件でも毒を盛ったなど、彼がなにかしら関与したという証拠はまったくありません。彼が逮捕されるのは、アフリカ出身だからにすぎない。あなたには逮捕できませんよ、サミ――サー」

「逮捕しないといけないんです、ミスター・ウッダール」サミールは言った。「バーナードだけでなくほかの使用人たちも、ミス・ドッドリッジが亡くなるまえに、ミスター・トーマス・モンターギュが彼女に薬の瓶を渡したところを見ています。彼自身がそう証言し、すでにミスター・フォードとミセス・ホイートリーに、その証言の確認をしてもらいました」

ティファニーもやはり、トーマスがミス・ドッドリッジに瓶を渡すところを見ていた。彼女はトーマスに目をやった。「瓶の中身は？」

「アヘンチンキです、サー。よく眠れるように」

ティファニーは頭を大きく振ってしまい、ユライアの鬘がずれないかと不安になった。

「ですがハドソン医師によると、そのアヘンチンキに毒がはいっていたかどうか、はっきりわからないということでした。となると、ただの当て推量ですよね」

「ミスター・ウッダール、そうおっしゃってくださって感謝します」トーマスは言った。「ですが、法に逆らってもいいことはありません。荷物をまとめてきます、お許しいただければ。ミスター・ラスロップといっしょにメイプルダウン監獄に行きます」

「ああ、荷造りしてきなさい」サミールは言った。

「バスケットに食べるものを詰めておきましょうね」ミセス・ホイートリーが言った。「バーナード、またフットマンがひとり、いなくなるわ。すぐにフォード執事に知らせてください」

部屋を出るバーナードの顔が、かすかににやついていた。トーマスは廊下を歩き、使用人用の部屋のある地下室へつづく階段に向かっている。サミールは彼についていかなかった。逃げたりしないと、彼を信頼しているのだ。ミセス・ホイートリーはムッシュー・ボンに呼びかけながら、慌ただしくティファニーとサミールから離れて調理場に向かった。ティファニーはサミールとふたりきりで残された。

「なぜ、無実のひとを逮捕しようとするのです？」ティファニーは小声で訊いた。

「サー・ウォルター・アブニーは、わたしが治安官になることに反対しました。わたしが半分、インド人だからです。彼の代理として、わたしが任務を果たさなくても、わたしがこの令状を行使しなくても、ほかのだれかがするまでです。それに判事は、アヘンチンキに加えられたものが原因で中毒が起きたと信じているんです」

「公爵に頼んでみてください」ティファニーはなおも言った。「あなたも非白人として、差別されるとはどういうことか、よくわかっているはずでしょう？」

サミールは頭をふるふると振った。「ボーフォート公爵とは今朝、すでに話しました。今回はサー・ウォルター・アブニーを苛立たせないことがいちばんだと公爵はお考えです。ミスター・モンターギュは公正な裁判を受ける。そして彼が無実なら、あなたが信じているように無実なら、陪審は彼を自由にするはずです」

「判事も陪審も信用できませんね」ティファニーは言った。「正義などないのですよ、彼のようなひとたちには。あるいは――」ティファニーは〝わたし〟と言いかけたところで、口をつぐんだ。女性であれば、法律にたいして何の意見も言えない。でも、白人男性のユライアという恰好をしていれば、公平な裁判を受けられるだろうから。「あなたのような」

「ミスター・モンターギュに不自由がないよう、できるかぎり配慮します。そして真犯人につながる証拠も、ひきつづき捜します」サミールは言った。「この告発を覆したければ、議論の余地がない証拠でなければなりませんからね」

ティファニーはうなずいた。とうぜんだ、トーマスの犯行ではないと証明するだけでは足りない。サミールは、べつのだれかの犯行だと証明しなければならないのだ。しかも公爵夫人の言い分ではなく、いち書店主やいち図書係のことばのほうを信じる者などいないだろう。信じてもらうには、公爵夫人に告白してもらわないと――あるいは、彼女が罪を犯しているところを捕らえないとならない。でも、どうやって？

「力のおよぶかぎり、わたしはあなたを支援しますよ」

サミールは珍しいものを見るようにティファニーを凝視したけれど、軽く頭をさげた。

「意外なことをおっしゃる。とはいえ、お力添えとお気遣いには感謝します、ミスター・ウッダール」

ティファニーは手のやけどのことを思いだし、ミセス・ホイートリーを追って調理場に向かった。ムッシュー・ボンが中央の調理台に大きなバスケットを置いていた。その中はパンやデザートや果物、それにリキュールでいっぱいだった。

「なにかご用ですか、ミスター・ウッダール？」家政婦長が訊いた。

ティファニーはなにも言わずに、やけどした手を差しだした。

「まあ、なんてこと！」ミセス・ホイートリーは叫んだ。「こんなにひどいやけどを負うなんて。ムッシュー・ボン、ミスター・ウッダールの手に冷たいバターを塗ってあげてくださいな」

フランス人シェフは言われたとおりにした。バターのおかげで、ティファニーの手のひりひりする痛みはいくらか和らいだ。でも、トーマスとミスター・ラスロップがいっしょにお屋敷を出ていくのを見つめるという痛みには効かなかった。ふたりの姿を、彼女は窓越しに見ていた。並んで歩いている。対等に。でも、ひとりは監獄に行くのだ。

28

その夜、サミールのことばはティファニーの頭の中で何度もくり返された。〝ミスター・モンタ－ギュへの告発を覆そうとするなら、議論の余地がない証拠が必要だ〟。スナッフボックスと毒入りの中身のことをサミールに話さなければ。でも、ユライアが毒で死んだことを悟られないよう、慎重にことばを選びながら正しく伝えられる？　不安を感じているティファニーのごく一部は、サミールになにもかもほんとうのことを話してしまいたがっている。自分の人生を彼の手に委ねるのだ。

サミール以外に信頼できるひとはほかにいないけれど、それでもティファニーはためらった。彼はわたしを褒めてくれたし、わたしへの好意も高まっている。でも、わたしがべつの人物を演じていると知ったら、それに耐えられる？　ティファニーは、サミールの顔に浮かぶ思いやりが嫌悪に変わるところを想像した。それで彼を責めることはできない。自分だって、彼がだれかを自分の家の裏庭に埋めたと知ったらどう反応するのか、まったくわからないのだから。

ティファニーは細切れになんとか数時間だけ眠り、朝がやってきた。硬いパンと半熟の茹で卵を食べると、サミールにすべてを話そうと心に決めた。トーマスは、事実を完全に把握してもらう治安官と何ら変わらない、大事なひとだから。

つぎの日の朝は、すべてがゆっくり動いているようだった。服を着替えて化粧をするときでさえ、自分のことがクライマックスをまえに弱り切っている本の登場人物のように感じられた。サミールの書店までやってきたとき、心臓は激しく鼓動していた。鬘の下で、汗が首のうしろを流れおちる。いままで生きてきて、これほど緊張したことはなかった。ありったけの勇気と決意を動員してドアを開ける。ドアに取りつけられたベルが鳴った。

「すぐ行きます」店の奥からサミールの声が聞こえた。

ティファニーはゆっくりと店の中へ足を踏みいれた。いろいろな冊子を眺めるふりをしていると、その中の一冊に注意を惹かれた。『夫は女性：あるいは、ミセス・メアリ、別名ミスター・ジョージ・ハミルトンのおどろくべき来歴／彼女はウェルズの若き女性と結婚し、夫として彼女とともに暮らしたことで有罪判決を受けた。彼女自身が語る囚人生活とは』。ほんの八ページほどの冊子だけれど、あまりの恐怖にティファニーは気分が悪くなった。メアリ・ハミルトンは、男性に扮して女性と結婚したという不正行為で罪に問われた。ティファニーは男性に扮しているとはいえ、女性と結婚していない。けれど、自分もおなじ罪に問われるのだろうかと不安になった。しかも、兄が殺されたことをどこにも知らせていないのだ。

ティファニーは内容を読んだ。

被告人である彼、つまり彼女は、異常で邪悪でいかさま師であり、われわれ裁判所は彼女に、つまり彼に、彼でも彼女でもどちらでもかまわないが、六カ月の収監を言い渡す。そのあいだ、トーントン、グラストンベリー、ウェルズ、そしてシェプトン・マレットの各都市で鞭《むち》で打たれる。

挿絵を見ると、ズボンを穿き上半身は裸の女性が、やぐらの上で鞭で打たれている場面が描かれていた。彼女は両手を胸のところで交差させていた。胸を隠そうとでもしているかのようだ。わたしもこんな屈辱を受けることになるの？　六カ月を監獄の中で過ごすの？　ティファニーは、いちばん近い監獄がどこにあるかさえ知らない。女性用に分かれた監獄はある？　それとも、男性といっしょに放りこまれる？　強姦や殺人という罪を犯した囚人たちもいる中に？　トーマスが入れられている地元の監獄は、判決を待つ者か、ちょっとした法律違反を犯した者が、短期間だけ収容される施設だ。ティファニーの法律違反は、ちょっとしたものとは見なされないだろう。

全身が激しく震えた。

「ミスター・ウッダール？」

ティファニーはびくりとした。ふり返るとサミールがいた。ユライアのように顔をしかめるふりをする必要はなかった。彼女は持ってきた鞄を開け、ふたつのスナッフボックスを取りだした。クジャクの羽色の青いものとバラの模様の赤いものだ。

「これはなんです？」

ティファニーは咳払いをした。今朝の決意はどこかに消えた。サミールに事実を話すなんてできないし、話すことはしない。町の大広場で、半裸にされて鞭で打たれるなんて耐えられない。

「内々にお伝えしたいことがありまして」彼女はしわがれ声でそう切りだし、クジャクの羽色に塗られた青いほうのスナッフボックスを示した。「ボーフォート公爵夫人がくださったスナッフボックスですが、中身を吸ったところ、ひどく具合が悪くなりました。それで吸うのはやめたのですが、見ておわかりのように、これは乾燥しています。ですから、わたしの体質には合わなかったのだろうと思いました。ところがミス・ドッドリッジが亡くなったとき、妹が彼女の持ちものの中で、このバラの模様のスナッフボックスを見つけましてね。彼女が見せた症状も嘔吐したことも、わたしとおなじなんですよ。バーナードがこのバラの模様のスナッフボックスを持っているところを目にするまでは、怪しいとは思いませんでした。ですが――」

「彼は、そのスナッフボックスの中身で中毒になった」サミールが締めくくった。

「まさに」ティファニーは言った。「ボーフォート公爵夫人がこのスナッフボックスをミス・ドッドリッジに与えたのかどうか、わたしには何とも言えません。ミセス・ホイートリーとトーマスはそう言っていますが。ただ、金細工を見てもわかるように、これはたいへんに高価なものにちがいない。一介のレディーズ・メイドが買えるような代物ではないはずです」

サミールの美しい茶色の目が大きく見開かれた。「ボーフォート公爵夫人が、あなただけでなくご自分のレディーズ・メイドにも毒を盛ったとおっしゃるんですか？」

ティファニーの気持ちは不安定で、自分自身に注意を向けることもできない。「だれかを告発したいわけではありません、サー。ですが、このバラの模様のスナッフボックスをミス・ドッドリッジに差しあげたかどうか、公爵夫人に確認するのが賢明だと思います」

「もし、差しあげていたら？」

「公爵夫人がお持ちの、残りのスナッフのはいった瓶を渡してくださるよう、頼んでみてください。あなたはスナッフを嗜みますか？」

「いえ」サミールは答え、嫌悪感を表すように口唇を歪めてみせた。

ティファニーもやはり、その習慣の賞賛者ではない。「ふつうは一包ずつ瓶に保管され、ごく少量をボックスに入れます。中身が有害なものかどうか、専門家に調べてもらえるかもしれない」

「ご自分のメイドに毒を盛ったと、公爵夫人を告発するなんてできません」

「ひょっとしたら、事故だったのかもしれない」ティファニーは嘘をついた。「ひょっとしたら、公爵夫人は瓶の中身がなんらかの理由で損なわれたことに気づいていなかったのかも」

サミールはスナッフボックスをそれぞれ左右の手で持ちあげ、重さを確かめるような仕草をした。正義の女神が持つ天秤のように。「確信があるのですか、ミスター・ウッダール、毒はスナッフを介して摂取されたと？」

「概ねは」彼女は答え、大きく息を吐いた。「ほかの使用人たちの具合を悪くすることなく、ミス・ドッドリッジとバーナードにうまく毒を盛る方法をほかに思いつけないのですよ」

「では、なぜもっと早く、この件を話してくれなかったのですか？」サミールは訝しげに訊いた。

ティファニーは深呼吸をしてから言った。「正直なところ、わたし自身の胃腸の不調とミス・ドッドリッジの死との間にはなにかしら合致したところがあると気づいたのが、ほんの数日まえなのですよ。あなたもそうでしょうが、わたしも確信がないのに行動を起こしたくなかった。ですが、スナッフに毒がはいっていたというのが真相なら、法とサー・ウォルター・アブニーは、トーマスをすべての罪状から免除しないといけません」

サミールはティファニーの弁解を信じたにちがいない、頭をかすかにうなずかせた。「ボーフォート公爵夫人のところに行って面会の約束を取りつけないといけませんね。同行していただけますか、ミスター・ウッダール？」

「もちろん」彼女は言った。「本来なら今朝はもう、図書室にいる時間です」

「話を聞くときに、という意味です」

ティファニーは息をのんだ。「歓んでそうしますよ、サー。わたしがあなたのお役に立てると思ってくださるなら。ただ、わたしの青いスナッフボックスは公爵夫人に見せないよう、お願いしたい。ボーフォート公爵夫妻はわたしの雇い主です。おふたりに楯突くようなことはできかねます」

サミールはティファニーに青いスナッフボックスを返し、バラの模様のスナッフボックスは自分のポケットにしまった。「わかりました、ミスター・ウッダール」彼はそう言い、ドアのほうを示した。「では、行きましょうか?」

ティファニーの首に巻かれた見えない輪縄はぎりぎりと締まり、息もできないほどだ。頭の中では、足元の処刑台がぐらぐら揺れはじめている。いつ壊れてもおかしくないほどに。

29

サミールといっしょに長い道のりを歩くという、ティファニーの夢が叶ったはずだった。でもじっさいは、沈黙がつづく気まずい時間だった。ティファニー、つまりユライアのことをどう考えたらいいのか、サミールはわからないでいるのだろう——ティファニーのことをだれだと思っているにしても。彼女の一部はいまでも、とんでもない真実のすべてをサミールに打ち明けたがっている。でも、恐怖が口をつぐませていた。

ふたりは湖に差しかかり、サミールがはじめてティファニーを見つけた場所に来た。身体を洗う彼女のことを、溺れていると思いこんだサミールが助けようとしたのだった。ティファニーがユライアを埋めた晩だ。ほんの数週間まえなのに、自分の人生はあのときからはじまったような気がする、とティファニーは思った。この数週間で、それまでの二十年で感じたよりも多くの喜怒哀楽の感情を抱いた。束縛から解放されたと実感した。なにも後悔していない。サミールにちらりと目を向けたことや彼と交わしたことば、どのひとつをとっても。彼といっしょに過ごした、どの瞬間も。

「ミスター・モンターギュに心を寄せてくださって、ありがたいことです」サミールは言った。

歩いているといまにも脱げそうになる、大きすぎるブーツを見下ろしてティファニーは答えた。「彼は心優しく親切な青年です。あんな悲運に遭っていいわけがない」

「だれもがそうですよね？」

その一語一語は、ティファニーの足を止めた。「はい」とも「いいえ」とも答えたかった。ミス・ドッドリッジと、彼女がしていた脅迫のことが頭に浮かんだ。低い声を出そうと咳払いをして、ティファニーは言った。「受けるべき報いを受けることもありますし、配られたトランプの札がふさわしくないときもあります」

「そのとおりですね、サー」サミールは言った。「公爵に生まれるひともいれば、書店員に生まれるひともいる」

「あるいは、図書係に」ティファニーはそう言って小さく笑った。

サミールは目をぱちぱちさせ、ティファニーは顔から笑みを消した。笑うと、ティファニー自身が顔を出してしまうにちがいない。サミールといっしょにいるときは笑わない、と頭に入れておかなくては。これからも彼といる時間が多くなると考えているわけではない。いまのような友情をこの先も望むのはむりだろう。彼に真実を話そうと考えるたび、半裸で鞭打たれるメアリ・ハミルトンの挿絵が頭に浮かぶ。ティファニーは痛みを感じるほどに、口唇をぎゅっと閉じた。

「妹君はシャーリー牧師と婚約されたのですよね、おめでとうございます」サミールは言った。「幸せになられますように」

彼は〝ティファニー〟が町を出たことを知らないのだ。

「残念ですが、あのよき牧師と妹との間には、ちょっとした誤解があったのですよ」

「ちょっとした誤解？」サミールは言い、つぎの一歩でティファニーにぐっと近づいた。

ティファニーは大きく息をのんだ。「自分がしばらく町を出ることが、だれにとってもよいのだろうと妹は考えました」

「彼女が町を出たって！　どこへ行ったんです？」サミールは訊いた。声に切迫感が滲んでいる。

「マンチェスターです」ティファニーは答えた。「そこでミセス・コーツのお世話をします」

「ご親戚ですか？」

「あー、いいえ。そうではないのですが。ミセス・コーツは、妹がかつて婚約していた男性の母上です。彼は何年もまえに、海で亡くなりました」

「どれくらい、あちらにいるのでしょう？」

「ずっとです」ティファニーはささやくように言った。

サミールは足取りを速めて歩きつづけた。

ふたりの間にまた沈黙が落ち、そのままアストウェル・パレスの使用人用玄関に到着した。サミールは手で示し、ティファニーに先にはいるよう促した。午前も遅い時間だったので、ダイニング・ルームにはだれもいなかった。ティファニーはそこを通りぬけてフォード執事の執務室に向かい、ドアを強くノックした。赤ら顔の執事が大声で応えた。「はいりなさい！」

ティファニーはドアを開けて中にはいり、サミールも彼女につづいた。小さくせまい部屋には机と椅子しかない。その椅子に、大柄な執事が腰をおろしている。

「ミスター・ウッダール、ラスロップ治安官」彼は濃い両眉をあげた。「朝から何のご用でしょう？」

ティファニーはサミールを見た。

サミールは何回か瞬きをした。「ミスター・フォード、不躾なことと承知していますが、きょう、ボーフォート公爵夫人と少しお話ししたいと思いまして」

「どんなことでです？」

サミールはまた瞬きをした。「ミス・ドッドリッジの死についてと、ミスター・モンタギュの容疑を晴らすかもしれない証拠についてです」

「なんと、どちらかの公爵夫人がどちらかの使用人の死に関わっていると、あなたはそう考えていると？」執事は断固とした口調で言い、ブーツの中でティファニーは足をぶるぶると震わせた。

執事は思い切り息を吸いこんだ。大きな鼻が膨らんだ。机の抽斗を開け、便せんを一枚、取りだした。上部にボーフォート公爵家の紋章が金色で箔押しされている。それから彼は、机の上のインク壺と羽根ペンを指さして言った。「夫人に一筆、書いてください。ただし、お会いくださるかどうかは保証できません」
サミールは羽根ペンを手に取り、ペン先をインク壺に浸した。

公爵夫人
メイプルダウンの治安官として、ミス・ドッドリッジが死亡した件、並びにミスター・トーマス・モンターギュにたいする告発の件を調べるにあたり、公爵夫人のお力添えをお願いしたいと思います。わたしは、彼が無実だと信じます。ご都合がよろしいときに、いくつか質問をさせていただければ幸いです。

ミスター・サム・ラスロップ

「図書室で待っていると書き添えてください」ティファニーが不意に言った。
サミールはうなずき、その一文を書き足した。

公爵夫人がお越しくださることを、図書室でお待ち申しあげます。

敬具

フォード執事は便せんに砂を少し振りかけてから半分にたたみ、銀製の盆に載せた。「公爵夫人にお持ちします」

「ありがとうございます、サー」サミールが言った。

「ありがとうございます、ミスター・フォード」ティファニーもおなじように言い、彼より先に執務室を出た。

背後にサミールの足音を聞きながら、ティファニーは図書室に向かった。

ドアを開けて広々とした室内にはいると、多くの本——ページをめくりさえすれば目の前に広がる、いくつもの世界——に囲まれているという、おなじみの歓びを感じた。

「ミスター・ラスロップ、どうぞ楽にしてください」ティファニーは言った。「夕方まで、ずっといてくれてかまいません」

サミールはうなずいた。「では、わたしも読みたい本を探します」

「なにかありましたら言いつけてください」

「ご親切にどうも、ミスター・ウッダール」サミールは言い、またティファニーのことをじっと見つめた。彼女は、皮膚を透かして見られているように感じた。

ティファニーは机に退《さ》がり、お気に入りの椅子に収まった。目録を引っぱりだし、自分の考えるまとめ方とは異なる法則で分類されている本の一覧をつくる。彼女は、著者の姓の順に本を整理しようと決めていた。その著者が複数の本を書いている場合、あるいはおなじ姓の著者が何人かいる場合は、姓のあとに題名をつづける、といったように。この順番だと、本を探したり整理したりすることが、より効率的で容易になると信じている。

ティファニーが数分おきに顔をあげるたび、置きっぱなしにしていた『クラリッサ』の一巻を読みふけるサミールが目にはいった。ふたりで文体や本の内容について意見を交換できたら、どんなにすてきだろう。極悪なラヴレイスやヒロインの悲劇的な運命について、彼と話しあいたかった。

もう夕食の時間かというころになって、フォード執事が図書室のドアを叩いた。ティファニーもサミールも、あわてて立ちあがった。ティファニーは少しあわてすぎて、左足からブーツがすっぽりと脱げてしまった。履き直そうと身体を屈めると、図書室にはいってくる公爵夫人の足先が見えた。彼女が履いている室内用の靴は絹製で、チューリップの花と葉が一面に刺繍されている。視線を上げると、こんどはレースと模様と織物がみごとに調和したドレスが見えた。とても美しい。ボーフォート公爵夫人は顔にたっぷりと化粧をしていた。口唇の端を少し歪め、すねたような表情をしている。きょうかぶっている鬘は、彼女の頭を二倍の高さに見せるほど大きく、リボンを売る店にあるよりも多くのリボンで飾られている。

サミールは公爵夫人に深々とお辞儀をした。夫人のうしろから、エミリーが物静かなネズミのようにはいってきた。フォード執事がドアを閉め、エミリーはドアの脇に控えた。

「ミスター・ラスロップ」公爵夫人はつまらなそうな、冷たい声で言った。「トーマスの身の潔白のことで、わたくしに会いたいということでしたね」

「いらしてくださってありがとうございます、公爵夫人」もういちどお辞儀をしながらサミールが言った。「どうぞ、お座りください」

「長居するつもりはありません」夫人は答える。

「もちろんです、お手間は取らせません」サミールは言い、ポケットからバラの模様のスナッフボックスを取りだした。「このスナッフボックスに見覚えはありますか、公爵夫人?」

「ええ」

すばやく息をのんだせいでティファニーは咳きこんだ。

「ミス・ドッドリッジが亡くなったときに、彼女の持ちものの中から見つかりました」サミールはつづけた。「公爵夫人が彼女にお譲りになった?」

「そうでしょうね」公爵夫人は扇子をひと振りして答えた。「自分の身の回りの品の一覧なんてありませんけど」

「お訊きしたのは、ミス・ドッドリッジの寝室から彼女が盗んだと思われる品がいくつか見つかったから、というだけのことです。このスナッフボックスが贈りものなのか盗品なのかを、はっきりさせようと思いまして」

これは公爵夫人からセアラ・ドッドリッジへの贈りものだとトーマスは言ったけれど、彼は嘘をついたのだろうか?

はらはらする間《ま》があってから、公爵夫人は手にした扇子で顔の下半分を隠して答えた。

「わたくしが譲ったものよ、たぶん。訊きたいのはそれだけ?」

「いいえ、奥さま」サミールは言い、前のめりになった。「この中のスナッフが損なわれ、それでミス・ドッドリッジが亡くなり、バーナードが体調を崩したという懸念があるのです」

「わたくしを告発するおつもりですか、治安官?」夫人は訊いた。その言い方はナイフさながらに鋭かった。

サミールは両手をあげた。「いえ、めっそうもない。そんなつもりはありません、公爵夫人。ミスター・ウッダールとわたしは、公爵夫人のお身体を心配しているだけです。中身が損なわれているとしたら、どんな形でも公爵夫人に害がおよぶところは見たくはありませんから」

「エミリー」公爵夫人が急かすように扇子をひらひらさせて呼ばわった。

レディーズ・メイドは小走りで公爵夫人のところに行く。

「化粧室のテーブルにあるスナッフのはいった瓶を取ってきて、治安官に渡してちょうだい」

エミリーは深くお辞儀をした。「すぐに持って参ります、奥さま」

公爵夫人はきびすを返した。もう行くわ、とでもいうように。サミールがあわてて走りで て、彼女のためにドアを開けた。

「最後にもうひとつだけ」ティファニーが言った。

ボーフォート公爵夫人は足を止め、ふり返ってティファニーを見た。

ティファニーはすばやくひと息ついてから訊いた。「スナッフはどこでお求めになりました?」

公爵夫人は上品な肩をすくめた。

「メイプルダウンか、あるいはロンドンでしょうか?」ティファニーはさらに訊いた。

「ミスター・ウッダール、わたくしには奥さまと呼びかけなさい」公爵夫人は言った。

ティファニーは頭をさげた。「不適切な物言いで申し訳ありません、奥さま。無礼をお詫びします」

「ロンドンよ」公爵夫人はそう言って図書室を出ていった。

そのあとでサミールがドアを閉めると、ふたりそろって大きなため息をついた。

ティファニーはサミールを指さしてけらけらと笑った。「聞き取りが終わってほっとしたのはわたしだけではないようだ」

サミールはにっこりした。「公爵夫人は公爵ほどに友好的ではないとみえる」

「そうですね」ティファニーは同意し、頭を振った。「ですが、価値ある情報を教えてくださったことはまちがいない」

「公爵夫人がミス・ドッドリッジにスナッフボックスを与えた」

「そして、スナッフはロンドンで買われた」

「レディーズ・メイドが瓶を持ってもどったら」サミールは言った。「薬剤師のミスター・カニングのところに行って調べてもらいます」

「その必要はありません」

「何ですって？」

ティファニーは肩をすくめた。「すでに、どちらのスナッフボックスも持っていって調べてもらいました。スナッフが何のオイルに浸されていたのかは、わからないとのことでした。

ハドソン医師はナス科の植物ではないかと言っていましたが、ミスター・カニングは特定できませんでした」

サミールはまたため息をついた。「きょうのうちにバーズリーに行って、べつの薬剤師に話を聞こうと思います。なにか、もっとわかるかもしれません」

「急ぐ必要があるのですか?」

「巡回裁判官は年に二回しかやってきません。わたしたちにとっては間が悪いのですが、その裁判官は今週、この町にいます。ミスター・モンターギュの裁判はあすの朝十時からはじまります」サミールは言った。「彼を無罪にしようとするなら、それまでに証拠を手に入れないと」

エミリーが図書室のドアを開け、瓶の載った銀製の盆をサミールに差しだした。サミールは瓶を手に取った。

「ありがとう」彼は言った。

「トーマスを救うためなら何でもします」エミリーは言った。「彼に希望はありますか?」

「わたしは彼が無実だと信じています、ミス」サミールは言った。「そしてそれを証明するために、力がおよぶかぎり何でもするつもりです」

「あなたはとてもよいお方です、治安官」エミリーは言った。

ティファニーはそのことばに、これ以上ないくらい同意した。

「では、これで失礼します、ミスター・ウッダール、ミス」サミールはそう言い、ふたりに向かって帽子のつばにさっと触れた。

ティファニーは図書室から出ていくサミールとエミリーを見つめた。あすもまた、仕事に遅れることになりそう。裁判を見逃すことなどできないから。

30

女性の権利を認めない法を信頼するのはむずかしい。少なくとも男性として、トーマス・モンターギュは女性よりも多くの権利を持っている。とはいえ、彼はアフリカ出身でもある。イギリス人が奴隷にしてきたひとたちだ。抑圧してきた側が行なう裁判で、トーマスは公平に扱われる？　ティファニーには、とてもそう思えなかった。その夜、彼女は何度も寝返りを打ち、ほとんど眠れなかった。

朝になり、ティファニーは目の下の隈を隠そうと、白粉を多めに顔にはたいた。そうしたところで、見た目はたいしてよくならなかった。それでも、ユライアのいちばん上等なスーツを着た。鬘からシラミを払い落とし、頭に載せた。今朝、町に向かう足取りは、まえの日よりもおちついていた。

ここでもまた、ティファニーは見えない輪縄が首に巻きつくのを感じた。しかも、これまでになくきつく締まっている。

できることはすべてした、とティファニーは思う。でしょう？　トーマスの逮捕に抗議した。なりすましがばれるかもしれないという危険を冒して、サミールにスナッフボックスを見せた。サミールが公爵夫人に会うとき、彼に同行した。あれ以上、できることはなかったはず。

ティファニーは法廷の後方の席に腰をおろした。廷内は薄暗い。天井は低く、空中には人間の尿や煙のにおいが漂っている。ずらりと並んだベンチはどれも、ほぼ埋まっていた。男性も女性も、裁判の行方を目撃しようと熱くなっている。最前列に、トーマスとサミールが並んで座っていた。ふたりとも教会に着ていくような装いをしている。ふたりともハンサムで、トーマスは犯罪者にはまったく見えない。ふたりのうしろの列にはシャーリー牧師と、不愉快なサー・ウォルター・アブニーが控えていた。サー・アブニーは、コートの下から丈の短いワインレッド色のダブルのウェストコートを覗かせ、小ぶりの丸い片眼鏡越しに会場の中をじっと見つめている。片眼鏡は、ウェストコートのお腹のところから伸びる鎖に繋がれていた。

フォード執事とバーナードは三列目に座っていた。ほかにも、名前はわからないものの、アストウェル・パレスのダイニング・ルームでティファニーも見かけたことのある男性使用人や馬丁、庭師といったひとたちもいた。あとの列は、町の住人たちが埋めていた。

教会の鐘が鳴って午前十時を知らせた。シャーリー牧師のたくさんの子どもたちのだれかが鳴らしているにちがいない。むんむんする法廷のドアがひらき、腰まで伸びる白い鬘をかぶった男性がはいってきた。黒いローブ姿で、白く塗った顔に嘲笑を浮かべている。

「フィニアス・フォークナー判事がはいられました。みなさん、起立してください」サー・

ウォルター・アブニーが呼ばわった。

サミールが立ちあがり、トーマスもおなじようにした。傍聴人たちもあわてて立ちあがった。ティファニーは最後に立ちあがったひとりだった。彼女は、堂々とした風格を備えた判事を見つめた。判事はのしのしと最前列まで歩いていくと、一段高くなった演壇をあがり、机について座った。

判事の右側、おなじように一段高くなった演壇に、ベンチが二列、並んでいた。そこに十二人の男性が座っている。陪審員たちだ。ハドソン医師、薬剤師のミスター・カニング、店員のミスター・ウェスリー、精肉店主、郵便配達人、装蹄師、仕立て職人、ろうそく職人、パン職人、製粉業者、機織り職人、なめし革職人。全員が白人男性だ。

巡回裁判判事は机に置かれた木槌《きづち》を持ちあげ、三度、木製の台に打ちつけた。木槌が打ちつけられるごとに、ティファニーは身体をびくりとさせた。

「みなさん、着席してください」判事は高く引きつった声で言った。

人々が腰をおろそうとしてベンチをガタガタさせる音が、法廷内を満たした。ティファニーも座ってひと息つく。ひどい悪臭に気分が悪くなっていた。

「きょう、われわれがここに集まったのは、殺人および同僚の使用人に毒を盛るという恐ろしい罪を犯したとして、ミスター・トーマス・モンターギュが告発されたからであります」

フォークナー判事は甲高い声で言った。

傍聴席からなにやら声があがる。みんなが何と言っているか聞こえたらいいのに。だれもが偏見を持たずにここにいてくれることをティファニーは願った。

「ですがまず、法のおさらいをしましょう」判事は言った。「一七五二年、殺人法がグレートブリテン議会を通過しました。それには、有罪とされた殺人にたいする刑罰は絞首刑だと明記されています」

何人かの男性が頭をこくこくとさせた。ティファニーは息をのんだ。

「しかしながら、絞首刑で罰が終わるわけではありません。殺人者の死体は州奉行あるいは治安官のもとに送られ、絞首台で十メートルほどの高さに吊るされます。そうして、腐敗が進行するようすを見せるのです。将来、みなさんの教会区であらたな殺人者が現れないようにするための、目に見える抑止力というわけです」

ティファニーはハンカチーフをぎゅっと握り、口許に当てた。いまにも吐きそうだった。でもおぞましいことに、ほかの傍聴人たちは賛成だと言わんばかりに歓声をあげて手を叩き、足で床を踏みならしている。

「サー・ウォルター・アブニー」フォークナー判事が甲高い声でつづけた。「あなたはミスター・トーマス・モンターギュの逮捕令状に署名しました。そう結論に至った証拠をみなさんにも提示してください」

サー・アブニーは羽を広げすぎたクジャクのように、ちょこちょこした足取りで前方に歩みでた。「判事がよろしければ、ミスター・コラムを呼んで話を聞きたいと思います」

判事はうなずいた。「前に出てください」

バーナードは立ちあがると、両手をぱんと合わせた。それから判事の机の横に移動し、陪審員のほうを向いた。表情はおちついている。

「ミスター・バーナード・コラムはアストウェル・パレスのフットマンで、ミスター・トーマス・モンターギュの日ごろの行ないを詳細に知る人物です」サー・アブニーは言った。

「どんな行ないでしょう?」判事が訊く。

「ミスター・モンターギュはミス・ドッドリッジに言い寄ろうとして――」バーナードは話しはじめた。

「白人女性にですか?」フォークナー判事が遮る。

バーナードはうなずいた。「拒絶されると、ミス・ドッドリッジに毒を入れたアヘンチンキを渡しました」

傍聴人たちは、トーマスを罵ったり野次ったりして大騒ぎをした。暴力沙汰になるのではと思いながら、ティファニーは息を詰めた。

判事はまた木槌を持ちあげ、何度も何度も打ちおろした。ティファニーはその回数を数えられなかった。

「静粛に。静粛に! わたしの法廷では秩序が求められます!」フォークナー判事はわめいた。

町の住人たちはおとなしくなったけれど、ティファニーの耳には、あいかわらずなにやらささやく声が聞こえる。彼らの顔には殺意さながらの表情が浮かんでいた。

サミールが立ちあがった。判事に一礼してから陪審員席にも一礼すると、手にした数枚の書類を高く掲げて言った。「判事、そして尊敬すべき陪審員のみなさん、ありがとうございます。さて、陪審員のおひとり、ハドソン医師はすでにアヘンチンキを調べましたが、それに毒が含まれていたとは考えておられません。ミスター・コラムのもう一件の告発にたいしては、わたしは家政婦長やほかのメイドたちからの証言を得ました。それによりますと、ミス・ドッドリッジはミスター・モンターギュの求愛を受け入れただけでなく、彼をその気にさせていたようです」

判事は頭を振った。「なんということでしょう。聖書にもはっきり書いてあります。〝神はすべての物を種類にしたがって創られた〟と。それが、創造主である神の秩序なのです。アフリカ人はアフリカ人とのみ結婚すべきです。イギリス人男性はイギリス人女性のみと」

サミールを思ってティファニーの胸は痛んだ。彼はイギリス人男性とインド人女性との間に生まれた息子だ。判事は、イギリス人とそれ以外のひとたちがまったくべつの種《しゅ》かのように振る舞っている。だれもが主の子どもたちなのに。生きとし生けるもの全員に、生きる権利と自由でいる権利が備わっているのに。

サミールは顔をしかめたものの、それ以外に腹を立てたようすは見せなかった。「いずれにせよ、ちがう人種同士の結婚は、こんにちでは裁かれるべき犯罪ではありません。きょうここに集まったのは、ミス・セアラ・ドッドリッジを殺した犯人を見つけるためです。彼女は、ミスター・トーマス・モンターギュがひじょうに敬愛し、真心を捧げて結婚を申しこんだ人物です。そんな女性を、彼が傷つけたはずがありません」

陪審員のひとり、製粉業者が口の両端に手を当てて野次を飛ばした。「ブー！」ほかの陪審員たちもドンドンと足を踏みならし、彼につづいて口々に「ブー」と叫んだ。

「わたしの話はどうなりました？」バーナードは小馬鹿にしたように言った。「あの忌々しいアフリカ人はわたしに毒を盛ったんですよ。やつが惚れこんだ娘に、わたしが少しばかりちょっかいを出したというだけで。まあ彼女は、わたしのちょっかいを歓んでいましたけどね」

傍聴人たちも陪審員たちも、ヒューヒューと口笛を吹いたり冷やかしのことばを叫んだりして、バーナードに応えた。

「ミスター・モンターギュがあなたを抜いてファースト・フットマンの地位を得たというのは事実ですか、ミスター・コラム？」サミールはつづけた。

「はい」バーナードはむっつりと答えた。

サミールは判事から陪審員席に、それから騒々しい傍聴人たちに向き直った。「わたしの考えでは、この告発は取りさげられるべきです。ミスター・コラムは何の証拠も持っていませんし、ミスター・モンターギュへの告発は、ライヴァルの使用人にたいする嫉妬のみに基づいています。ミスター・コラムはミスター・モンターギュの婚約相手を自分のものにしたいと望みました。そしていまは、ミスター・モンターギュを告発することで彼の地位を自分のものにしたいと望んでいるように思われます」

腐ったリンゴの芯が飛んできてバーナードの頰に当たり、それから床に落ちて転がった。

判事は木槌を手に立ちあがった。「もう、けっこうです。サー・ウォルター・アブニー、ミスター・モンターギュが有罪だと示す証拠はほかにありますか、証人以外に？」

ミスター・アブニーは片眼鏡を取り落とし、頭を左右に振った。

「ミスター・ラスロップ、治安官」フォークナー判事は木槌でサミールを指して呼びかけた。「本件にたいする陪審員の決定とわたしの判決に影響しそうな、さらに具体的な証拠はありますか？」

「あります、判事」サミールは答え、床に置いたスナッフの瓶を手に取った。彼は蓋を開け、瓶を判事の机に置いた。つぎにバラの模様のスナッフボックスをポケットから取りだし、みんなに見えるよう高く掲げた。「ミスター・コラム、このスナッフボックスに見覚えはありますか？」

セカンド・フットマンの顔色が真っ白になる。

「こう言っても差し支えなさそうですね、その顔色から判断して、あなたには見覚えがある、と？」

「はい」バーナードは短く答えた。

「だれの持ちものでした？」

「ミス・ドッドリッジです」

多くのひそひそ声が柔らかなざわめきになってティファニーの耳に届いた。

「そうですね」サミールは言い、親指で弾くようにしてスナッフボックスの蓋を開けた。「ミス・ドッドリッジが亡くなったあと、彼女の寝室から見つかりました。それがどうして、あなたの手に渡ることになったのでしょう、サー?」

このときの法廷は完全に静寂だった。ティファニーには自分が呼吸する音が聞こえた。

「その質問には答えなくてもいいですよね?」バーナードはそう言い、懇願するように判事のほうを向いた。

「答えてください、ミスター・コラム」

彼はうつむいて自分の両手を見た。「彼女が死んだあとで、くすねました。彼女にはもう必要ないですから」

「中にはいっているスナッフを吸うこともしましたか?」スナッフボックスをバーナードのほうに差しだしながら、サミールが訊く。

「吸ったかもしれません」

「被害者のスナッフを吸いはじめるまえに、なにかしら中毒の症状はありましたか?」

「わかりません」

「ですが、わたしはわかります」サミールは言い、スナッフボックスの蓋をパチンと閉めた。「バーズリー在住の薬剤師、ミスター・アンソニー・ダグラスがきょう、ここにいらしています。彼はこのスナッフに毒が混ぜられていると確認してくれました。あなたに咳や嘔吐の症状が出はじめたのは、亡くなった女性からスナッフを盗んだからです」

血液が一滴残らず、バーナードの顔から消えてしまったようだった。彼の虚勢はいまや、まったく見る影もない。

「ミスター・コラム、着席してください」判事が言った。「ミスター・ダグラス、前のほうに来てくださいますか？」

ティファニーの前列に座る腰の曲がった男性が立ちあがり、判事のところへ歩いていった。紐のようなもので括った、紫色の花をつけた緑色の植物を手に握っている。彼の顔には何本もの皺があったけれど、その目はぎらぎらと輝いていた。

「ミスター・ラスロップの証言は事実ですか？」フォークナー判事が訊いた。

ミスター・ダグラスはうなずいた。「ミスター・ラスロップは、そのスナッフボックスをわたしの薬局に持ってきました。ずいぶんと時間がかかりましたが、わたしはどうにか、成分を絞りこむことができました。たばこの葉とマンドレイク・オイルです。だれかがマンドレイクの根と葉を精製してオイルにしたんでしょう。マンドレイクの根をひとが摂取すれば、吐き気を催すことは知られています。ミス・ドッドリッジが自らの嘔吐物の中で死んでいるところを発見されたのも、ミスター・コラムが体調を崩したのも、おそらくそのせいでしょう」

判事はあわてて椅子をうしろに引き、毒が混ぜられているという瓶が置かれた机から離れた。

「害はありませんよ、判事。じっさいに摂取しないかぎりは」ミスター・ダグラスは説明した。「それに、かなりの量でなければ。じつのところ、いろいろな病状を改善させるのに使われているんですよ。胃腸の不快感から関節炎までね。ただし、服用するのはごく少量ですよ。きょうここに、少しだけお持ちしました。においをかいだり、比較したりできるように」

フォークナー判事はためらうようすを見せたけれど、薬剤師が持ってきたマンドレイクの枝をつまんでにおいをかいだ。それからその枝を置き、スナッフボックスを手に取った。彼は頭をこくりとさせた。「ミスター・ラスロップ、ミス・ドッドリッジが毒入りのスナッフをどこで手に入れたか、わかりますか？」

サミールは顎を食いしばった。「スナッフボックスは彼女の雇い主からの贈りものです」

何人かの男性の声がティファニーの耳に届いた。「公爵夫人ってことか？」

「ご自分のレディーズ・メイドが殺された件にボーフォート公爵夫人が関わっていると、治安官、あなたはそうほのめかしているのですか？」フォークナー判事は言った。「そうであるなら、貴族階級の方々でさえも、殺人を犯せば絞首刑になると、とうぜん知ったうえで言っているのでしょうね」

サミールは頭を振った。

「公爵夫人ではありません、判事。だれであれ、公爵夫人のためにスナッフを手に入れた人物が公爵夫人を殺そうとしたと、わたしは信じています。公爵夫人に害がなかったのは、偶然にすぎなかったのです」

「では、公爵夫人に害がなかったのはなぜですか？」

「夫人は医師の勧めに従い、スナッフを吸うのをやめていたのです」サミールは説明した。「いまは吸う振りをしているだけだということです」サミールは短いあいだ、ティファニーに視線を据えた。「そういうわけで、公爵夫人はご自分の使用人にスナッフボックスをお譲りになったのです。だれかがそれを使うところをご覧になるのが、お好きなようです」

ティファニーは口をあんぐりと開けた。公爵夫人が毒を盛った張本人だと確信していたのに。でも、ユライアもミス・ドッドリッジも命を落としたのは、たまたま運が悪かったということ？　狙われた犠牲者がそのふたりでなかったのなら、では、ボーフォート公爵夫人を亡き者にしようとしたのはだれ？　その理由は？　夫人の財産を狙ったわけではないはず。ユライアから聞いたところでは、彼女の息子はまだ六歳で、すでに遠くの学校に遣られている。父親の財産と爵位と地所だけでなく、母親の財産も相続するのはその息子だ。

「では、だれがボーフォート公爵夫人にスナッフの瓶を渡したのでしょう、ミスター・ラスロップ？」判事は訊いた。

サミールは頭を左右に振った。「公爵夫人によると、ロンドンで購入されたということです。だれがどのように買い求めたのかは、はっきりわかりません。公爵夫人という方々は、ご自分ではお使いに行きませんから」

何人かが忍び笑いを洩らした。フォード執事が手をあげる。

「サー」フォークナー判事が甲高い声で言った。「なにかおっしゃりたいことが?」

フォード執事はよいほうの脚に体重をかけて立ちあがり、咳払いをしてから言った。「ミスター・シメオン・フォードと申します。ボーフォート公爵夫妻の執事をしております。わたしはご家族に帯同して、ロンドンやほかの邸宅に出かけます。公爵夫人がロンドンにいらっしゃるあいだは、トーマスが夫人の使いをします。彼がその瓶を購入したのかもしれません」

室内のすべての視線が、いままた、トーマスに集まった。自分も視線を向けてしまったと、ティファニーは認めないわけにはいかない。

「着席してください、ミスター・フォード。証言をありがとうございました」判事は言った。「ミスター・モンターギュ、起立してください。あなたはなぜスナッフを買ったのですか?」

トーマスは震えながら立ちあがった。ふつう、被告人は自分自身の裁判で証言することは許されていない。法廷での意外な成り行きに、傍聴人たちと同様、彼も面食らっているようだ。「ボンド・ストリートのたばこ店で買いました、判事さま。いつもおなじ店です。この瓶に、なにかちがうところや特別なところがあるとは気づきませんでした」

「ボーフォート公爵夫人は雇い主として公正ですか?」フォークナー判事が訊いた。

「はい、判事さま」トーマスは判事の目をまっすぐ見て答えた。

「公爵夫人はあなたを奴隷商人から買ったのですよね?」

「はい」彼は小声で答えた。「そのとき、わたしは二歳か三歳でした」

静かな怒りをたぎらせて、ティファニーはハンカチーフを思い切り握った。そんな小さな子が、連れ去られて外国で奴隷にされるべきではない。

「それで、それ以来公爵夫人はあなたに必要なものをあてがってきたと？」

「公爵夫人はわたしをアストウェル・パレスにお連れになり、住まわせてくださいました」トーマスは言った。「わたしは三年ほどまえから、ファースト・フットマンを務めています」

「そのとき、バーナード・コラムはすでにフットマンでしたか？」

「はい、判事さま。彼はセカンド・フットマンでした」そのとおりというようにうなずき、トーマスは答えた。「ですが、ファースト・フットマンが高熱のせいで亡くなり、その地位がわたしに提示されました」

「ミスター・バーナード・コラムを飛び越して？」

「はい」

「なぜでしょう？」

トーマスはかすかに肩をすくめた。「何とも言えません、判事さま」

「ミスター・フォード、よろしいですか？」判事は木槌で執事を指して言った。「あなたは、ミスター・モンターギュがミスター・コラムを飛び越して昇進した理由をご存じですかな？」

執事は立ちあがると、判事に一礼してから話しはじめた。「いいえ。ですが、ボーフォート公爵夫人がそうするよう、強くお望みになりました。通常、使用人についての決定は執事がするのですが」

「ありがとうございます、ミスター・フォード」フォークナー判事は言った。「では、着席してください」

フォード執事は腰をおろした。そうしながら、彼はトーマスに申し訳なさそうな視線を送った。彼の証言は若いフットマンを傷つけていた。

判事は木槌で台をバンバンと叩いた。「ほかに証人がいなければ、これより陪審の評決を待つことにします」

十二人の陪審員が頭を突きあわせるようすをティファニーは見守った。彼らがトーマスのことを信じてくれるようにと願った。彼がだれかを傷つけたことを示す、たしかな証拠はないのだから。

十五分後、ハドソン医師が一枚の紙を手に立ちあがった。フォークナー判事は木槌を台にバンバンと打ちつけた。「被告人は起立してください」

トーマスは立ちあがり、自分の運命を握る十二人の男たちと向きあった。

ハドソン医師は咳払いをした。「メイプルダウン教会区のボーフォート公爵家に仕えるファースト・フットマンであるミスター・トーマス・モンターギュは、一七八四年九月十四日に、ボーフォート公爵夫人のレディーズ・メイドであったミス・セアラ・ドッドリッジを毒により殺害し、その六日後にミスター・バーナード・コラムにたいして、さらにボーフォート公爵夫人にたいしておなじ毒での殺害を試みたとして、陪審は彼が有罪であるとの評決に達しました。訴追側証人は、ウォルター・アブニー準男爵、ミスター・バーナード・コラム、ミスター・シメオン・フォード、そしてミスター・アンソニー・ダグラスです」

ティファニーは泣きたかった。偏見が正義を圧倒してしまった。

フォークナー判事はお気に入りの木槌を台に打ちつけた。「ミスター・トーマス・モンターギュは死亡するまで首を吊られます。刑の執行は本日より二日後です」

先ほどまで静まりかえっていた傍聴人たちはまた、あちこちでささやきはじめた。立ちあがって、腐った野菜や卵をトーマスやサミールに向かって投げつける者もいた。拳を振りあげる者もいた。

ティファニーは大急ぎで外に出た。かろうじて建物の陰にたどり着いたところで、胃の中を空にした。ハンカチーフで口許を拭い、ゆっくりと歩いてアストウェル・パレスにもどった。涙が頬を流れた。彼女とサミールの努力もむなしく、トーマスはやはり吊されようとしている。

31

ティファニーの父親はよく、〝内省の時間〟という名目で娘を小部屋に送りこんだ。たいていは、彼女が父親の気に入らないことを言ったりしたりしたときだった。そのときのことを思いだす。夜に窓を少し開けてユライアの部屋に座っていると、ティファニーは自分自身と向きあわずにはいられなかった。トーマスは二日後に絞首刑になる。彼の肌の色合いがマホガニーだという理由で。彼がだれかを殺したからという理由ではなく。ティファニーは頭をぶんぶんと振った。彼のためにじゅうぶんに手を尽くせなかったことはわかっている。

フォークナー判事と陪審に、ユライアも毒を盛られたと告白してもいい。とはいえ、それがなにかの役に立つとは思えない。そんなことをしても、トーマスを殺人で告発するための、もうひとりの被害者の名前を陪審に与えるだけだ。彼女は立ちあがり、水差しと盥のところに行ってスポンジで身体を拭いた。それでも、まだきれいにならない気がした。自分の内側も外側も、なにか不潔なものに汚されている、と。腕をゴシゴシと擦り、大気中に秋の涼しさが漂っているのを感じた。湖にはいるには寒すぎる。

それに、ばかばかしくさえある。

もう！

気づくとティファニーはユライアの古いブーツを履き、寝間着用のシャツだけという恰好でコテッジを出ていた。明かりは銀色の細い三日月しかないとはいえ、湖までの道のりは何度も何度も歩いていたので、目をつむっていてもたどり着けるだろう。湖でブーツとシャツを脱ぎ、冷たい水に足を踏みいれた。腕や脚に鳥肌が立ったけれど、自分を止めるつもりはない。刺すような冷たさの中へとさらに進み、暗い水中に潜った。不正義と、偏見という汚らわしさと、嫉妬や憎悪という罪をゆっくりと感じ、肌と心を清めた。

冷たさか、あるいは静寂のせいか、気の毒なトーマスのことをまだあきらめてはいけない、とティファニーにはわかった。ほんとうの殺人者を見つけるため、なにかしらの手立てを考えないといけない。でも、なにを考えればいい？　それに、あとほんの二日のうちに、どうすれば？

ティファニーは水を蹴って顔に浴びせかけると、湖からあがってブーツやシャツを置いたところまでぶらぶらともどった。シャツを取ろうと屈んだとき、彼に気づいた――サミールに。びくっとして立ちあがったけれど、また屈んでシャツを手に取り、それで身体を隠そうとすることしかできなかった。

「ティファニー？」二メートルも離れていないところで彼が言った。「町を出たんじゃなかったのかい？　きみはメイプルダウンを離れたと、兄上は言っていたが」

ティファニーの頭に、とてもありそうにない嘘が一ダース分と、とてもありそうにないひとつの真実が浮かんだ。だれかを愛したら、秘密があってもそのひとを信頼していい。風がそよと吹いて、ティファニーの全身が震えた。

「あっちを向いて」かたかた鳴る歯の間からティファニーは言った。

「なんだって?」サミールは一歩、踏みだした。「よく聞こえないんだけど」

「あっちを向いて、そうしたら身なりを整えられるから」ティファニーはさっきよりも大きな声で、ひとつひとつのことばを、あえてはっきりと発音して言った。

サミールは片手を頰に当て、ティファニーに背中を向けた。「ああ。そうだね」

彼女は大きなシャツを着ようとした。難なく着られるはずなのに、そうはいかなかった。生地が濡れた肌に貼りつく。ようやくのことで裾を膝まで引っぱりおろし、ブーツを履くことができた。

「はい、こっちを向いていいわ」寒さのせいで、あいかわらず歯はかたかたと鳴っている。

サミールはティファニーにおずおずと笑ってみせた。彼のがっしりした顔の輪郭は、月明かりの下では影になっていた。「きみにまた会えるとは思ってもいなかった」

「ごめんなさい」

サミールはまた一歩、ティファニーに近づいた。手を伸ばせば触れられるほどの距離だ。

「謝らないで。ぼくの人生で、こんなにもうれしかったことはない」

ティファニーは頭を振った。

サミールの顔から笑みが消えた。彼の目が湖を映した。ティファニーではなく。「無礼を許してほしい、ミス・ウッダール」

ティファニーはサミールの腕に手を置いた。「わたしはなんだって許します。でも、わたしがほんとうのことを話しても、あなたが許してくれるかはわからない」

サミールはもう片方の腕を身体と交差させるように伸ばし、ティファニーの手を握った。

「凍えているじゃないか」

かたかた鳴るティファニーの歯の間からくすくす笑いが洩れた。「もう九月も終わりなのよね」

「ふつうは泳ぐ季節ではないね」サミールは言った。「それでも、ぼくが知る中できみはただひとり、裸で湖にはいる女性だ」

「男性はいつもそうしているわ」

サミールに笑いかけられ、そこら中に鳥肌が立っているのに、なぜだかティファニーの心は温かくなった。

「夏はね」

「話の続きはコテッジにもどってからしない？」ティファニーは言った。「これ以上ここにいたら、氷の像になってしまいそう」

「兄上はいい顔をしないんじゃないかな？」サミールが訊く。「ぼくがきみとふたりきりで話すのを認めるとは思えない。それを言ったら、きみが泳いでいるところを見ることもだけれど」

「兄はコテッジにいないわ。というか、いる。でも、いないの。コテッジにもどったら、すぐにぜんぶ話します」

「きっとだね？」

「ええ、きっと」ティファニーは言い、サミールに近づいて彼の腕に自分の腕を絡ませた。「コテッジまでエスコートしてくださる、ミスター・ラスロップ？」

サミールは帽子のつばに触れながら答えた。「歓んで、ミス・ウッダール」

ふたりは無言でコテッジまで歩いた。コテッジに着くと、ティファニーはサミールを台所まで連れていった。そこはほとんど真っ暗だ。「座っていてちょうだい。わたしは火をおこして紅茶を淹れるわ」

サミールは座らず、屈んで薪を何本か拾いあげた。「火はぼくがおこすよ。きみのドレスにまた火がついて、燃えあがったらたいへんだからね」

ティファニーはけらけらと笑い、火は彼に任せて着替えにいった。

台所にもどると、彼女はティーポットを手に取った。茶葉を量りながら、火を掻きたてるサミールを見つめた。暖かなオレンジ色が暗闇をそっと照らす。彼もふり返ってティファニーを見た。サミールはとてもハンサムで、ティファニーの息が止まりそうになる。髪がこんなふうに濡れてよれよれでなければいいのに、着古した質素な作業用のドレス姿でなければいいのに。

髪が濡れていると思ったところで、ティーポットにお湯を入れなければ、とティファニーは思いだした。輝くようなサミールがいるせいで、すっかり忘れていた。水はまだバケツに残っていたけれど、朝には井戸からもっと汲んでこなければならないだろう。彼女はやかんを取ってきて、火の上のフックに引っかけた。

サミールは台所の二脚の椅子を、開放式こんろのそばに移動させていた。

「これで、きみも凍え死なないよ」彼はにこにこしながら説明した。

それが合図になったかのように、ティファニーの身体がまた震えた。寒いからではなく、サミールの笑顔のせいだ。真実を知ったあとも、彼はまだこんなふうに笑うかしら? ティファニーは思う。いまなら、サミールがわたしを逮捕したり、ユライアになりすましていたことを世間に公表したりしないと信じられる。それでも、わたしのことをまだ気にかけてくれる?

ティファニーは椅子に腰をおろし、くるぶしのところで足を組んだ。サミールは正しかった。火の近くはずっと暖かい。顔がほてるのがわかったけれど、それは頭が混乱しているせいだ。サミールはとなりの椅子に腰をおろし、ティファニーが話をはじめるのを待っている。

「きょうの裁判、あなたはとてもよくやったと思う」

サミールはうなずいた。「きみがいたことには気づかなかった……陪審がちがう評決を出してくれればよかったんだが」

「殺人者はボーフォート公爵夫人を殺そうとしていたと、ほんとうに信じているの?」

「ぼくにはそれが、いちばん筋のとおった説明に思える」サミールは言い、顎をさすった。

顎には、伸びた髭がかすかに暗い影をつくっていた。「スナッフの瓶は公爵夫人のものだった」

「公爵夫人が殺人者でないというのはたしかなの?」ティファニーは重ねて訊いた。「公爵夫人がスナッフを吸わないなら、どうしてスナッフの瓶を持ったままだったのかしら? 亡くなったふたりにスナッフボックスを譲っていたというのも、なんだかすごく疑わしく思える」

「ふたり? 亡くなったのはミス・ドッドリッジひとりだ。バーナードは毒で体調を悪くしただけで」

真実をすべて打ち明けるときがきた。真実だけを。

ティファニーは頭をふるふると振った。「毒入りスナッフでさいしょに命を落としたのは、ミス・ドッドリッジではないの。わたしの兄、ユライアなの」

サミールは目をぱちくりさせて、ティファニーのほうに身を乗りだした。「そんなはずはない。今朝、きみの兄上を見かけた。裁判の場にいたじゃないか」

ティファニーは思い切り息を吸い、そして吐きだした。「湖で泳いでいるところをあなたにはじめて見つかった晩、わたしは身体を洗っていたの。兄を裏庭に埋めたすぐあとだったから」

サミールは椅子の背にもたれかかった。ティファニーと距離を取ろうとしたわけではないけれど、彼女のことばに、身も心もすっかり圧倒されてしまったかのようだった。

ティファニーは先を急いだ。「あの日の朝、ベッドの中で嘔吐物にまみれたユライアを見つけたの。彼はしょっちゅう吐いていた。何年も、胃腸に問題を抱えていたから。彼のチェインバー・ポットからは、排泄物よりも嘔吐物を捨てることのほうが多かったくらいよ。でもあの朝、彼はベッドの中で死んでいた。わたしはパニックになったわ。ユライアが死んだらわたしには一ペンスも残らないし、住むところもなくなるんだもの。援助をお願いできる親戚もいない。このコテッジは、つぎに公爵の図書係になるひとの手に渡ってしまう。そうなるとわたしは宿無しになって、教会区の牧師の慈悲にすがるよりほかはなくなる。でも、その牧師はシャーリー牧師よ、この教会区ではたいした慈悲は望めないわ」

「だから、きみは兄上になりすますことにしたんだね、彼の職ときみのコテッジを失わないために」

「ええ」ティファニーは言った。「ユライアとわたし、どちらにもなろうとしたけれど、そんなことはむりだとわかったわ」

サミールは今度もまた、うなずいた。「シャーリー牧師はきみに求婚して結婚しようとしていた」

「だから〝ティファニー〟を遠くに遣って、ずっとユライアでいることを選ぶしかなかったの」ティファニーは答えた。「あなたの書店にスナッフボックスを持っていった日に、真実を話すつもりだった」

サミールはまた、ティファニーのほうに身を乗りだした。焼けつくような茶色い目で、ティファニーの目をじっと見つめる。「どうして、そうしなかった？」

ティファニーは口唇を噛んだ。「話そうと——話そうとしたわ。でも、『夫は女性』という冊子を見て、それで怯えてしまったの。挿絵がもう、恐ろしくて。罪に問われて、町の広場で半裸にされて鞭で打たれると思うと怖かった」

「ぼくが、きみを罪に問うなんて思った？」

「これまでの人生で、男性がやさしくしてくれたことなんてなかったもの」

「ぼくたちは友人だと思っていた」彼は言った。ティファニーのほうにその確信がなかったことに、傷ついているような声音だった。

ティファニーは頭を振り、肩をすくめた。「そんなことをするとは信じたくなかったけれど、怖かったの。ほんとうに、すごく怖かった。それに、いまあなたに絞首刑にされても、あなたを責めはしないわ。教会できちんとした葬儀もしないで兄を埋めるなんて、どんな立派なひとと？　男性の衣服を着てそのひとになりすますなんて、どんな立派な女性？」

サミールはしばらくなにも答えなかった。火が爆《は》ぜる音と、ティファニーの胸の中で鳴る心臓の音だけが聞こえる。

「絶望した、立派なひとだ」サミールは小さな声で言った。「ほかにどうすることもできない、立派な女性だ」

ティファニーは両手で口を覆った。目から涙があふれ、着古したドレスに落ちる。「許してくれるの？」

「ぼくに打ち明けなかったことを？」

ティファニーは鼻を鳴らした。「いいえ、わたしがユライアにしたこと」

「そんなの、かんたんに許せるよ」サミールは言った。笑みといえそうなものを口許に浮かべている。「どのみち、彼を好きだったことはなかった」

「わたしも」

「でも、彼の死で殺人の件は話が変わってくる。亡くなったのがひとりでなく、ふたりになるのだから」彼はよくよく考えるように言った。「それに、時系列も変わる。ミスター・ウッダールは九月の頭に亡くなった。毒が入れられたのはその時点か、でなければそれ以前だ」

「あいにく、兄の死がこの件についてさらになにかをあきらかにすることはないわ。毒はスナッフを介して摂取されたと確認すること以外は」ティファニーはため息をついた。「だれが罪を犯したのか、どうして罪を犯したのか、それを知るためのどんな手がかりも得られない。トーマスを救うただひとつの道は、真の殺人者を見つけることとよ」

「ボーフォート公爵夫人の敵について、もっと知る必要があるな」サミールは言った。「公爵夫人の死を望むのはだれかを把握しないと」

「公爵夫人がもういちど会ってくれるかもわからないものね。このまえ、あなたは何時間も待たされたし」

「たしかに」サミールは言った。「使用人たちに訊いてみることはできる？」

「うまくいくとは思えない」ティファニーは答えた。「みんな、公爵夫人の交友関係は知らないから。彼女の立場や階級についての微妙なところは、よく理解していないもの」

「きみの友人のサリー公爵夫人はどうだろう？」サミールが訊く。「彼女はきみに会うことを断らないと思う。それに、ボーフォート公爵夫人に敵がいるかどうか、彼女よりも知っているひとはいないんじゃないかな？」

テス。

「わたしがティファニーとしてお願いするほうがよさそう」ティファニーは言った。「こないだ、ユライアの扮装をしているときは鼻であしらわれたの」

「サリー公爵夫人はきみがマンチェスターに行ってしまったことは知らないのかい？」サミールはにやりと笑いながら言った。

ティファニーは小さく頭を振った。「知っているのは、あなたとシャーリー牧師だけよ。牧師には手紙を書いたの。そもそも交わした覚えのない婚約を、なにがなんでも解消するという内容の」

「婚約はしていなかったの？」

「あたりまえでしょう！」ティファニーがあまりにも力強く否定するので、サミールは声をあげて笑った。「あの牧師、ミス・ドッドリッジの遺体越しにプロポーズしようとしたの。光栄ですが、と言っているところにひとが現れて、断りそびれただけ。彼は光栄ということばを同意の意味だと受けとって、わたしにひと言の相談もなく、結婚予告を読みあげたのよ」

「とんだゴラ、ン、パ、ス、だ」

抑えきれないようすでティファニーは噴きだした。身体ばかり大きくて不器用な男性を表す俗語〝ゴランパス〟は、あの骸骨のような牧師を言い表すのにぴったりだった。サミールもティファニーといっしょに声をあげて笑った。こうして、ふたりの絆は深まったようだ。友情はさらに強くなりつつある。いつかもっと強くなりますように、とティファニーは願った。

やかんがピーッと鳴り、ティファニーは紅茶のことを思いだした。布巾を掴み、やかんを火からおろす。ティーポットにお湯を入れ、それからサミールと自分のカップに湯気の立つ紅茶をなみなみと注いだ。

「テスには、あすにも会いに行かないといけないわね」ティファニーはそう言い、サミールにカップを渡した。

「早ければ早いほうがいい」サミールは答えた。

32

つぎの日の朝、ティファニーは屋根裏にあがると這うようにして奥まで行き、衣装箱を探した。ティファニーでいるところを村人たちに見られるのは危険だ。彼女を見たと、シャーリー牧師に話すかもしれない。そうなったら大惨事に発展するだろう。でも、ティファニーはその危険に挑まなくてはいけない。シルクのドレスは衣装箱のいちばん上にあったけれど、しまわれていたせいで少し皺ができていた。着るまえに蒸気を当てる必要がありそうだ。自分をレディらしく見せなければならない。古い友人に、軽くあしらわれるわけにはいかない。会うことを断られ、縁を切られるわけにはいかないのだ。それでも、テスとの友情が自然と消えてしまうことに、ティファニーは心の準備ができている。けれど、トーマスを不自然な形で亡くしてしまうつもりはなかった。

馴染んだアストウェル・パレスまでの道を歩きながら、ティファニーの手は震えた。お屋敷に着くと使用人用玄関から中にはいり、階段をおりて半地下のダイニング・ルームに向かった。

「ミス・ウッダール？　サリー公爵夫人とお約束があるのかしら？」ミセス・ホイートリー

が訊いた。

ティファニーは口唇を噛み、頭を振った。「約束はありませんが、少しお話ししたいと、夫人に訊いていただけないかと思いまして」

「わたしはサリー公爵夫人には話しかけてはならないのですよ」

ティファニーの心臓が胃まで落ちた。

「ですが、公爵夫人のレディーズ・メイドに言伝《ことづて》をお願いすることはできます。それでもよろしいかしら？」

「ぜひ」

「どうぞ、お座りになって」ミセス・ホイートリーは言った。「つい今し方、レディーズ・メイドのミス・ホーマーが、サリー公爵夫人の手袋を廊下の先で洗っているところを見かけました。すぐに訊いてきます」

「ありがとうございます」ティファニーはそう言い、つい習慣で、右手にある男性使用人用のテーブルのいつもの椅子に腰をおろした。手持ち無沙汰で、ただテーブルクロスに指を打ちつけながら待った。

黒髪にナイフのような鼻をした、いかめしい顔つきの女性がダイニング・ルームにはいってきた。上質だけれど地味なシルクの青いドレスを着ている。

「私室《ブドワール》にいらしてくだされば、少しのあいだ、お会いできると奥さまがおっしゃっています、ミス・ウッダール」レディーズ・メイドはそう言った。鼻とおなじように鋭い声だった。

「どうぞ、いっしょにいらしてください」

ティファニーは立ちあがり、レディーズ・メイドのあとをついて使用人用宿舎から出た。図書室を過ぎ、一階まで階段をのぼる。わたしが選んだ本を置いたゲストルームの並ぶ廊下を通ってくれないかしら、とティファニーは期待した。でも、いかめしい顔つきのレディーズ・メイドは反対方向に向かった。どうやらそこは、ボーフォート公爵家の家族が使う部屋が並ぶ一角のようだ。

興味深いわね。

テスはボーフォート公爵夫人にとって、たいせつな友人なのはまちがいない。レディーズ・メイドがドアを開けた。凝った彫刻が施された、高さが三メートルはあろうかというドアだった。室内は、これまでティファニーが思い浮かべたことのあるどんなものよりも美しい。ベッドの上の天蓋は、二メートルを超える高さだ。四隅にはシルクのダマスク織りのカーテンがさがっている。ベッドそのものは、六人が横になれそうなほどの幅がある。ベッドの上掛けは、ティファニーとしてにしろユライアとしてにしろ、彼女がこれまで身に着けたどの衣服よりも上質そうだ。

そのベッドの中で、テスは朝のチョコレートを飲んでいた。鬘もかぶらず化粧もしていないテスを目にするのは、この二十年ではじめてだ。あいかわらず魅力的だけれど、年相応の四十歳に見える。目や口の周りには皺があった。レースのナイトガウンの中の胸もかなり小さい。ドレスのシルエットをきれいに見せるためのクッションを腰回りにつけるように、テスは胸元にも大きく見せるための詰め物をしているにちがいない。シルクのドレスと鬘とパニエを身に着けて存在していた人物は、テス自身の誇張された複製だったのだ。

ティファニーはぎこちなく歩みでて、大理石の暖炉と、脚が金でできているように見える長椅子の前を過ぎた。膝を軽く曲げて、古い友人にお辞儀をする。頭をさげることに慣れっこになっていた。

「お会いくださってありがとうございます、奥さま」

「もう、やめてちょうだい！」テスは言った。「こっちに来て、となりに座って。朝食もいっしょに食べましょう」

「わたしはもう、すませました」

テスはくすくすと笑った。「あなたの朝食、このお盆に載っているものほどよくなかったはずよ。さあ、以前のようにおしゃべりしましょう」

ティファニーは息をのみ、一歩、踏みだした。ベッドの端にお尻をちょこんと乗せる。近くで見ると、上掛けの生地はいっそうすばらしく見えた。イングランドの王や女王でさえ、これほど質のよいものは持っていないだろう。

テスは周囲のものに、とくに感嘆しているようには見えない。シルクの生地にパンくずが落ちることも気にならないようだ。なにかの黄色いソースといっしょにパンに載せた卵料理を、口いっぱいに頬張った。「ねえ、ティファニー。きょう来てくれて、とてもうれしいわ」

「ほんとうですか？」ティファニーは言った。声の調子に困惑が交じるのを隠しきれなかった。

「あたりまえでしょう」テスは言った。「わたしは、きょうの午前中には発つの。馬車が出るまえに、あなたのコテッジに行く時間があるか、わからなかったから」

ティファニーはコテッジのせまいパーラーにテスがいるところを想像しようとしたけれど、できなかった。テスが来なくてよかった。いちばん大好きなコテッジを恥じるなんてことはしたくない。

「ハウス・パーティは終わるのですか？」

「いいえ、そうじゃないの」テスはもうひとくち頬張ると、いったん口をつぐんでから言った。「息子がきのうの晩、到着したの。知らないうちにわたしがここに来ていたので、たいそうお怒りなのよ」

「公爵が、ですか？」

「ちがうわ」そう言って、テスはまたくすくす笑った。「二男のテオフィロスよ。まあ、公爵らしい振る舞いではあるのよね」

「奥さまがここにいらっしゃることに反対されていたのですか？」

「おつきあいの長い友人たちのところに行ったら、わたしが以前のように罪深い道にもどるのではと気が気じゃないのね」テスは言った。このときはくすくすとは笑えないようだった。

「きのうの晩、テオフィロスは何時間も聖書を読んで聞かせてくれたわ。それで、きょう、ふたりでいっしょに帰るのがいちばんだと思ったの」

ティファニーが公爵夫人になることはないけれど、男性にこうしなさいと言われることがどういうものか、身に沁みてわかっている。テスが自分の息子から子どものように扱われることは不条理に思えた。

「ご自分の財産か、亡くなった公爵から相続したお住まいはないのですか?」

テスはため息をついた。「あるわよ。でも、話はそう単純ではないの。あなた、子どもはいないでしょう、だから理解できないのね」

感情がティファニーの中から流れでた。ポットの中の紅茶がすべて注がれたように。家族の問題について、子どものいない女性を劣っているとか未熟だと見なす母親たちが、ティファニーは大嫌いだった。「そうですね。わたしには子どもはいません。でも、自分でお給金を得て自分の住まいがあったら、年齢やわたしとの関係がどうであれ、どんな男性にもあれこれ指図させはしません」

「あの子はわたしの息子なのよ、ティファニー」テスは言った。「長男のオズモンドは、完全に夫のものだった。でも、テオフィロスはわたしの最愛の子なの。わたしのすべてなの。それに、わたしが悔い改めないと、わたしとの関係を絶つと言い切っているわ。ここアストウェル・パレスにいるあいだに何の罪も犯していないとはいえ、わたしが自ら誘惑に近づくと思いこんでいるのよ。夫ではない恋人とおなじ屋根の下に滞在するなんて、愚かなだけでなく、道徳的にまちがっていると」

ティファニーはタルガース卿を思い浮かべた。「その方と腕を組んでいるところをお見かけしました」

テスは鼻を鳴らした。「あんなこと、罪なものですか。ねえ、ティファニー。わたしは信じたいの、自分がまだ無辜《むこ》の人間だと。あなたとおなじような」

ティファニーはなにも答えなかった。無神経なことを言われはしたけれど、それでもむかしからの友人を気の毒に思った。自分を非難する相手を愛することがどういうことか、ティファニーは理解していた。かつて、父親を思って変わろうと必死に努力したけれど、父親にとってこれでじゅうぶんということは、いちどもなかった。彼女自身も、じゅうぶんだと思ったことはなかった。自分のことは、ボウルに叩きつけられてべつのなにかに——だれかに——替えられる、ひと塊のパン生地のように感じていた。ユライアもまた、ティファニーの気に入らない部分を少しずつ切り落として、彼女を型にはめようとした。

ほんとうの自分を変えてしまう愛に価値はない。

「じつは、ボーフォート公爵夫人のことでお話をしたくて参りました」

「キャサリンのこと?」テスは言い、また笑顔を見せた。とはいえ、目にはうっすらと涙が光っていた。「キャサリンのことは、わたしがだれよりもよくわかっているわ。だって、十五年以上もいちばん親しくしている友人なんですもの」

キャサリン・ボーフォート公爵夫人はわたしの代わりだったのかしら、とティファニーは思わずにいられなかった。でもそれはいま、本題とは関係ない。

「公爵夫人とトーマスとの関係について、なにかご存じないかと思いまして」

「あれはおどろいたわね」テスはフォークを振り振り言った。「わたしはいちどだって信じたことはないけれど。子どものころ、彼はキャサリンに献身的に尽くしていたわ。キャサリンも彼を、見るからに溺愛していた」

「公爵夫人の奴隷だったのでしょうか？」その点をはっきりと知りたくて、ティファニーはベッドの上を移動してテスに近づいた。

「キャサリンはトーマスを買ったかもしれないけれど、彼は奴隷ではなかったわ」テスは言った。「ほら、お気の毒にキャサリンは、自分自身の子どもを望んでいたでしょう。イギリス人の船長といっしょにいる小さな奴隷の子を見たとき、その子のことを思って彼女の心臓は張り裂けんばかりになったのね。だから、きちんとした家庭とよい人生を与えようと心に決めた。トーマスには息子同然に接していたわ。いっしょに遊び、歌を聴かせた。ロンドンに行くといつも、〝かわいいトーマスくん〟にプレゼントを買っていた。社交シーズンが終わると、彼に会うためにアストウェル・パレスにもどりたがったわ」

「公爵夫人にはご子息がいらっしゃると思っていました」

「いるわよ」テスは答えた、「幼いペレグリンは、まったく予想外の子だったのね。彼女は子どもを産むことはあきらめていたんだもの。たしか、あの子はいま六歳よね。ほんと、手が焼けるのよ。学校はあの子のためになるわ」

「ご子息が産まれてから、トーマスとの関係に変化はあったのでしょうか？」

「わたしは変わると思ったわ、率直に言って」テスは答えた。「でも、そうでもなかった。

キャサリンはトーマスを息子のチューターに据えて、紳士たれと育てたの。トーマスはトーマスで、ペレグリンにほんとうに親身に仕えているわ。おたがいにからかいあったり、ふざけて取っ組みあったりして。兄弟みたいに」

「それなら、どうして彼はフットマンでいるのですか?」

テスの表情はまた暗くなった。「トーマスの出自が人々のあいだで噂になりはじめたの。それで公爵が、使用人として名誉ある地位に就けるほうが、彼の身分にはふさわしいと考えたみたい。キャサリンはずいぶんと腹を立てたけれど、彼をつねに自分のそばに置くことで折り合いをつけたのね。キャサリンがどこに行くにも、彼はお供するわ。というか、少なくともそうしていた」

「このあいだ公爵夫人をお見かけしたときは、トーマスにたいして、どちらかと言えば冷たかったように思えました」ティファニーは言った。「トーマスを見世物のようにして連れ歩いていらしたので」

「いまのふたりは、かなりの緊張状態にあるのよ」テスは認めた。「キャサリンは、彼が自分のレディーズ・メイドの婚約者になることを望まなかった。あの娘はトーマスにふさわしくないと感じていたのね。ずいぶんとだらしなかったのよ、こう言ってはなんだけれど。その件で、ふたりはかなり激しく口論したの。それ以来、どうしようもないくらい他人行儀になったわ」

ティファニーはため息をついた。公爵夫人を殺したいと思った人物を見つけようとしているのに、テスの話で、トーマスが公爵夫人を殺したいとする動機がいっそう強くなってしまった。ほかに公爵夫人に死んでほしいと思った人物はミス・ドッドリッジひとりだけれど、彼女はもう死んでいる。

「トーマスの件をご存じなら」ティファニーは言った、「公爵夫人のレディーズ・メイドが亡くなったのは、ほかでもない夫人のスナッフに毒がはいっていたこともお聞きになっていますよね」

テスは平坦な胸の上から心臓を押さえた。「たいせつな友人のキャサリンが死と隣り合わせだったと思うと、わたしはほんとうに病みそうよ」

「公爵夫人が亡くなるところを見たがりそうな敵がいたと思いますか？」

「キャサリンはだれからも愛されているわ」テスはきっぱりと言った。「どのレディにしても、どの卿にしても、彼女を傷つけたいと思うひとなんてひとりも思い浮かばない。彼女のパーティはいつだって、ロンドンの社交シーズンでは注目の的なの。彼女と親しいと言いたがるひとはみんな……って、どうしてそんなことを訊くの？」

「なにか、トーマスを助けられそうなことがわかればいいと思ったものですから」

テスは頭を振った。「ほんとうにひどい話よね。彼は、それはかわいらしい少年だったわ。でも、彼だって成長しないではいられなかったのね」

ティファニーは立ちあがった。ティファニーもテスも、やはり成長した。「お時間をいただき、ありがとうございました、奥さま」

テスは朝食のトレイ越しにティファニーの手を取った。「あなたに会えたこと、心からうれしく思ったわ、ティファニー。身体に気をつけてね。わたしがアストウェル・パレスをふたたび訪ねることは、おそらくもうないわ。でも、最後にあなたに会えてほんとうによかった」

ティファニーも古い友人の手をぎゅっと握り返した。テスのことをずっと羨ましく思っていた。彼女の地位や特権さえ、妬《ねた》ましかった。でも、いまはもう、彼女の立場と入れ替わりたいとは思わない。宝石や、すてきなお屋敷や、使用人たちもいらない。テスはずっと、女性という性の囚人だった。でも、彼女のいる檻《おり》はほかのなによりも居心地がよく、息子への愛が彼女をそこに留めていたのだ。

「幸せになってね、テス」

涙がひと筋、テスの頬を流れた。「ようやく、わたしを洗礼名で呼んでくれたわね」

「わたしたちは恐いもの知らずのふたり組」ティファニーはそう言いながら、どうにか小さく笑ってみせた。

「海に漕ぎだして、勇敢に任務を果たそう。人魚に出会い、海賊とは戦おう」テスがふたりの秘密のモットーを締めくくった。「少女のころの思い出はいつも慈しんでいる。世界は大きくて、空想が果てしなく広がっていったころの思い出を」

テスの手が放れ、ティファニーは部屋を出た。いちばん古い友人を残して。

過去の自分と別れて。

ティファニーは新しい未来を追うことに決めた。できれば海賊のいない、でも、人魚はいつでもいるかもしれない未来を。

33

コテッジにもどるまえにミセス・ホイートリーにお礼を言おうと、ティファニーは使用人用宿舎に向かった。ところが、先にひとりの男性が彼女と話をしていた。顔は見えなかったけれど、後ろ姿から、男性使用人のお仕着せを着ていないことはわかった。必要以上に留まりたくなかったので、ティファニーはこのままお屋敷を出ようときびすを返した。その足音が、ふたりに聞こえたにちがいない。

「奥さまとのお話は終わりましたか、ミス・ウッダール？」ミセス・ホイートリーが訊いてきた。

彼女のとなりの男性は、ほかでもないシャーリー牧師だった。

「ミス・ウッダール、ここでなにをしているんです？」

「わたし――サリー公爵夫人にお目にかかっていました」ティファニーは早口に言った。

「段取りをしてくださったことにお礼を申しあげたかっただけです、ミセス・ホイートリー。これで失礼します。おふたりとも、よい一日を」

お辞儀をしようとしたティファニーの頭がさがりきらないうちに、シャーリー牧師の猛禽類の指が彼女の上腕に食いこんだ。

「まだ行かせませんよ」彼は言った。「あなたはどこにも行かない。わたしと婚約しているのですから。二度と、わたしのもとを離れることはできない」

「牧師さま、お願いですから手を放してください」ティファニーは言った。牧師の手に握られている上腕が痛んだ。「おっしゃりたいことがあれば、兄にお話しください」

「すぐにでもそうしましょう」彼はそう言いながら、ティファニーを自分のほうに引きよせた。「ミセス・ホイートリー、図書室に案内してください」

家政婦長は、牧師の断固とした顔からティファニーの懇願する顔へと視線を移した。

「あいにくですが、ミスター・ウッダールのお仕事中には、お客さまをお取り次ぎすることはできません」

「わたしは客ではありません。牧師ですよ。あなたが案内しないのなら、自分で捜します」

ミセス・ホイートリーは申し訳なさそうにティファニーのほうにちらりと目をやり、シャーリー牧師についてきてくださいと言った。牧師は小麦粉の袋のように、ティファニーを背後で引っぱりつづけている。ティファニーは牧師の手から逃れようとしたけれど、腕をさらにきつく握られただけだった。これ以上、牧師を刺激したくなかったので、彼女は引っぱられるまま、おとなしく図書室へ向かった。わかっていたけれど、そこにはだれもいなかった。

「ミスター・ウッダールはどこです？」シャーリー牧師は訊いた。

「そういえば今朝は、お屋敷に来たところを見た記憶がありませんね」ミセス・ホイートリーが答える。「でも、言伝をしておきますよ」

「ここにいないのなら、家にいるはずだ。わたしはきょう話したい」牧師は言い、ティファニーをぐいと引っぱって使用人用宿舎にもどろうとした。

ティファニーの足がもつれ、膝から床に倒れた。「放してください、牧師さま。わたしを人形のように扱うことはできませんよ、子どもが後ろ手に人形を引きずるようには」

牧師の骨張った頬に、かすかに色が差した。「子どものように扱われたくないなら、あなたはおとなの女性のように振る舞ったほうがいいですね」

「でしたら、あなたは紳士のように振る舞ったらいかがです、獣《けだもの》のようではなく」ティファニーはぴしゃりと言い返した。「あなた、聖職者のはずですよね」

牧師はようやくティファニーの腕から手を放したものの、そのおなじ手の甲で彼女の頬をひっぱたいた。ティファニーは衝撃で背中から倒れた。顔がずきずきと痛む。ユライアは欠点だらけだったけれど、身体的に傷つけられたことはいちどもなかった。これまで、だれにもぶたれたことはない。父親さえも、女性や子どもにたいする暴力は非難されるべきだと信じていた。

「ミスター・シャーリー、もうおやめください」ミセス・ホイートリーが言った。「そのような暴力沙汰は、公爵のお住まいでは許されません。いますぐお引き取りください。でなければ、この件を公爵に報告します」

シャーリー牧師はミセス・ホイートリーをにらみつけ、それからティファニーに視線を移した。「男性は妻を殴っていいと、法が支持している。手か、あるいは、使う道具が自分の親指よりも小さいものであれば」

「わたしはあなたの妻じゃない！」ティファニーはそう言い、立ちあがった。

「結婚予告が読まれた」牧師は言った。「おまえはわたしの妻も同然だ」

「わたしの同意なく読まれたのよ。わたしが〝はい〟と言うと思ったのかしら。ええ、いまここで、これ以上ないくらいにはっきりさせてあげます、牧師さま。わたしは、あなたと結婚するつもりはありません。たとえ、このお屋敷をくれると言われても。あなたのことなんて好きではないし、権威を利用して自分より弱い相手に言うことを聞かせようとする男性なんて、尊敬しない。わたしの言ったこと、理解できましたか？」

牧師は小さな鼻の穴を広げ、片手をあげた。もういちど、ぶとうとでもするように。

「ミスター・シャーリー」柔らかな男性の声が聞こえた。

ティファニーがふり向くと、ひと目で悪いとわかる脚を引きずりながら、フォード執事がゆっくりとこちらに歩いてくるところだった。ティファニーはさっとお辞儀をした。ミセス・ホイートリーも彼女の動きに合わせた。忌々しいシャーリー牧師さえも頭をさげた。

「もうお帰りになる頃合いですよ、サー」公爵のような威厳をたたえて執事は言った。「あなたにこのお屋敷への招待状を差しあげたおぼえはありません。また、地位が低かろうと高かろうと、使用人たちのあいだでそのような振る舞いをすることを、わたしは許しません」

「彼女はわたしの婚約者ですよ、ミスター・フォード」シャーリー牧師は引き結んだ口唇の間から言った。

「受け入れるつもりはないと女性がはっきりと断っているのに、求婚をつづけるのは愚か者だけですよ」執事は言った。「あなたの振る舞いについては、ボーフォート公爵と話しあいます。公爵のいとこはあなたの主教です。牧師館にもどって、どう説明するべきか心の準備をはじめるのがよろしいかと思いますよ、牧師さま」

シャーリー牧師は大急ぎでもういちど頭をさげると、足取りも重くその場を離れた。

フォード執事の目がティファニーの腫れた頰を捉えた。ティファニーは頰を手で隠したかった。全身が面目のなさでいっぱいだった。情けなくて涙が目にあふれた。

「このお屋敷で、あなたがあのように扱われたことに憤慨しています、ミス・ウッダール。心よりお詫びします。きょうのうちに公爵と話して、シャーリー牧師の不適切な振る舞いについて報告するつもりです。こんなことはくり返されないと、自信を持ってお約束します」

ティファニーはもごもごとお礼を言った。

執事は家政婦長をふり向いた。「兄上に彼女を家まで送らせ、きょうはそのまま付き添うように取り計らってください。これ以上、不快な思いはしてほしくありませんから」

ミセス・ホイートリーはお辞儀をした。ティファニーは息を止め、フォード執事は片方の脚をかばってゆっくりと歩き去った。執事の姿が見えなくなると、ミセス・ホイートリーはささやき声で言った。「お兄さまはここにいらっしゃらないので、バーナードにお供をさせましょうか？」

ティファニーは頭を横に振った。「お気遣い、ありがとうございます。それに、兄が来ていないことを黙っていてくださったことにも」

「それくらいしか、わたしにはできませんから」声を落としたまま、彼女は言った。「シャーリー牧師が来たのはわたしのせいなのです。セアラの死亡証明書を持ってきてもらいました」

「それで、男性に家まで送ってもらうのは、ちょっと」

ミセス・ホイートリーは安心させるようにティファニーの腕をぽんぽんと叩くと、彼女を連れて使用人用宿舎を通って玄関まで行った。そこではエミリーが、使用人用のダイニング・ルームへおりる階段を磨いていた。

「すぐにバケツを片づけて」家政婦長は呼びかけた。「ミス・ウッダールを家まで送り届けてほしいの……ご気分が優れないんですって」

エミリーは視線をあげてティファニーの顔を見た。その目は、ティファニーの頬にできつつある痣《あざ》に釘付けになった。エミリーはうなずき、掃除用ブラシを摑むとバケツの中に落とし、急いで片づけにいった。若いメイドはほんの数分だけ、姿を消した。玄関扉で待つふたりのところにもどったときにはショールを羽織り、麦わら帽子をかぶっていた。

「ミス・ウッダールがお望みなら、いつまでいてもかまいませんよ、エミリー」ミセス・ホイートリーは言い、ティファニーの肩をずっとやさしく抱いていた腕を引っこめた。その腕はティファニーを慰め、安心させていた。

エミリーが玄関扉を開けた。ティファニーはお屋敷を出て、九月末のひんやりした陽射しの中へと歩みだした。そのまま道を歩きつづける。エミリーの足音はうしろから聞こえた。「わたしのうしろを歩かなくていいのよ」ティファニーは言った。「となりを歩いてくれるほうがずっといいわ」

「そう、おっしゃるのでしたら」エミリーは言ったけれど、ティファニーと歩幅をそろえるには、歩くペースを速めなければならなかった。

ふたりは黙ったまま歩きつづけた。若いメイドはなにも訊かないし、顔の痣のことにも触れない。ティファニーにはそれがありがたかった。とはいえ、どうして自分が他人の振る舞いを恥じなければならないのかは、うまく説明できない。でも、村の女性たちが痣のことで言い訳をしたり、それを隠そうとしたりするのはどうしてか、いま理解した。自分が弱いと感じるのはつらいのだ。犠牲者と思われるのは酷なのだ。頭の中で小さな声が聞こえる。なにもかも自業自得ではないか、と言っていた。どうにかしてシャーリー牧師にうまく対処していたら、彼に傷つけられることはなかったのに、と。

コテッジに着くとティファニーは周りを見渡し、だれもいないことを確かめずにはいられなかった。エミリーはティファニーが錠を開けるのを待ち、彼女につづいて中にはいった。

「どうぞお座りください。紅茶を飲みますよね？」

「あなたはわたしの使用人じゃない。お客さまよ。わたしがおもてなしをするべきだわ」ティファニーは言った。

エミリーはティファニーの肩にそっと手を置いた。「いま紅茶が必要なのは、わたしよりもあなたのほうだと思います」

ティファニーはうなずくことでしか返事をできなかった。アストウェル・パレスではかろうじて流れなかった涙が、いまにも流れ落ちようとしている。エミリーがまっすぐ台所に向かい、空のバケツを手に取るところを見つめた。部屋の隅のクモの巣や、流しに置きっぱなしにしている汚れた皿のことは、じゅうぶんにわかっていた。

「水はわたしが汲んでくるわ」ティファニーは言った。

「井戸の場所はわかります、歩いてくるときに見ました」エミリーは言って、コテッジを出た。

ティファニーはテーブルのそばの椅子に腰をおろした。胸を大きく動かして深呼吸をした。エミリーがもどってきて、火をおこしはじめた。やかんといっしょに深鍋も火にかけ、湯を沸かす。それから深鍋を手に取り、沸いた湯を汚れた平鍋と皿のうえに流しかけた。

「洗い物はしなくていいの」

「あなたのせいではありません」エミリーは言った。「ぶたれたのは、あなたのせいではありません」

ティファニーの顔に血液がどっと押しよせ、目から涙があふれた。「自分が無力だと感じるのは、すごくいや。なにかするべきだった。ぶたれないよう、なにかするべきだった」

「わたしのお父さんの拳《こぶし》も痛かったです」エミリーは言った。「お父さんに殴られると、わたしは自分を責めたものです。でも、あのお屋敷にやってきてすぐ、わかったんです。殴られるような落ち度は、わたしにはなにひとつなかったと。ぜんぶ、お父さんが悪かったんだと」

エミリーは洗ったばかりの鍋とカップをティファニーに渡した。それから湯気をあげるやかんをテーブルに運び、ティファニーに紅茶を淹れた。

「いっしょに飲んでくれる？」

「そうお望みでしたら」

ティファニーは涙を流しながらほほえんだ。「ええ、ぜひそうしてほしいわ」

エミリーは自分の分のカップとソーサーを取ってきて、紅茶を注いだ。ティファニーも自分の紅茶を飲んだ。温かい液体が身体中に広がり、広がった先を温めておちつかせた。

「実家での暮らしもたいへんだったのね」

エミリーはため息をつき、カップをソーサーにもどした。「お母さんには、お父さんと別れてほしいと何十回も頼んだのですけど、別れようとはしませんでした。近所のひとたちに、悪い女だと思われたくなかったんです。でも、わたしは別れてほしかった。妹のためにも。妹のメアリはほんの十五歳ですけど、いまのところ、アストウェル・パレスには彼女のできそうな仕事はありません。お父さんが酔っ払ったり腹を立てたりして暴力を振るうとき、あの子はいつも狙われます」

「妹さん、このコテッジに来てくれるかしら？」ティファニーは訊いた。

「あなたのお情けはいらないと思います」

ティファニーは鼻を鳴らした。「みんな、ちょっとしたお情けが必要なときがあると思うの。わたしはぜひ、そのお情けになりたいわ。それに、だれかがこのコテッジからクモを追い払ってくれないと。わたし、掃除も片づけもろくにできないのよね」

はじめ、エミリーはほほえんだ。それから声をあげて笑った。このコテッジがどれほど汚れてしまったかを思い知るには、雑役メイドを信じればいい。

「妹はいつ来ればいいですか？」

ティファニーは紅茶を口に含んだ。「きょうだと早すぎる？」

「よろしければ、すぐに妹を呼んできます」エミリーは言った。「ミセス・ホイートリーは、わたしが何時に帰ってもかまわないとおっしゃいましたから」

「そうしてくれると、ほんとうに助かるわ」ティファニーは言った。「でも、まずは紅茶をぜんぶ飲んでしまいましょう。この何年かで飲んだ中で、いちばんおいしいんだもの」

そうしてふたりで紅茶を飲んだ。ふたりとも、なにも話さなかった。話す必要はなかった。

34

メアリは、もっとお腹をすかせた若いエミリーという風貌だった。姉とおなじ、明るく青い目と茶色の巻き毛と滑らかな肌の持ち主だ。ごわごわしたウールのドレスの丈は短すぎ、着けているエプロンは汚れていた。両腕は細く、じゅうぶんに食べていないとわかる体形のせいで、十五歳よりもずっと幼く見える。食べるものが全員に行きわたるほど豊富にあったことはけっしてないという、貧しい家庭の多くに定められた運命の結果だ。

エミリーが妹を呼びにいっているあいだに、ティファニーはユライアの衣服に着替えていた。痣のできた頰には、いつもの二倍の量の白粉をはたいたけれど、やはり腫れているのはわかる。サミールのところに行って、テスに訊いてわかったこと（というよりむしろ、わからなかったこと）を伝えなければならない。それと、ティファニーでいるときも、二度とシャーリー牧師を寄せつけはしないということも。

「エミリー、なにをすればいいかをメアリに指示してくれたら、とても助かる」ティファニーは言った。「彼女には奥の部屋を使ってもらおう。シーツは洗ってある。わたしはきょうの午後のうちに、ちょっと町まで行かないといけないのでね」

メアリは女子学生のように膝を曲げてお辞儀をした。

「メイプルダウンでなにをなさるおつもりですか？」エミリーが訊いた。

ティファニーはため息をついた。「ミスター・ラスロップとわたしは、ほんとうの殺人者を見つけようとしている。そうすれば、トーマスは自由になれるからね。今朝、アストウェル・パレスでサリー公爵夫人と話して、なにか役に立つ情報を掴めればと思っていたのだが、あいにく、なにもわからなかった」

エミリーは頭を左右に振った。「では、望みはないのですか？」

「トーマスはあすまで首を吊られることはないし、わたしは彼の無実を信じている。じっさいになにがあったのか、あるいは、ほんとうに罪を負うべきはだれなのか、その証拠を探すのをやめるつもりはない」

「まえにも言いましたけど、あなたは親切です、ミス・ウ――ミスター・ウッダール」

ティファニーは口唇の片側だけで笑ってみせた。「きょうは、ありがとう。なにもかも」

エミリーは小さくうなずき、ティファニーはコテッジを出た。町まで歩くのに、気楽ではいられなかった。神経が参っていた。木の陰からシャーリー牧師がふいに現れ、道に押し倒されるのではないかと、半ば本気で心配した。サミールの書店に足を踏みいれ、おなじみの革装の本の紙のにおいを感じると、ティファニーはほっとした。人生で、これほどまで安堵したことはなかった。

フォード執事とおなじように、サミールの目はティファニーの腫れた頬にまっすぐ向けられた。カウンターの中から出てきて、彼女の顔に手を伸ばしたけれど、痣のできた肌に触れる直前で止めた。

「なにがあった？　転んだのかい？」

エミリーの思慮深いことばにもかかわらず、サミールには転んだと思わせておこうとティファニーは考えた。でも、また彼に嘘をつくのはいやだった。彼女は頭を横に振った。

「ミスター・シャーリーがアストウェル・パレスにいたの」ティファニーは言った。「ティファニーの恰好をしているわたしを見て、いっしょに連れていこうとしたの。わたしは拒んで、それでぶたれた」

ティファニーの頬に触れようとしていた彼の手がだらりと落ちて、拳を握った。「なんの罪もない女性に暴力を振るうなんて、あの牧師、もう黙っているわけにはいかない。牧師館に出向いて、この先の二十年、ずっと殴ってやる」

ティファニーはサミールの腕を摑んだ。「彼を打ちのめしてもらうのに越したことはないわ。でも、いまはトーマスに集中しないと。彼に残された時間はどんどん減っているのよ」

ティファニーの手の中でサミールの腕の筋肉が緊張し、それから緩んだ。手を放してもよかったけれど、彼に触れていると安心していられた。

「サリー公爵夫人からなにか有益なことは聞けた？」

ティファニーはため息をついて頭を振った。「ボーフォート公爵夫人に敵はいない、と言うばかりだった。あと、夫人は以前、トーマスには息子のように接していたと言っていたわ」

「そういう噂なら聞いたことがある」サミールは言った。「イギリスのひとたちは黒い肌の子どもをどんどん受け入れている。成長するまでは、ね」

ティファニーはサミールの腕をぎゅっと握った。「そのことで、わたしが国を代表して謝るなんておこがましいと、よくわかっているわ。でも、自分とはちがうという理由で相手を非難するひとばかりではないことは、知っておいてほしい」

サミールはティファニーの目をじっと見つめた。「ティファニー――」

書店のドアが勢いよくひらき、取りつけられたベルが鳴った。ティファニーはサミールの腕から手を放し、彼はなにを言おうとしたのかしらと考えた。

「治安官、それにミスター・ウッダール」サー・ウォルター・アブニーだった。「まさに、おふたりに会いたいと思っていたところです」

ころころとした体形の準男爵のうしろに立っていたのは、骨張ったシャーリー牧師だった。ティファニーは喉元のクラヴァットを摑んだ。脈がでたらめに跳ねあがる。

サミールはティファニーの前にさっと歩みでた。彼女を守るように。「おふたりそろって、なにかご用ですか?」

「ミスター・シャーリーが、婚約不履行でミス・ウッダールに苦情を申し立てたのですよ」両手をでっぷりとしたお腹に置きながらサー・ウォルターは言った。「フォークナー判事は土曜日まで町にいることですし、ミスター・シャーリーはあすにでも、裁判をひらいてほしいということです」

「婚約はしていませんでしたよ」ティファニーは声を絞りだすように言った。

「結婚予告は先週の日曜日に読まれました、ミスター・ウッダール」準男爵は言った。「あなたの妹君は、異議を申し立てなかった」

「それは、ミスター・シャーリーがミス・ウッダールをぶつまえの話です」サミールはそう言い、両手をきつく握った。

サー・ウォルターはふり向いてシャーリー牧師を見た。「彼女が反抗したのでぶちました」牧師は答えた。「彼女がいるべき場にいさせなくてはなりませんでしたから」

「彼女がいるべきは、できるかぎりあなたから離れたところでしょうね」サミールは言った。

シャーリー牧師が前に進みでたけれど、サー・ウォルターがぷくぷくした腕をさっと横に出して彼を制した。「まあまあ、ミスター・シャーリー。ミスター・ラスロップとわたしは法に仕える身ですから。事に対処するのに、拳は用いないんですよ」

「前に出てください、ウッダール」牧師は嘲るように言った。「混血のうしろに隠れるものではありませんよ」

こんな臆病者の前でびくびくすることに、ティファニーはうんざりだった。彼女は足を踏みだした。「あなたには愛想がつきた、シャーリー」

死人のように青白い牧師の顔から、さらに色が消えた。彼はティファニーを指さして言った。「なんてことだ！　兄の恰好をしたミス・ウッダールじゃないか。この頬をわたしはぶったんだ」

ティファニーは片手で頬を隠そうとしたけれど、もう遅かった。サー・ウォルターが近づいてくる。彼女の心臓が沈んだ。

「鬘を取っていただけますか？」

震える片手で、ティファニーはユライアのチクチクするおぞましい鬘をはずした。髪を押さえていた鬘がなくなり、三つ編みが背中に落ちた。サミールにちらりと目をやる。彼は口唇をぎゅっと結んでいた。いまは、彼がなにかを言ってもどうにもならない。そんなことをすれば、彼もまた咎められることになる。

「なぜ男性の恰好をしているのです？」サー・ウォルターが訊いた。

ティファニーの頬がずきずきと痛んだ。恐ろしくて全身に汗をかいていた。ふたりを納得させられる言い訳などないとわかっている。ひとつの場所で、ティファニーとユライアのふたりを登場させることはできない。真実を告げるときだ。ヨハネの福音書に書いてあるように、〝真理はあなた方を自由にする〟のだ。

「わたしの兄は、毒入りスー――スナッフのさいしょの犠牲者です」ティファニーは言った。声は震えていた。「そのときは、兄が殺されたとは思いませんでした。ただ亡くなった、そう思いました。わたしにはお金がありませんでした。行くところもありませんでした。頼れるひともいませんでした。ですから、コテッジの裏庭のポッキリヤナギの下に兄を埋め、彼の身分を奪いました。コテッジを手放さずにすむようにです、サー」

鳥が一羽、サー・ウォルターの口の中に飛びこむこともできただろう。彼の口は、それはそれは大きく開けられていた。「な——な——なにを言えばいいのかわかりませんが、ミス」

「逮捕しろ!」シャーリー牧師がティファニーを指さして言った。その骨張った指は、出来の悪い死神の指のようだった。「このような淫らな出来事が、われわれの町で起こっていいはずがない。彼女は罰せられなければならない。鞭で打たれろ」

サー・ウォルターは舌をちっちっと鳴らした。「あなたのおっしゃることはごもっともです、ミスター・シャーリー。ミスター・ラスロップ、どうぞミス・ウッダールを逮捕して、牢に入れてください。巡回裁判長が彼女の運命を決めなくてはなりません」

サミールはなにも言わなかったけれど、ティファニーの肘を取って書店から大通りに連れだした。サー・ウォルターとシャーリー牧師はふたりにつづいた。まるで、サミールが自分たちの指示に従うとは信じていないとでもいうように。一歩、足を進めるごとに、ティファニーの心臓は身体の下へ下へと落ちていく。監獄の扉の前までやってくると、心臓はつま先で鼓動しているように思えた。人生は終わったと自分でもわかった。ユライアが死んだときよりも、いま置かれている状況のほうが悪い。判事はトーマスに判決をくだすとき、どんな情けも見せなかった。わたしに判決をくだすとき、彼はその凍った心臓の中になにかしらの温情を見出すかしら。ティファニーには、そうは思えなかった。

35

サミールは監房の錠を開けた。横たわっていた簡易ベッドの上でトーマスが身体を起こした。メイプルダウン監獄は、天井が低く格子の嵌まった窓がひとつあるきりの、監房がひとつだけの建物だ。少なくとも清潔ではあった。

「あすだと思っていました」

「あすだよ。残念ながら、同居するお仲間ができたんだ」サミールは言った。「ここには監房がひとつしかないからね、だからいっしょに入れられる」

トーマスの顔には安堵が見えた。彼の顔つきがすっかり柔らかくなるのを見つめながら、ティファニーは房にはいった。

「ミスター・ウッダール？　いや、ミス・ウッダール？」トーマスは目をぱちくりさせた。だれを、あるいはなにを見ているのか、自分の目を信じ切れないとでもいうように。

「ミス・ウッダールよ」ティファニーは言い、彼に笑いかけようとしたけれど、口唇は協力してくれなかった。

「ふたりの夕食は、あとでぼくが持ってくるよ」サミールはドアに錠をしながら言った。

「身元を確認しないといけない遺体があるからね」

ティファニーはサミールをふり向き、扉の鉄格子越しに彼の手首を摑んだ。「エミリーと妹のメアリがわたしのコテッジにいるわ。ふたりが安全でいるか、見にいってくれる?」

「もちろんだ」

「必要なら何でも使っていいと伝えてちょうだい」ティファニーは急いで言い足した。「あと、わたしへの判決が死刑だったら、遺言書をつくれるかしら? 持ちものをふたりに遺したいの。ダイアモンドのクラスターピンと家具一式を。売れば、まとまったお金になるはずよ。高額で売れればいいのだけれど」

サミールは空いたほうの手でティファニーの手を覆った。「遺言書をつくる必要なんてないと思う。でも、きみがここにいるあいだ、ぼくとしてもふたりのぶじを確認しておく」

「ありがとう。ありがとう」ティファニーはささやくように言った。もっとなにか言いたかったけれど、サミールの手首を握っていた手を放した。「ユライアは、コテッジに向かって根を伸ばしている大きな二本の木のあいだにいるわ」

サミールは短くうなずき、監房がひとつきりの監獄の建物を出ていった。

ティファニーはトーマスに向き直った。彼は立ったまま、あからさまな好奇心をたたえた目で彼女を見ていた。ティファニーは片手を差しだした。

「わたしたち、きちんと自己紹介していなかったわよね」彼女は言い、トーマスと握手をした。「とはいえ、わたしが兄の扮装をしたはじめての日、図書室がどこにあるのかわからなかったところを助けてもらったわ。わたしはミス・ティファニー・ウッダールよ」

「ミスター・トーマス・モンターギュです」

「わたしがどうして男性の恰好をしているのか、どうしてあなたといっしょに監房にはいっているのか、ふしぎに思っているはずよね」

トーマスはかすかに頭を振った。「すぐに気づくべきでした、ミス。横柄なくそ野郎から思いやるある人物に、ひと晩で変わっていたのですから」

「兄のユライアは、毒を盛られたスナッフのさいしょの被害者なの」ティファニーは言った。

「そのときは、わたしは知らなかった。兄はいつも胃腸に問題を抱えていたから。ただ死んだと思っていたの」

トーマスは右手をあげた。「わたしはスナッフに毒がはいっていたこととは何の関係もないと誓います。それに、あなたのお兄さまを殺していません。それに、セアラも。彼女の髪一本さえも傷つけたことはありません。彼女がなにをしたとしても」

「目を見れば、あなたがどれほど彼女を愛していたかがわかるわ。あなたを見ていると、かつて深く愛したひとが思いだされるの」

トーマスの表情が緩んだ。「その方はどうなったのですか?」

「亡くなったわ」ティファニーはかすれた声で言った。「いまから二十年以上もまえよ。結婚の約束をしていたけれど、彼は海軍の軍人で、結婚するまえにもっとお金を貯める必要があったの。でも、彼が海からもどることはなかった」

「その方はアフリカ出身だったのですか?」

ティファニーは頭を小さく振った。「いいえ。でも、背が高くてハンサムだった。あなたのように。あなたの笑顔は彼とそっくりよ。笑顔の中に温かさがあるの。とくに、あなたがセアラを見ているときはそうだった。あなたの笑顔で、彼の笑顔がすっかりよみがえるわ」

トーマスは鼻を鳴らした。「時間が経って、心の痛みは和らぎましたか?」

「いいえ。でも、痛みには慣れる。だから耐えられるようになるの」ティファニーは言い、彼の腕にそっと手を置いた。「ミス・ドッドリッジのしたことは、まちがいなく心の傷となるわ。それでも、あなたが自分の感情を恥じる必要など、まったくない。感情は正直よ。本物よ。いつか、あなたの愛を受けるにふさわしい女性と出会えるといいわね」

「キャサリンもそう言っていました――えっと、公爵夫人も」

ティファニーは簡易ベッドを指して訊いた。「座らない? 自分を救うためになにかできるとは思えないけれど、あなたを救うためにちょっと力を貸せるかもしれない」

トーマスはベッドの上で彼女のとなりに腰をおろした。でも、顔はしかめていた。「わたしはあす、首を吊られます」

「いいえ、首を吊られるのはほんとうの殺人者よ」自分が感じている以上の確信を持ってティファニーは言った。「でも、ボーフォート公爵夫人を殺そうとするのはだれか、それについてもっとよく知るために、あなたから話を聞かないといけないの。だって、あなたは公爵夫人ととても親密で……」

「わたしが恋人だったことは、けっしてありません」トーマスはぴしゃりと言った。「バーナードが広めた、いやらしい噂です」

ティファニーはうなずいた。「ええ、あなたは恋人ではなく、公爵夫人の息子なのよね」

トーマスはまた鼻を鳴らした。「それを知っているひとは、あまり多くいません。わたしは十七歳になるまで、アストウェル・パレスを離れたことさえありませんでしたから」

「テスに聞いたのよ」

「テス？」

「亡くなったサリー公爵のご夫人よ」

トーマスは、またいっそう顔をしかめた。「あ、あのひとですか」

ティファニーはおどろいて背すじをぴんと伸ばした。彼の声の調子には軽蔑が滲んでいた。ひょっとしたら、憎しみかも。テスはだれからも愛されるタイプの女性だと、ティファニーはずっと思っていた。学校ではいちばんの人気者だった。町のだれからも好かれていた。そしていまボーフォート公爵も公爵夫人も、彼女には家族同然に接している。ボーフォート公爵家の使用人たちでさえテスのご機嫌をとっている。

「わたしたちは二十三年まえ、学校で同級生だったの」ティファニーは説明した。「でもそれ以来、連絡は取っていなかった。彼女はサリー公爵と結婚して、身分の低いひとたちとの関係を絶ったから。でも、わたしがテスを知っていることをたまたまボーフォート公爵に話したら、ぜひとも彼女宛てに手紙を書こう、とおっしゃったわ。ハウス・パーティに参加しないという考えを変えないか、そうすればわたしにまた会えるのに、という内容の。公爵によると、テスが参加しないことで公爵夫人はひどく取り乱していたみたいね。パーティを開くのに、夫人の考えていた参加人数とちがってくるから」

トーマスは小さく息を吐き、頭をふるふると振った。「サリー公爵夫人が来な、け、れ、ば、キャサリンは安堵するだけだったでしょう。ボーフォート公爵とサリー公爵夫人が長くつづく関係をはじめて以来、ずっとそうですよ。サリー公爵夫人は、ロンドンのお屋敷でもアストウェル・パレスでも、長年にわたってボーフォート公爵家のお客さまでした。わたしはサリー公爵家のご子息のオズモンドさまとテオフィロスさまとは、いっしょに遊んで育ちました」

すばやく息をのんだせいで、ティファニーは咳きこみはじめた。おどろいて、両手をさっと頬に当てた。でも、衝撃を受けることでもない。婚姻関係の外に恋人がいたとか、既婚者との愛を見つけたとか、テス自身がはっきりと言っていた。ティファニーはその相手を、タルガース卿だと勘違いしていたのだ。

「それで、ボーフォート公爵夫人はずっとおふたりの関係をご存じだったの？」

トーマスは重々しくうなずいた。「はじめのうちは、キャサリンがわたしと過ごす時間が、それ以前より長くなりました。当時、わたしは五歳でした。キャサリンは、ふたりの関係は数カ月で終わるだろうと信じていたと思います。ほかの方たちとの関係のように。でも、そうはならなかった。むしろ隠そうともしなくなり、ボーフォート公爵がサリー公爵夫人に夢中だという話は、人々のあいだで広く知られるようになったのです。公爵は自分の妻のベッドに行くことさえもやめてしまいました」

「公爵夫人にはおつらいことだったでしょうね」

「哀しんで痩せていきましたよ」トーマスは言った。「数年まえ、キャサリンは公爵の気を惹こうとして、道楽者で評判の悪いハーウッド侯爵と関係を持ったことがありました。でも公爵は嫉妬しないで、ハーウッド侯爵が自分たちの間に登場したことを歓んでいました」

「おふたりのご子息はどうなの？」ティファニーは訊いた。ボーフォート公爵の跡継ぎはほんの六歳だということを思いだしていた。

「ボーフォート公爵は自身の子だと認めています」トーマスは答えた。「やさしく接してさえいますよ。でももちろん、ハーウッド侯爵が父親であることはわかっています」

「公爵はどうして、そのハーウッド侯爵を責めないのかしら？」

トーマスは短く冷笑を浮かべた。「ボーフォート公爵は、たったひとりの弟君とそのご子息を毛嫌いしています。跡継ぎができたと言って、おふたりをいじめて楽しんでいるんですよ。なんといっても、キャサリンとの間に子どもができないのは、彼に原因があると思われていたのですから。公爵にはキャサリンとの間にも何人かの恋人との間にも、子どもはいません。サリー公爵夫人との間にさえも。何年もずっと、サリー公爵夫人には尽くしてきたのに、です。自分の妻には、けっしてそうではなかったのに、です」

「そしてテスは、サリー公爵が亡くなったあと、ふたりの関係を終わらせたのね」ティファァニーは小さな声で言った。

「なんですって？」トーマスは信じられないというようすで言った。「そうは思えません。ずいぶん年上だった夫君が亡くなったいま、サリー公爵夫人には行動を控える理由などなにもないのですから」

ティファニーは咳払いをした。「二男のテオフィロスさま以外は、ね。彼はメソジストになったのだけれど、とても熱心に信仰に傾倒しているそうよ。行動をあらためないと、これからの人生で母子の関係を絶つとテスに迫ったくらい。それに、彼女は話してくれたわ。人生で唯一愛したひととの関係を終わらせた、と。この先、婚姻の外での関係は持たない、とも」

「では、どうしてアストウェル・パレスにやってきて、公爵の部屋につづくゲストルームに滞在しているのですか？」

ティファニーは口唇を噛んだ。「公爵はわたしを利用したのだと思う。公爵はじっさいにテスに手紙を書いて、わたしがアストウェル・パレスの近くに住んでいると知らせたんだわ。わたしが図書係の仕事に就いたのは、半年まえにテスが夫君を亡くしたのとおなじ時期よ。わたしがこの村に住むようになってからは、テスがアストウェル・パレスを訪れることはなくなっていたの。でも今回、わたしに会いにやってきた……ふたりの関係を修復したかったのだと、わたしは信じている。子どものころ、わたしたちは姉妹以上の仲だったの。娘時代もね。彼女が結婚するまえは。テスはこうも言っていたわ。自分の決断が、これから進むべき道を変えるかどうか試したい、と。わたしは、彼女の恋人はお客さまのひとりのタルガース卿だと思っていた。ボーフォート公爵だなんて、思いもしなかった」

「フランシスはひとを利用することが好きですから」

ティファニーは立ちあがり、せまい監房の中を行ったり来たりしはじめた。トーマスはその動きを見つめる。「もし……もし、ボーフォート公爵が夫人のスナッフに毒を入れたのだとしたら？」

「フランシスが、ですか？」

「ええ」ティファニーはさらに確信を深めたように答えた。「公爵は十五年にわたってテスを愛してきた。そしてようやく、彼女はひとりになった。もし夫人がいなくなったら、公爵はテスと結婚できるかもしれない。テスがふたりの関係をつづけるつもりがないのは、ご子息の宗教が理由だといういまなら、とくに。テスはまだ公爵を愛しているんだもの。妻を亡くした男性との結婚を渋ることはないと思うわ。それに、ボーフォート公爵は夫人の化粧室に出入りできたはずだし、スナッフに毒を入れることだってできたはずよ」

背中を石の壁にもたせかけるようにして、トーマスは簡易ベッドの上でぐったりとなった。

「フランシスにはそれができると思います。アストウェル・パレスでわたしが息子ではなくフットマンでいるのは、彼が理由なんです。わたしを正式に養子に迎えることを、キャサリンに許そうとしなかったから。キャサリン自身の財産からわたしにお金を渡すことも」

ティファニーはおどろいて目を瞬かせた。高慢で冷たいボーフォート公爵夫人は、トーマスのことをほんとうに息子として愛しているのだ。あの日、サミールとティファニーが待つ図書室にやってきたのは、トーマスが理由だったにちがいない。息子を助けようとしていたのだ、邪《よこしま》なミス・ドッドリッジを殺した犯人を見つけようとするのではなく。

「夫人はどうして、あなたの裁判にいらっしゃらなかったのかしら？」

「フランシスが来させなかったからに決まっています」トーマスは言った。「彼は人前では親しみやすく魅力的に見えますが、その実はひとを操り支配しようとするんです」

ティファニーは手を広げてから、指を一本ずつ折りながら言った。「ボーフォート公爵には殺人を犯すための手段、動機、そして機会のすべてがあった」

「キャサリンが今年のはじめのうちにスナッフをやめたことも、フランシスは知りませんでした」トーマスは説明した。「主治医から、歯によくないと言われたんです。でも社交界では、キャサリンはドレスとおそろいのスナッフボックスを持っていることで知られていますから、スナッフは買いつづけました。そして吸う振りをしていただけなんです……。ただ、あなたの仮説は筋がとおっていますが、証拠はありません。あるのは、男性の恰好をしていたことで罪に問われた女性の仮説だけです。巡回判事は、わたしにもういちど裁判を受けさせることには同意しても、あなたの証言はいともかんたんに突っぱねますよ。フランシスと毒入りスナッフとを結びつけるたしかな証拠が、わたしたちにはないんです」

トーマスのことばにティファニーを傷つける意図はなかったけれど、彼女は傷ついた。わたしの住む社会ではわたしのことばは意味を持たないのだ、と思った。未婚の女性であるテイファニーには、地位もないし力もない。彼女の立場は、兄に扮装した彼女自身のせいでいっそう悪くなってしまった。ティファニーはもういちどトーマスの横に腰をおろし、彼とおなじように壁に背を預けてぐったりとした。

「なにも思い浮かばない」

「状況は絶望的ですね」トーマスは言い、小指にはめた指輪をくるくるとまわした。

ティファニーは指輪ごと彼の手を摑んだ。「ミスター・ヒッケンルーパーよ！」

「彼がどうしました？」

ティファニーはトーマスの手を握っていることに気づき、その手を放した。「彼はミス・ドッドリッジに脅迫されていたわ」

トーマスは低くうなり、少しのあいだ目を閉じた。

「ミス・ドッドリッジの口をつぐませておくために指輪を渡したのよ」ティファニーは先をつづける。「わたしが指輪の件を問いただすと、クビにされかねないことをしているところを彼女に見られたから、と言っていたわ。そのときのわたしは、彼が男性とのおつきあいを好むことにかかわることだと考えたの。だから、ぜったいにだれにも言わないと約束した。殺人とは何の関係もないと思っていた。でもそうではなく、ミスター・ヒッケンルーパーはなにか不道徳なことにかかわっていると、ミス・ドッドリッジが知ったとしたら？　ミスター・ヒッケンルーパーが公爵の代わりにロンドンで毒を買っていたのだとしたら？　公爵はマンドレイク・オイルをスナッフに振りかけるだけでいい。どのスナッフボックスも、公爵は好きに手に取れるでしょうから。公爵と公爵夫人の化粧室はドア一枚でつながっているんだもの」

トーマスは前屈みになり、髪に指を走らせた。「すばらしい仮説です。でも、どうやって証明します？」

「わたしたちにはなにも証明できないわ」ティファニーは言った。「でも、サミールとエミリーはできる」

「どうやって？」彼が訊く。

はじめて、この若者の顔と声に希望が感じられた。

「サミールは治安官よ」ティファニーは言った。「賄賂を受けとったという理由で、ミスター・ヒッケンルーパーの部屋を探ることができる――あの従者が硬貨や宝石を賄賂としてもらったなら、必要以上の注意を惹かずにどこかの銀行に預けるなんて、まずできなかったでしょうから。サミールが彼の部屋を探るあいだ、エミリーには公爵の部屋を掃除してもらって、なにか毒の痕跡が残っていないかを捜すの。瓶が見つかれば、必要な証拠を手に入れたことになるわ」

「でも、エミリーが見つけられなかったら？」トーマスは訊いた。「それに、その硬貨だか宝石だかの賄賂が、フランシスと関係していることの証明もできませんよ」

「ミスター・ヒッケンルーパーが公爵のために首を吊るなんて思えない」ティファニーはゆっくりと言った。「賄賂を受けとる、毒を買う。これは、あり。でも、死ぬ？　まさか。自分の命が危険にさらされるなら、彼は母親だって裏切りそうじゃない。毒を手に入れるために賄賂をもらったと、歓んで判事に話してくれるわ」

若者は腰をあげ、立ちはだかる鉄格子の扉まで歩いていった。鉄格子の二本を摑んで揺する。「ここを出て自分たちで調べられさえすれば。エミリーが公爵の部屋に立ち入ることは許されないでしょうし」

「では、捜してもらうのに信じられるのはだれ？」

トーマスはふり返ってティファニーを見た。「わたしの母です」

「やってくださるかしら？」ティファニーは小声で訊いた。

「はい」彼はそう言い、床の上の紙を一枚、拾いあげた。「ミスター・ラスロップが紙と羽根ペンを持ってきてくれたんですよ。わたしは母と弟のペレグリンに宛てて、別れの手紙を書いていました。ふたりに必ず届けてくれると、ミスター・ラスロップは約束してくれました。でもいまは代わりに、母に手紙を書いてお願いします。あなたの夫の部屋を探るために力を貸してほしい、と」

トーマスは石の床に膝をつき、インク壺の蓋を開けた。彼が一枚分を書き終えようとするところで、お願い事はもうひとつあると、ティファニーは気づいた。

「あす、メイプルダウンまで来てくださるよう、お母さまにお願いしてちょうだい。巡回判事はわたしの裁判をひらくけれど、あなたの刑が執行されるまえに、もういちど裁判を受けられるよう要求してもらいましょう。彼女は公爵夫人として、じゅうぶん影響力があると思うから」

トーマスはペンの羽根の部分で口唇をなぞった。「自分の夫に真っ向から反抗するかどうか、わかりません」

「わたしたちの計画がうまくいくのは、公爵夫人がそうしてくれたときだけよ」

トーマスは大きくため息をついてからうなずいた。「頼んでみます」

36

ずいぶんと時間がかかって手紙のインクが乾いたころ、サミールがふたりの夕食を持ってきた。すでに、監房の中も建物の外も暗くなっていた。彼は片手にランタンを、もう一方の手に金属製の桶を持っていた。ランタンの放つ光が、サミールの顔と着ているものを照らす。髪はぼさぼさ服はしわくちゃで、どちらも汚れていた。いつもはきれいに髭を当たっている頬に、泥の痕が走っていた。

「兄は見つかった?」ティファニーは立ちあがり、鉄格子の扉まで歩いていって訊いた。

サミールは顔をしかめてうなずいた。「きみが兄上を埋めたときもひどくにおっていたと思うけど、いまそのにおいは耐えられないほどになっている。でも、ハドソン医師が腐敗した遺体を調べて、兄上はスナッフにはいっていたマンドレイクの毒で亡くなったとあきらかにしてくれた。ミス・ドッドリッジのようにね」

「兄を教会の墓地に埋めなかったことで、わたしはなにか罪に問われる?」

サミールは頭を横に振った。「サー・ウォルターを説得して、この特異な件の告発は取りさげてもらった。ただシャーリー牧師はあいかわらず、男性に扮していたことできみに裁判を受けさせようとしている」

ティファニーはうつむき、いま着ている皺だらけのブリーチズからクラヴァットへと視線を動かした。特異な件という事実を否定するのはむずかしい。彼女はうなずいた。

「これを今夜、ボーフォート公爵夫人のところに持っていってくれますか？」鉄格子越しに、事情を記した手紙を差しだしてトーマスが訊いた。

サミールはランタンと桶を床に置いた。トーマスから手紙を受けとる。「持っていこう。ただ、夫人が受けとるという保証はない。使用人しだいだろう。夫人に届けられるにしても、それがあすの昼にならないこともない」

「夫人には、いますぐ読んでいただく必要があるの」ティファニーは言い募る。

「では、トーマス自身が届けるべきだ」サミールは言った。「ボーフォート公爵夫人が今夜のうちにこの手紙を受けとると確実に知るには、そうするしかない」

トーマスは鉄格子を摑んでガタガタと鳴らした。「そうしますよ、そうできるなら」

サミールはポケットの中に手を差し入れ、鍵束の輪を取りだした。「そうできるさ、そうするんだ」

ティファニーがじっと見つめるなか、サミールは監房の錠をはずし、扉がぎいっとひらいた。トーマスは扉から外に出て、サミールから手紙を引きとった。

「きみは出ないのかい、ティファニー？」サミールが訊く。

「出てもいいの？」

「いいさ」

ティファニーは外へ歩みでた。監房がひとつきりの、さっきまでとおなじ建物の中にいるとはいえ、彼女は自由を感じた。大きく深呼吸をすると、食べもののはいった桶に目が引きつけられた。今朝からなにも食べていない。胃からは、これ以上に恥ずかしいことはないというほどの音が聞こえてくる。この特別な瞬間に、うめくようにぐるぐると音を出そうと決めたようだ。ティファニーは桶の蓋を取り、小ぶりのパンをひとつ、手に取った。それをふたつに分け、ひとつをトーマスに渡した。ふたりはパンを食べ、あとの食べものも無言で平らげた。

「さて、食事も終わったことだし、そろそろ行かないと」サミールが言った。

「だれかに見られることなく町を抜けるには、どうすればいいでしょう？」トーマスが訊いた。

「外は薄暗いわ。でも、だれかに気づかれないほどには暗くないみたい」トーマスの言うとおりというように、ティファニーは鉄格子の嵌まった窓越しに外を指さした。

「ブリストル・コテッジから遺体を運ぶのに、ミスター・デイの荷馬車を借りた」サミールは言った。「返すのはいつになってもかまわないんだ。ふたりとも、町を出るまで遺体といっしょに後部に隠れているといい」

ティファニーは無意識のうちに壁に背中を押しつけて身体を縮こまらせ、ハンカチーフを取りだして口許を覆った。ユライアを見たくなかった。というより、兄という存在に近寄るなんて二度とごめんだった。彼から長年にわたってされてきたひどい扱いは、いまでもありありと記憶に残っている。

「鼻を覆うのが賢明だ、ティファニー」サミールは言った。「遺体のにおいは、とてもことばにできない」

サミールは監獄の扉を開け、あたりを見回してだれもいないことを確かめた。「だいじょうぶだ」

ティファニーとトーマスは、サミールのあとから足音を忍ばせて外に出た。彼はふたりに合図して馬車の荷台に向かわせると、自分は前方に回り、ランタンをフックに引っかけた。こうすれば自分も馬も、暗闇の中で行く道が見える。ティファニーのほうが先に馬車のうしろまでたどり着いたものの、後退って両手で口を覆わずにはいられなかった。今夜はこの先ずっと、具合を悪くしている余裕はない。

ランタンの光で、黄麻布の袋に入れられたユライアの遺体が見えた。馬車の左半分を占めて置かれている。横向きに寝そべれば、ティファニーもトーマスも空いた場所に収まれそうだ。ここでティファニーはまたハンカチーフで口許を覆い、這うようにして馬車に乗りこむと、身体の脇を下にして横たわった。遺体のはいった袋のとなりに。

「急いで、トーマス」ティファニーはささやき声で言った。

「はい、ミス・ウッダール」

トーマスは馬車に乗りこみ、ティファニーと並んで身体を横たえてから、毛布を引っ張りあげて自分と彼女を覆った。毛布の下に隠れ、顔はティファニーに向けていた。

「あなたもわたしのことはティファニーと呼んでちょうだい」彼女は小声で言った。「握手のために手を差しだすのは、また今度にするわ。いまは鼻を覆うのに必要だから」

トーマスは声をあげて笑った。その声は低く、ティファニーの耳に心地よく響いた。

さいしょはシューという音しか出なかったけれど、サミールはどうにか舌を鳴らせるようになり、老いぼれ馬を急かした。ティファニーは町の外に出るまで、息を止めていようとがんばった。教会の塔が視界から消えたところで毛布から顔を出し、腕に頭を乗せた。

「身体を起こさない？」

トーマスはうなずき、ふたりともなんとか身体をもぞもぞと動かして、座位になった。

「ロンドンのにおいはひどいと思っていましたけど」トーマスは言った。「いまこの場のにおいは、どんなことをしても表現できないですね」

口許と鼻から二度とハンカチーフをはずしたくなかったので、ティファニーはうなずくだけにしておいた。

「ふたりとも、わかったことを教えてくれないか？」サミールが御者台から言った。

「わたしは」ティファニーがそう切りだしたところで、トーマスは彼女に向けてうなずいた。

「わ、わ、わたしたちは、ユライアとミス・ドッドリッジが毒で死んだことの背後に、ボーフォート公爵がいると確信したの。でも、公爵が殺したかったのはそのふたりではない。ボーフォート公爵夫人よ」

「なんだって？　まさか」サミールは言い、頭をぶんぶんと振った。「信じられない。ボーフォート公爵といえば、この国でいちばん尊敬されている男性じゃないか。だれかを傷つけるなんて、そんなことはしないよ。しかも、よりにもよってご自身の奥方を。ご子息の母親なのに」

トーマスはうなだれて両手で頭を抱えた。

「公爵がずっとあなたに親切だったことは知っているわ」ティファニーは言った。「メイプルダウンでは、ほかにはだれもそんなことなかったのに。あなたが治安官でいるのも、彼のおかげだということも知っている。でもね、悪意で彼を罪に問おうというんじゃないの。証拠があるのよ。裁判の中であなたが指摘した証拠——だれであれスナッフを手に入れた人物は、ボーフォート公爵夫人に害をなす意図があった、と」

「公爵夫人を傷つけたいと思う理由は？」

「べつの女性を愛しているからです」トーマスが答えた。「しかも、その女性はようやく寡婦になりました」

「テスが、サリー公爵夫人本人が話してくれたの」ティファニーは手早く説明した。「ボーフォート公爵とは長年にわたって関係をつづけていたけれど、彼女からそれを終わらせたんですって。サリー公爵が半年まえに亡くなったときに。というのも二男のテオフィロスさまから、罪をつづけるなら縁を切ると言われたからなの」

「でもふたりが結婚すれば、それは罪ではなくなります」トーマスがつけ加えた。「ボーフオート公爵は自分の妻を亡き者にして、長年の恋人と結婚するつもりなのです」

「どんな証拠がある？」

ティファニーとトーマスは顔を見合わせた。

「それを手に入れるために、こうしてアストウェル・パレスに向かっているのよ」ティファニーは言った。「わたしは――わたしたちは、ミスター・ヒッケンルーパーが公爵に代わって毒を手に入れたと考えているわ。その貢献にたいして、公爵からお金だか宝石だかを受けとったはずよ。だから、あなたに彼の部屋を探ってほしいの」

サミールはため息をついた。「ぼくはその部屋がどこにあるのかさえ知らない」

「わたしは知っています」トーマスが言った。「いっしょに行きます」

「でも、公爵夫人のことはどうするの？」ティファニーは訊いた。

トーマスは彼女に手紙を渡した。「育児室から公爵夫人の部屋に行ける秘密の通路があります。暖炉の上のマントルピースに彫られたブタの鼻を押すと、その通路が現れます。急げば、いまならキャサリンは夕食のために着替えをしているはずですから、公爵を引き留めておいてもらいましょう。そうすれば公爵の部屋を探ることができます」

ティファニーはうなずき、生気のない兄に視線を落とした。兄が行きついたのとおなじ運命、つまり死と自分との間に立ちはだかるものは、ほとんどなにもない。

サミールが手綱を引き、馬車は徐々に止まった。ティファニーはできるかぎりのすばやさで馬車からおりた。トーマスも彼女のすぐあとにつづいた。サミールが馬車を停めたところは、湖のそばの森だった。アストウェル・パレスのいちばん大きな芝地のすぐ外で、ティファニーのコテッジからもそう離れていない。サミールはランタンの火を消した。そうすれば暗闇の中に姿を隠せる。ティファニーの視線の先では、巨大な建物のいくつもの窓が、ろうそくの灯りで照らされていた。それでもありがたいことに、建物の外は暗かった。

「ティファニー」トーマスが呼ばわった。「育児室にいちばん近いドアまでお連れします。それからサミールとわたしは、地下の男性使用人用宿舎に向かいます。あとで、この馬車のところで落ち合いましょう」

ティファニーは手を差しだした。トーマスは彼女の手に自分の手を重ねた。サミールはふたりの重なった手の上に自分の手を置いた。

「命と自由のために」ティファニーはささやくように言って、手をおろした。

三人はぼんやりとした影のように、こっそりと整形式庭園《フォーマルガーデン》を抜け、それから芝地を進んだ。トーマスの先導で、ティファニーがその存在に気づいていなかった、人目につかない切り妻壁までやってきた。トーマスは指を一本、口唇に当て、ふたりを秘密のドアにつづく茂みの陰に行かせた。トーマスがドアを開けた。ぎいっと音がして、ティファニーはびくりとした。トーマスは彼女を指さし、茂みを抜けて中にはいるよう合図した。

ティファニーはおそるおそる暗い通路を覗きこんだ。幽霊だとか、悪徳伯爵だとか、骸骨だとかがいるような空間に思えた。血を吸う悪者にはうってつけの隠れ場所。あるいはティファニーにぶつかって死なせるつもりの謎の兜が、空から落ちてくる場所にさえ。

この先、ゴシック小説を読むことは減りそう。

自らを奮い立たせ、ティファニーはドアを通りぬけると、手探りで階上《うえ》にのぼる階段を探した。頭を木の板に打ちつけ、階段をのぼりきったことがわかった。手をあちこちに動かすうちにノブに触れた。できるだけ音を立てないよう、ゆっくりとノブをまわした。

ティファニーがはいった部屋は、広くて暗かった。銀色の月明かりが、部屋の家具の影をどこまでもぼんやりと浮かびあがらせているだけだ。足を一歩、踏みだしたところで、木の棒のようなものにつまずき、どさりと音を立てて転んだ。数十センチほど這って進むと、部屋の奥に暖炉の輪郭が見えた。ゆっくりと立ちあがり、つま先立ちで部屋を横切った。マントルピースにたどり着くまで息は止めていた。何回か大きく呼吸をしてから、ブタの顔を手探りで探した。大理石でできたマントルピースの前面に、それぞれちがう動物の顔が彫られている。その中ではっきりとわかったのはウシで、もうひとつはウマだった。

ティファニーの指がようやく、ふたつの穴が開いた楕円の上をかすめた。その物体に触れたけれど、なにも起こらない。こんどは先ほどよりも強く押した。すると、石でできた鼻がわずかに動いた。三回目、彼女はありったけの力を込めて押した。ブタの鼻は、彫刻されたさまざまな動物のあいだにはいりこみ、パチッという音がした。暖炉のとなりで、壁から姿を現したドアが開いていた。

ドアの向こうから声が聞こえた。「トーマス？」

37

「いいえ」ティファニーは答え、隠されたドアを通りぬけて寝室にはいっていった。テスが滞在していた部屋とおなじように、贅沢なつくりだった。「ですが、トーマスからの手紙をお持ちしました」

ボーフォート公爵夫人はシルクの優美なローブを羽織っているだけで、鬘も着けていなかった。鬘の高さがないと、ずいぶんと小柄に見えた。顔には念入りに化粧が施されている。身支度を整えているところをじゃましてしまったようだ。公爵夫人は明るい部屋を横切ってティファニーのところまでやってきて、手紙を受けとった。彼女が男性の装いをしているのを見て、完璧に整えられた眉の片方をあげたけれど、そのことにはなにも触れなかった。

手紙を読むまえに公爵夫人は訊いた。「彼はぶじなの?」

「はい」ティファニーは認めた。「今夜のうちに彼を自由にできるよう、わたしたちは証拠が見つかることを望んでいます。ですが、そうするには奥さまのお力が必要なのです」

「できることは何でもするわ」

手紙をひらいて内容を読むあいだ、夫人の手は震えていた。

「フランシス」夫人は小さな声で言った。「そうよね。もっと早く気づいていてもよさそうなものだったわね。彼がいつかまた愛してくれるようになると、希望を持ちつづけていたのよ。でも、わたくしは愚かだった。そもそも、彼の気持ちがほんとうにわたくしのものだったことなど、いちどもなかったのに。親同士が決めた結婚だったから」

ティファニーがこれまで、高慢で冷たいと思っていた女性は姿を消した。目の前にいるのは、もろくて傷ついた女性だ。

萎《しお》れてしまった女性だ。

「結婚生活を救うことはできないかもしれませんが、奥さまのご子息の命を、もういちど救うことはできます」ティファニーは言った。

ボーフォート公爵夫人は頭を左右に振った。

ティファニーの期待値は、雨粒が地面に落ちるようにまっすぐさがった。

「わたくしが奴隷船の船長からトーマスを買ったとき、あの子の命を救ったわけではないの」夫人は言った、「自分の命を救ったの。息子ふたりは、わたくしの人生の歓びよ」

「今夜、事がうまく運べば、おふたりともずっと、奥さまの歓びでありつづけます」ティファニーは急いで言った。「お召し替えを終えて、できるだけ長く公爵をお引き留めください。そうすれば、公爵のお部屋を捜すことができます」

「わかったわ」

「そしてあすの朝、わたしの裁判に必ずいらしてください」ティファニーは言い足す。「ミスター・ラスロップはミスター・モンターギュの件で、巡回判事に裁判のやり直しを申し立ててます、新しく見つかった証拠を根拠として。それに、公爵という立場の方に殺人の罪で有罪判決をくだすのは、容易にできることではありませんから」

ボーフォート公爵夫人は大きく息を吸った。「夫には、トーマスの刑が執行されるところを見届けると話すわ。最後にあの子をひとりきりにしたくない、トーマスの刑が執行されるところ」

「トーマスの裁判に奥さまが確実にいらっしゃるためなら、なんとでもおっしゃってください。できれば、公爵にも来ていただきたいのですが」

「ふたりで行くわ」夫人は言った。「それと、フランシスが首を吊られるのを見るための証拠をあなたたちは手に入れると、わたくしは信じます」

ティファニーはうなずいたものの、内心では、自信はほんの少ししかないけれど、と思っていた。

公爵夫人はトーマスの手紙を手に取ると、暖炉の火の中に投げこんだ。「ここにいてちょうだい、ミス・ウッダール。少なくとも、あのドアを通るまでに十五分は待って」夫人の優雅な指が、室内とおなじ壁紙に覆われた出入り口を示した。「あれがフランシスの部屋の内ドアよ」

「わかりました」

公爵夫人は鼻に皺を寄せてから、寝室の真ん中に立つティファニーをひとり残して部屋を出ていった。

「待たせたわね、エミリー」隣の部屋から、そう言う公爵夫人の声が聞こえてきた。

「なにも不都合はありませんか、奥さま?」

「なにもないわ」

ティファニーは無防備に立っているのが不安になり、ゆっくりとベッドに近づくと、天蓋につけられたカーテンの陰で身を屈めた。

部屋には時計がなかったので、どれくらいの時間が過ぎたのかは知りようがなかった。早すぎれば、公爵かヒッケンルーパーに出くわしてしまうだろう。遅すぎれば、サミールとトーマスが心配しはじめるだろうし、彼女を見つけようとお屋敷の中にもどる危険を冒すかもしれない。

百まで数えることを十回くり返してから、ティファニーは静かに部屋を横切り、公爵の部屋につづくドアに向かった。ドアノブをまわすとき、心臓は止まっていた。ドアを押しひらくと、そこにはだれもいなかったけれど、暖炉の火は燃えていた。いまのところ公爵はいないので、ろうそくは灯されていない。

ティファニーは部屋にぐるりと目を走らせた。この部屋にも、天蓋とカーテンがついた巨大なベッドが一台あった。箪笥が三棹。抽斗つきの書き物机と、椅子が数脚。まず、いちばん手近の箪笥からはじめた。糊付けされたクラヴァットやシルクのストッキングの山をざっと探る。そこには衣類しかなかった。つぎの箪笥はシャツやブリーチズでいっぱいだったけれど、ここにも小間物や小瓶といった、毒がはいっていたと思われるものはなかった。最後の簞笥には趣味のよいジャケットや、丈の長さもさまざまなウェストコートが詰まっていた。ポケットもひとつひとつ、隅から隅まで探ってみたけれど、なにもなかった。

トーマスに見当違いの希望を抱かせてしまったのでは、と不安を感じはじめた。そう感じるのは、サミールが正しいからだ。はっきりした証拠なしには、ボーフォート公爵が自分の妻を殺そうとしたことを証明する手立てはないのだから。

でも、まだあきらめるわけにはいかない。ティファニーは錠がかけられていない抽斗を開けた。何枚かの紙類、羽根ペン、それからほぼ空になったインク壺。

この部屋で捜すべきものは、あとはベッドだけになった。まず上掛けをはぎ、ベッドを揺すった。なにもなし。枕の中には羽毛だけ。シーツをぐいと引っぱる。そこからもやはり、なにも出てこなかった。カーテンに手を這わせながら、秘密のポケットがないか探ってみた。あるのはシルクの生地だけだった。育児室から公爵夫人の部屋につづくドアのように、秘密の仕切りがないかと木製の天蓋にも触れた。やはり、なにもない。マットレスを持ちあげ、隅々までぱんぱんと叩いて調べた。またもや、なにも見つけられずに終わった。両手足を床について、すべての幅木や羽目板、それに彫刻が施された暖炉に触れてまわった。

いったい、いい、いい、いい、毒はどこにあるの？

自分がなにかをぜったいに見つからないように隠すなら、どこに隠す？

目につくところ。

兄に扮装しているとき、ティファニーは隠れていなかった。教会に行った。ユライアの仕事場に行った。彼の友人たちと話した。できるだけ疑いを抱かせないように行動することを心がけた。

紳士の部屋にあるもので、書き物机に置かれたインク壺以上に、怪しく思われないものがある？　そう思ったティファニーは机へと急いだ。ほとんど空のインク壺を手に取り、蓋を回し開けてにおいをかぐ。花の香りがした。スナッフのように。インクのにおいは、まったくしない。壺を持って中身をくるくると回してみた。粘度はインクのように緩くなく、どろっとしていた。オイルのように。

ティファニーは証拠をしっかりと摑んでドアへと急いだけれど、けっきょくはふり返って、引っかき回した部屋に目をやった。ここにだれかがいたと、公爵は知ることになるだろう。だれかに疑われていることを。それでは、ぜんぜんだめ。毒をポケットにしまいながら、ティファニーはシーツを拾うと、きちんとベッドを整えた。上掛けの皺を一本残らず均《なら》し、書き物机の抽斗を閉めた。

はじめに見たときのままの状態に寝室をもどし、ティファニーは公爵夫人の部屋につづくドアを通りぬけた。

「ここでなにをなさっているんですか？」

ティファニーはくるりとふり向いた。エミリーが公爵夫人のベッドを裏返していた。

「い——いまは説明している暇はないの」ティファニーは言った。「でも、トーマスのことをだいじに思うなら、わたしを見たことはだれにも言わないでちょうだい」

「言いません」エミリーは答えた。「あと、ミセス・ホイートリーが、妹は今夜、わたしといっしょにここに泊まってもいいとおっしゃってくださいました」

「ふたりがぶじでよかった」

ティファニーは育児室につづくドアまでもどった。ありがたいことに、それは少しひらいたままだった。こちら側から開けるにはどうすればいいのか、彼女は知らなかった。ほっとしながら育児室の暗闇へと足を踏みいれ、秘密のドアを閉めた。音を立てずに部屋の中をずんずんと進み、階段はお尻で一段一段、滑るようにしておりた。お屋敷の外に出る扉を開けて、ティファニーはこれでようやく息ができるように思えた。

38

力強い両腕に身体を摑まれた。ティファニーは大声で助けを呼ぼうと口をひらいたけれど、その声が聞こえて、また閉じた。

「もう安全だ」サミールが言い、ティファニーをしっかり抱きしめた。

サミールに全身を預け、緊張がとけていく。想像していたよりも、ずっとすてきな感覚だった。ふたりの身体はおたがいのためにつくられたかのようで、ティファニーはサミールにぴたりと嵌まった。彼の温かく甘い息を頰に感じる。彼の口唇にキスしてほしい、と願った。

「とても心配していました」ふたりの背後でトーマスが言った。

彼の声が聞こえて、サミールはティファニーの身体から手を放した。「毒は見つかった?」

「ええ」ティファニーは答え、ポケットからインク壺を取りだしてサミールに渡した。「よく見えるところに隠してあったわ……それで、賄賂は見つかった?」

「見つかったよ」サミールは答えた。

そのときくぐもった声が聞こえ、荷馬車の後部でなにかが動く気配があった。まさか、ユライアの遺体が動いているんじゃないわよね? そういうことは小説の中だけのことよ。テイファニーがそう思いながらサミールの手に触れると、彼はその手に自分の指を絡ませた。

「ヒッケンルーパーも見つけたのですよ」トーマスが言った。

ティファニーはほっとして、けらけらと笑った。

「部屋を探っているとき、たまたま現れたんだ」サミールが言った。「トーマスが先を見越して捕まえてくれた」

「背中に頭突きを食らわせました」

「彼が意識をなくすと」サミールが先をつづける。「部屋の中を二回、探って、マットレスの裏に縫いつけられたルビーを四つ見つけた。それから例の指輪も回収して、ご本人もいっしょに連れてきたというわけだ」

「猿ぐつわをはめ、縛りあげてから」トーマスが言い足す。

ティファニーの口から口笛のような音が洩れた。それだけの宝石なら、売却すればかなりの額になって、何年かは快適に暮らせるはずだ。この従者が賄賂によろめいたのも、おどろくことではない。

「夜のあいだ、このひとをどうするつもり?」ティファニーは訊いた。「わたしたちの監房はもう、少しばかり混みすぎているわ」

サミールは絡めた指をぎゅっと握った。「きみは今夜、自分のコテッジで眠るんだ。トーマスはぼくのところに泊まればいい。監房で夜を過ごすのは、ミスター・ヒッケンルーパーただひとりだ」

ティファニーは安堵のため息をついた。「わたしたちのどちらが床で寝るのか、ひと晩中、トーマスと言い合いをして過ごすんじゃないかと心配していたの。ふたりとも、床で寝るのは自分だと言い張るものだから」

「コテッジまで送らせてほしい」サミールは言い、それからうしろをふり返ってつけ加えた。「トーマスには馬車でぼくたちについてきてもらおう。きみがぶじにコテッジにはいるのを見届けてから、ぼくはトーマスといっしょに馬車でメイプルダウンにもどり、ヒッケンルーパーを監獄に入れる。彼がいるべき場所に」

「ありがとう」ティファニーは言った。

サミールがずっと手を放さないことがうれしかったけれど、ティファニーはコテッジに向かってゆっくりと歩きだした。馬車を停めたところからそれほど長い道のりではないとはいえ、彼のとなりにいて、彼の手の温もりを感じる一瞬一瞬を、ティファニーはあいかわらず満喫していた。

「あすは遅くとも九時までには町に来たほうがいい」サミールは言った。

「ええ、そうする」

サミールの目に見られているとティファニーにはわかる。

「あと、判事の前に立つときは、おそらく、女性の恰好をしたほうがいいだろうね」サミールは穏やかに言った。

ティファニーは噴きだした。「おそらく、そうね」

あっという間にコテッジの玄関まで来た。ティファニーは最後にもういちどふり向いて、サミールを見た。

「わたしにしてくれたこと、なにもかもに、ほんとうに感謝してる」ティファニーはささやくように言った。「とくに、今夜のことは。わたしのことばを聞き入れるほどに信頼してくれたことに」

「ティファニー、話しておかないとならないことが――」

ティファニーがサミールの頬にキスをして、彼のことばは途切れた。サミールがその先なにを言おうとしているのか、自分にはわかっているとティファニーは思った。でも、どちらにしてもまだ聞かないほうがいい。あす、自分は首を吊られるかもしれない。彼のことばを聞いたら、それまでの時間がいっそうつらくなるだけだから。

ほかにはなにも言わず、ティファニーはコテッジにはいって玄関の扉を閉めた。

39

ひとは死ぬときにどんな恰好をする？

ダークグレイの作業用ドレスがいちばんふさわしい、とティファニーは思った。彼女はそのドレスを手にとると、身体に当てて鏡で自分の姿を確認した。冴えないし、罪があるように見える。

だめ、きょう絞首刑になるのなら、いちばん上等のドレスを着て、襟元には父親のダイアモンドのクラスターピンをつけよう。ティファニーはシルクのドレスに袖を通し、すべてのボタンを丁寧に留めた。生地の代金を支払ってくれたのが公爵だとはいえ、心を込めて縫いあげ、刺繍を施したのは自分だ。公爵にはすでに、多くのものを奪われている。いちばんすてきなドレスまで、彼の好きにさせるつもりはなかった。

ティファニーは苦労して髪を縮れさせ、髪粉はつけないままにした。ほかのだれかの振りをすることにはうんざりしていた。ほかのだれかに見られることには。簡素なリボンで髪を縛って背中に垂らし、準備ができたと自分に宣言した。白粉も口紅もつけないことにした。きょう死ぬのなら、自分のままで死ぬつもりだった。頬の痣はいま、虹のような色になっている。黄色、緑色、そして紫色。でも恥ずかしくはないし、隠すつもりもない。この痣を見て恥じるべきは、こんな痣を残した本人、シャーリー牧師だけだ。

鏡台の上の青みが目に留まった。乾燥したスナッフが残ったクジャク色のスナッフボックスは、まだティファニーの手元にある。自分はユライアの死には無関係だと証明する証拠として、きょう必要になるかもしれない。あいにく、女性のドレスにはポケットがついていない。スナッフボックスは、スカートの中の亜麻布の袋に入れてもよかったけれど、公衆の面前でそこから取りだすのはむずかしい（袋に紐やリボンを縫いつけ、コルセットの上から腰に巻いてポケットとして使った。ドレスの両脇に切り込みがあり、そこから手を差し入れてものを出し入れした）。彼女は胸元に押しこんでおくほうを選んだ。たしかに淫らな場所だけれど、安全ではある。

あらゆるものを記憶に留めようと、ティファニーは部屋の中を見回した。階上《うえ》に行き、ふたつの寝室のドアを開けた。いちども使われることのなかった客人用の寝室と、自分がずっと使っていた寝室――こちらは、メアリに使ってもらうつもりだった。階段をゆっくりとおり、まず台所に向かってから、最後にコテッジをはいってすぐのところにある、こぢんまりとしてすてきなパーラーに行った。客人を迎えてここでもてなすことは、ついになかった。家具類は、母親が実家からいろいろと持参した中の一部だ。どの椅子にも、たくさんの思い出が詰まっている。装飾されたテーブルの上に、革装丁のみごとな三冊の本が載っていた。『エヴェリーナ』。ティファニーがはじめて自分で所有し、読みはじめる時間がなかった小説。慈しむように、彼女はいちばん上になった本の表紙を両手でなでた。死がすぐそこに迫っているとはいえ、自分の決断を後悔できなかった。成人して以来、少なくとも一カ月は人生を精一杯、生きたのだから。その一カ月と、あと四十年の人生とを引き換えることは、ティファニーはけっしてしなかっただろう。その人生では、清貧の中で他人の意見に従うだけなのだから。

ティファニーはコテッジのドアを閉めた。そして堂々と胸を張り、これが最後とメイプルダウンへ歩いて向かった。大通りは、これまで目にしてきたよりも多くのひとであふれていた。広場の中央では、三人の路上生活者がさらし者にされていた。板を丸くくりぬいたところから、両手首と首を出した状態で固定する、ストックという刑罰だ。ティファニーが受ける罰がこのストックですむなら、運がいいといえる。でも、そのうしろにある絞首台のほうが、もっとあり得そうだ。輪状になったロープが二本、木製の絞首台からぶらさがっているのが見える。ティファニーとトーマスを創造主のもとに送る準備は整っていた。

大きな歓声にティファニーの注意が惹かれた。町の住人たちが彼女を指さしたり、口許を手で覆ったりしていた。かごを手にしているひとたちもいる。中にはいっているのは、腐った果物や野菜だ。まちがいない、わたしに向かって投げるつもりの爆弾というわけね。そう思いながらティファニーは歩きつづけ、住人たちの前を通りすぎると、裁判の行なわれる建物にはいった。サミール、トーマス、そしてヒッケンルーパーはすでに、法廷の最前列のベンチに座っていた。従者は手かせも猿ぐつわもされていなかったけれど、やはり捕らわれているように見えた。

ティファニーはサミールのとなりに腰をおろした。

彼がほんの一瞬、手に触れた。冷静さを保たなくてはならないのに、どうかするとティファニーは取り乱しそうになっていた。サミールに触れられて、特別な支えを得たような気持ちになった。町の住人たちのほとんどが、ティファニーを追って建物の中にはいってきたにちがいない。法廷内は、トーマスの裁判のときの二倍ほどの傍聴人でいっぱいだった。今回は、男性とおなじくらい多くの女性の姿も見られた。その女性たちが、夫よりも大きな声でティファニーに罵声を浴びせる。

「すれっからし！」

「この恥さらし！」

「なのに、ご自分をレディなんて言っちゃって！」

巡回判事が戸口に姿を現したことを自分が歓ぶとは、以前のティファニーなら信じなかっただろう。サー・ウォルター・アブニーが従順な犬のように、判事のあとにつづいていた。

「フィニアス・フォークナー判事がおはいりになります。みなさん、起立してください。静粛に願います」サー・ウォルターが叫んだ。

判事とサー・ウォルターにつづいて陪審員たちがはいってきた。ほんの数日まえに、トーマスを糾弾した十二人とおなじ顔ぶれだった。ティファニーと傍聴人たちは、判事と陪審員全員が腰をおろすまで立ったままでいた。

フォークナー判事が木槌を手に取り、三回、打ちつけた。

「おやおや」判事はそう切りだした。「ラスロップ治安官、そちらにいる若い男性には、わたしはすでに判決を言い渡したと思いますが。広場で絞首刑になっているはずですよね」

判事は木槌でトーマスを示した。

サミールは立ちあがった。「その事件であらたに証拠が見つかりました、判事。ミスター・モンターギュが有罪か潔白かを最終的に判断するまえに、陪審のみなさんに事実を残らずお聞かせすることをお許しくださるよう、判事につつしんで要請します」

「わたしは殺人の件でここにいるのではありませんよ、治安官」フォークナー判事は言った。「女性が良識を放棄したという、空恐ろしい件を裁くためです。たったひとりの兄を適切に埋葬することを拒んだだけでなく、男性に扮した件です」

このとき、判事は木槌をティファニーに向けていた。

「判事」サミールは辛抱強く言った。「どうか最後までお聞きください。ふたりの件を切り離すことはできないのです。ミスター・ユライア・ウッダールは、ミス・ドッドリッジが殺されたのとおなじ毒で亡くなったのですから」

サミールが発したことばで、傍聴席に衝撃が広がった。あちこちで「彼の話を聞け!」という叫び声があがり、床をどんどんと踏みならす音が響いた。

判事が木槌を力任せに台に打ちつけ、持ち手が割れた。「静粛に! くり返しますが、その若い男性の件で、わたしはすでに判決を言い渡しました。裁判のやり直しはしません」

「判事の言うとおりだ」ひとりの男が叫んだ。

傍聴席からさらに多くの声が聞こえてきた。

ティファニーとトーマスはたがいに顔を見合わせた。おなじような落胆が、ふたりの顔に表れていた。またもやイギリスの法は、ふたりを公正に扱おうとはしないようだ。トーマスの肌の色と、ティファニーの性別のせいで。

不意にドアがひらき、バーナードが姿を見せた。彼の背後から、全身に威厳をまとったボーフォート公爵夫人が、開廷中の法廷にはいってきた。彼女の腕に手を置いているのは夫の公爵だ。公爵夫人は堂々としていた。つばが広い、羽根飾りのついた大きな帽子をかぶっている。羽根飾りは帽子の青色に合わせて染められていた。ドレスもまた濃い紺青色で、スカート部分の前面が真ん中で分かれ、そこから白いペチコートを見せていた。首元や袖にあしらわれた、濃いバラ色のリボンで縁取りされた繊細なレースとよく合っている。どの部分を取っても、公爵夫人然としていた。

フォークナー判事には、ふたりがだれだかわかったにちがいない。木槌で台を叩く手を止めた。

「なにか問題があるのかね、判事？」公爵が訊いた。

「ラスロップ治安官がミスター・モンターギュの裁判のやり直しと、その件をミス・ウッダールの件に結びつけたいと申し立てています」

「では、彼の話を最後まで聞いてはどうかしら」公爵夫人が言った。「わたくしとしては詳しいことをぜんぶ知りたいわ」

法廷全体が静まりかえった。二列目のベンチに座っていた全員が立ちあがり、べつの席に移動した。公爵夫人は空いたベンチに腰をおろし、夫を引っぱってとなりに座らせた。公爵からは、以前ほどの優雅さや自信にあふれたようすは見られない。バーナードはおなじベンチの端に座り、汚いものでも見るような目つきでトーマスとティファニーのことを見た。この若者にも相応の報いを与えられたらいいのに、とティファニーは思った。

「ミスター・ラスロップ」公爵夫人は言った。「あなたが準備してきたことを聞きましょう」

サミールは夫人に頭をさげると、立ちあがった。そうすれば、判事にも陪審員たちにも訴えかけることができる。「ミスター・ウッダールはスナッフで毒殺されたさいしょの犠牲者でした」

「証拠は？」フォークナー判事が遮った。

ティファニーが胸元を探ってクジャク色のスナッフボックスを取りだし、サミールに渡した。彼はその蓋をパチンと開け、判事の前に置いた。「ミス・ウッダールは、ベッドの上で嘔吐物にまみれて亡くなっている兄を見つけました。その時点では、彼に毒が盛られていたことはわかりませんでした。ミスター・ウッダールは生前ずっと、胃腸の問題を抱えていたからです」

「彼女はなぜ、ミスター・ウッダールの死を報告しなかったのですか？」判事が訊いた。

「ミス・ウッダールは独身の女性です」サミールは言った。そのことばが彼の口から出て、ティファニーの心が痛んだ。「彼女にはほかに家族がいません。支援を受ける手立てもありません。兄がいなくなり、アストウェル・パレスでの図書係の職もなくなれば、彼女はこの先、ブリストル・コテッジに住みつづけることはできません。しかも、自身の蓄えもなければ、ほかに行くところもない。やぶれかぶれになって、ミス・ウッダールは兄を裏庭に埋め、彼の図書係という立場を手にしたのです」

嘲りや罵声という爆弾が、降りそそぐ雨のようにつぎつぎに浴びせかけられ、ティファニーは自らを抱きしめた。メイプルダウンの住人たちは、サミールほどには同情してくれないようだ。木槌が台に打ちつけられる音が聞こえて、彼女はほっとした。判事がいままた、静粛にと呼びかけた。

「わたしがこうしてここにいるのは、ミス・ウッダールについてなにか意見を言うためではありません。事件について真実を述べるだけです」サミールは先をつづける。「というのも、ミス・ウッダールがいなければ真の殺人者を見つけることはできなかったからです」

彼の発言は歓声とため息に迎えられた。

「ミス・ドッドリッジがスナッフを吸っていたことと、ミスター・コラムの体調不良との相関関係にさいしょに気づいたのは、ミス・ウッダールです。彼女の助言を受け、わたしはボーフォート公爵夫人に、スナッフのはいった瓶についていろいろと尋ねました。ご存じかと思いますが、判事、バーズリーで薬局を営むミスター・アンソニー・ダグラスは、ミス・ドッドリッジのバラの模様のスナッフボックスのスナッフと夫人の瓶の中のスナッフは、おなじものというだけでなく、どちらにもマンドレイク・オイルで毒されていることを確認してくれました。このクジャク色のスナッフボックスをきちんと調べれば、それとおなじスナッフ、おなじ毒がはいっていることがわかるでしょう」

クジャク色のスナッフボックスをよく見ようと、陪審員の中には立ちあがる者もいれば、席を移動する者もいた。

「あなたの話にだんだんとうんざりしてきましたよ、ラスロップ治安官」フォークナー判事が言った。「公爵夫人のスナッフの瓶に毒が盛られていたことも、ミスター・モンターギュが夫人のためにそれを手に入れたことも、わたしはとうに知っています」

「ミスター・モンターギュがロンドンのたばこ店でそのスナッフを引き取ったときには、毒ははいっていませんでした」サミールは声を大きくして言った。ひそひそとささやきあう聴衆たちに聞こえるように。「毒はそのあとで加えられたのです。とうぜんご存じかと思いますが、スナッフというものは湿っています。殺人者はスナッフの瓶にマンドレイク・オイルを注ぎ、その毒でボーフォート公爵夫人が亡くなるのを待ったのです」

傍聴席で息をのむ声があちこちから聞こえてきた。

フォークナー判事の石のような顔にさえ驚愕の表情が現れた。

陪審員たちは足を踏みならした。

「ですが、先ほどすでに説明したように」サミールはつづける。「毒を盛られたスナッフで公爵夫人が亡くなることはありませんでした。毒でさいしょに亡くなったのは公爵家の図書係でした。夫人はこのスナッフボックスを彼に与えていたのです。スナッフに毒がはいっていることに気づいていない夫人は、つぎにバラの模様のスナッフボックスを、ご自分のレディーズ・メイドのミス・ドッドリッジに与えました。彼女は亡くなりました。ミスター・バーナード・コラムは彼女の死後にそのたばこ入れをくすね、その中身のせいで体調を崩しました。ただ、さいわいにも命は助かりました。ところが彼は、婚約者のミス・ドッドリッジだけでなく自分にも毒を盛ったと、ライヴァルであるミスター・モンターギュを告発したのです。なんの証拠もなしに。いかにもそこにあるのは、公爵家で自分より高い地位に就く若者への悪意だけです」

「なにを言いやがる――」バーナードが口をひらいた。

「静かにしてください」判事が言った。「発言していいと許可されないかぎり、なにも言わないでください。ラスロップ治安官、事件の時系列はわかりました。しかし殺人者がだれかは、まだ示していませんよ」

サミールは頭をさげた。「おっしゃるとおりです、判事。ミス・ウッダールとわたしとで、意図された犠牲者はボーフォート公爵夫人であるとの結論に達すると、どうして夫人が狙われたのか、その理由を考えました。つまり、公爵夫人を傷つけたいと望むのはだれだろう、と」

サミールはひと呼吸、置いた。曖昧な表情を浮かべ、公爵にちらりと目をやる――自分に機会を与えてくれた男性に。ほかのだれも、そんなことをしてくれなかったときに。サミールはつぎに陪審員席に視線を向けた。

「それで、その人物は特定できましたか？」フォークナー判事が先を促した。

「はい、判事」サミールは答えた。「公爵夫人ご自身の夫君、ボーフォート公爵です」

ティファニーは傍聴席の反応を見ようとふり返った。今回もまた、多くのひとがおどろきに目を大きく見開いていた。衝撃を受けていた。信じられないといったようすを見せるひともいた。公爵の顔には何の感情も浮かんでいない。この場のやりとりに退屈しているとでもいうように。

「では、この町でだれからも尊敬される公爵を、そのような恐ろしい犯罪で告発する証拠はありますか？」

トーマスはサミールに小さな木製の箱を渡した。サミールはその蓋を開け、ほとんど空《から》になったインク壺を取りだした。ティファニーが公爵の寝室で見つけたものだ。彼は壺を判事の目の前に置き、サミールは蓋をくるくる回して開けると、その横にクジャク色のスナッフボックスを並べた。

「判事、よろしければインク壺とスナッフのにおいをかいでください」サミールは言った。「どちらからも、おなじマンドレイクの芳香を感じられることでしょう。このインク壺は公爵の寝室の書き物机で見つかりました。夫人のスナッフに毒を注いだあと、壺は机に置いていたのです」

判事はためらいながらも、まずインク壺を、それからスナッフボックスを鼻に近づけた。そして、うなずく。「たしかに、おなじにおいがします。どちらにも毒の芳香がありますね。

しかし、べつの人物がこの有罪の証拠を公爵の部屋に置かなかったと証明するものはなにもありません。もっとはっきり言えば、ミスター・モンターギュ自身が置いたかもしれない、ということです。したがって、彼はどこで見つかるかがわかっていたということです」

「なんと、判事。そのような仮定は事実に反します」サミールは声を大きくして言った。「ミスター・モンターギュは公爵夫人とごく親密です。夫人はかかりつけ医の助言で、今年の初めにスナッフを吸う習慣をやめました。彼はそのことを、夫人本人から聞いています。彼が夫人を傷つけようとするなら、なにかちがった方法を選んだでしょう」

判事が公爵夫人のほうに目を向けると、公爵夫人はそのとおりというようにこくんとうなずいた。

「判事と陪審のみなさんには、ボーフォート公爵が夫人に毒を盛った手段をお見せしました」サミールはつづける。「公爵は夫人の部屋に自由に出入りできました。機会も動機もありました。閣下、フランシス・アースキン卿、すなわちボーフォート公爵は長年にわたって、ごく最近、夫君を亡くされたサリー公爵夫人と恋人関係にありました。公爵はご自分の奥方を亡きものにしようと思ったのです。そうすれば恋人と結婚できるからです。賢明なことに、公爵が自ら関与することはありませんでした。ご自身に代わって、従者のミスター・ヒッケンルーパーに毒を購入させたのです。しかし公爵はご存じではなかったのですが、ミスター・ヒッケンルーパーは毒を持っていることをミス・ドッドリッジに知られ、彼女から脅されていたのです」

サミールは指輪を箱から取りだし、みんなが見えるように高く掲げた。「ミス・ドッドリッジに黙っていてもらうために、ミスター・ヒッケンルーパーはこの指輪を彼女に渡しました。これはミス・ドッドリッジが亡くなったあと、彼女の所持品の中から見つかりました。そうですよね、ミスター・フォード？」

ティファニーは椅子の上で身体を動かし、数列うしろに座る大柄な執事に目をやった。

「そのとおりです、ミスター・ラスロップ」

「ですが、最後の証拠として……」サミールは言い、きらきらと輝く四つのルビーを取りだした。どれも、少なくともファージング硬貨ほどの大きさだ（直径約二センチ）。

宝石を目にして、傍聴席は野次と怒号で大騒ぎになった。フォークナー判事は木槌を手に立ちあがった。ハドソン医師とミスター・カニングも立ちあがり、よく見ようとルビーに顔を近づけた。

「静粛に！　静粛にしてください」フォークナー判事は重ねて言い、それから木槌で従者を指し示した。「起立してください、ミスター・ヒッケンルーパー」

小柄な男はふらふらと立ちあがった。頭はうなだれている。

「ボーフォート公爵は毒を購入するよう、あなたに依頼しましたか？」

「はい、判事」

「そうする代償として、あなたに四つのルビーを与えましたか？」

ミスター・ヒッケンルーパーはスンスンと鼻を鳴らし、そして泣きはじめた。「はい、公爵はわたしに依頼しました、判事。ですがわたしは知らなかったんです、その毒でだれを——というか、何をするつもりなのかは。ほんとうです」

「しかし、あなたはそれが毒だとはわかっていたんですよね、サー？」

従者は口をひらこうとしたけれど、すすり泣きのあいだから洩れた返事は、なにやら理解できないものだった。

ボーフォート公爵が立ちあがった。「裁判とかいうこんな茶番劇は、もうたくさんだ」彼はそう言い、陪審員席に向きあった。「みなさんは本気で、貴族の人間を殺人の罪に問うおつもりかな？　みなさんの前にはアフリカ出身の男と、男の扮装をしていた女が座っているというのに——しかも、すべてはインド人の戯言《ざれごと》にすぎん」

高潔な判事は顔を真っ青にして、ことばを失った。

陪審員たちもみな、椅子の背にもたれてぐったりとなった。

ころころとした準男爵は片眼鏡をしきりにいじっていた。

ティファニーの胸の中で輝きを増しはじめていた小さな希望の光は、ろうそくが燃え尽きていくように、徐々に消えつつあった。判事とサー・ウォルター、それに陪審員席の十二人の男たちは、トーマスは殺人においては潔白だと知った。でも、それが彼らの人種や階級にたいする先入観を変えるわけではない。

判事は最後にもういちど、木槌を持ちあげた。「わたし、フィニアス・フォークナーはこれによって……」

ボーフォート公爵夫人が立ちあがった。「わ、わ、わ、わたくしも証言してよろしいかしら、判事？」

「キャサリン、座りなさい」公爵が言った。

「座りません」公爵夫人は答えた。その声が部屋中に響く。「夫がわたくしを殺そうとしたことも、わたくしを殺そうとしてふたりの使用人を殺してしまったことも、いくらでも証明できます。わたくし自身の身の安全と使用人たちの福利のために、陪審のみなさんには、フランシスに罪の償いをさせるよう求めます」

フォークナー判事は公爵から公爵夫人へ、それから陪審員席へと視線を移した。陪審員たちの顔には、どうしていいのかわからないと書いてある。

傍聴人たちのほうがよくわかっていた。ティファニーの耳に、彼らの叫び声が聞こえてくる。

「公爵を吊るせ！」

「公爵はひと殺しだ！」

「ひとを殺しておいて、逃げさせるものか！」

フォード執事が立ちあがり、法廷内はおとなしくなった。「陪審の評議を待ちます」

十二人の男たちがふたたび円を組んでひそひそと話しあうようすを、ティファニーは眺めた。今回はちがう評決に達しますように、と祈った。

数分後、ハドソン医師がたたんだ一枚の紙片を判事のところに持っていった。判事はうなずき、それをひらいた。

「公爵の従者であるミスター・セプティマス・ヒッケンルーパーは、殺人という恐ろしい罪で有罪とする。一七八四年九月三日にミスター・ユライア・ウッダールを、一七八四年九月十四日にミス・セアラ・ドッドリッジを、インク壺に隠しておいた毒を用いて殺害した。訴追側の証人は、レディ・キャサリン・アースキン、すなわちボーフォート公爵夫人、ミスター・サミール・ラスロップ、ミス・ティファニー・ウッダール、ミスター・アンソニー・ダグラス、ミスター・シメオン・フォード、そしてミスター・トーマス・モンターギュ。絞首刑を言い渡す」判事はそう判決をくだした。

従者のすすり泣きは号泣に変わったけれど、傍聴席から聞こえる歓声と手を打ち鳴らす音にかき消された。

「公爵はどうなる?」だれかが後方で叫んだ。

判事は木槌をもういちど打ちつけ、騒ぎが収まるのを待った。「陪審の評決をつづけます」

「貴族院議員ならびにメイプルダウン教会区の教会区民であるフランシス・アースキン卿、すなわち第四代ボーフォート公爵は、殺人という恐ろしい罪で有罪……」

ティファニーには判決のその先が聞こえなかった。叫び声、口笛、それに床を踏みならす音がうるさすぎた。

公爵はベンチから立ちあがり、法廷から出ていこうとした。バーナードはそのまま行かせようとしたものの、町の男たちが通路に現れて行く手を塞いだ。そのうちのふたりが公爵の腕を掴み、外に連れだした。ほかの数人はめそめそと泣くミスター・ヒッケンルーパーの身体を掴み、公爵とおなじように扱うという名誉を与えた。サー・ウォルターはそのあとをついて絞首台へと向かったけれど、判事と陪審員は座ったままだった。公爵夫人もまた、ベンチにぐったりと座っていた。その目をティファニーに据えながら。

　きょうはまだ、もうひとつの裁判がある。

　ティファニーの裁判が。

　法廷は教会の中のように静まりかえった。そこへ聞きまちがえようのない、木製の落とし戸がひらく音が聞こえてきた。公爵とヒッケンルーパー、どちらの死も目撃しないですんでよかった、とティファニーは思った。ふたりが首を吊られた音は、あまりにもすさまじかった。

　数分がたち、人々は列をなしてもどってきてベンチに腰をおろした。あいかわらず神経質そうに人差し指で片眼鏡をいじっていたサー・ウォルターが、法廷の前方にやってきた。

「本日、フォークナー判事が審理するもうひとつの案件はミス・ウッダールです」サー・ウォルターはそう切りだした。

「その必要があるとは思いませんわ」ボーフォート公爵夫人が、これ以上ないほどの威厳をたたえて言った。「みなさん、それぞれ家に帰ったり仕事にもどったりする頃合いだと思いますよ」

　シャーリー牧師がふらふらと前のほうにやってきた。骨張った指の先をティファニーに向けている。「ミス・ウッダールは忌々しいことこのうえない犯罪者です」

「わたしの知るかぎり、犯罪の痕跡は彼女の頬にありますね、シャーリー牧師」サミールはくいしばった歯の間からことばを絞りだすように言った。「そして、その痕跡を残したのはあなたです」

陪審員たちにも傍聴人たちにも頬の痣が見えるように、ティファニーは立ちあがった。傍聴席からなにかしらの共感を得ようとした牧師の期待は萎んだ。トマトがひとつ、彼の頬に投げつけられた。そのあとに腐った卵がつづいた。シャーリー牧師は顔をかばおうとしたけれど、最後には法廷から這々《ほうほう》の体《てい》で逃げだした。彼が姿を消し、人々は歓声をあげた。

ボーフォート公爵夫人はゆったりとした足取りで判事の前に歩みでた。「ミス・ウッダールが男性の恰好をしていたおかげで、わたくしの命は救われました」夫人は言った。「彼女の品格はわたくしが保証します。ミス・ウッダール、もう二度と男性の扮装はしないと約束しますか？」

「約束します」ティファニーはかろうじて答えた。彼女の声と心臓は、なおも恐怖にぎゅっと摑まれていた。

「さあ」公爵夫人は言った「サー・ウォルターは歓んで、わたくしのたいせつな友人に対する告発を取りさげてくれることでしょう。裁判も陪審も必要ありませんね」

準男爵に向けられた夫人の毅然とした表情には、彼よりずっと強靱な男性でも太刀打ちできなかっただろう。準男爵は自身の舌を呑みこんでしまったような顔をしていた。

「もちろんです、公爵夫人」サー・ウォルターはようやくのことで答えた。「ですが、あの宝石はどうします？」

判事は目を細め、机に置かれた四つのルビーを物欲しそうに見ていた。法廷内のどの目も、ちょっとしたお宝に釘付けだった。

「ミスター・ラスロップの成したことは、そのルビー以上の価値があると信じますよ」夫人は言った。「サー・ウォルター、馬車まで連れていってちょうだい」

準男爵はあわてて駆けだしたので、転んで夫人の足元の床に顔をしたたかに打ちつけた。気を取り直して立ちあがり、夫人に腕を差しだした。夫人は指先だけで彼の腕に触れた。ふたりは王族のように法廷をあとにした。

ティファニーはサミールを見つめた。トーマスと握手をしながら、彼も見つめ返した。人々がサミールを取り囲んだ。背中をぽんぽんと叩き、彼と握手する順番を待っている。ここにきてようやく、よそ者は人々の輪に加わった。それだけでなく、その輪の中心にいた。

40

その晩、ティファニーはコテッジでぐっすりと眠った。それも、ユライアが寝起きしていた寝室で。ここは自分の家だと、はじめて心から思えた。これまでの彼女の寝室は、いまのところメアリが使っている。彼女もやはり裁判を傍聴に来ていて、その後、ティファニーといっしょにコテッジにもどったのだ。

つぎの日の朝、ティファニーはベッドの上で身体を起こし、両腕を伸ばした。多くを失ったけれど、自由は保てた。まさにこの瞬間、公爵や彼の従者といっしょに、絞首台からぶら下がっていたかもしれなかった。でもそうはならず、こうしてぶじにコテッジにいる。彼女にたいする告発はすべて取りさげられた。ユライアはようやく、教会の墓地にきちんと埋葬された。

そして、ティファニーはコテッジを失う。

ここはつぎの図書係のものになる。ティファニーはその職に就くことができない。女性だから。

もうユライアに扮することもないので、ティファニーには兄の鬘や衣類を売ることができる。それに、母親の家具もいくつか。そうすれば貧しい淑女にふさわしい職を見つけるまで、村のどこかに部屋をひとつ借りられるくらいの金額にはなるだろう。学校の教師とか家庭教師とか貴婦人の話し相手《コンパニオン》、ひょっとしたら家政婦長の口はないかと、どこかに尋ねてみればいい。選り好みをしてはいられない。たったひとつの心残りは、自分が部屋を借りたら、気の毒なメアリをまた、暴力を振るう父親のいる家に帰さないといけないことだ。それまではあの若い娘はわたしのところにいればいい、と彼女は思った。

ティファニーはサミールのことを考え、二日まえに彼が言いかけたことばをキスで止めたことを思い返す。彼がわたしとの結婚を望む理由が、雨風をしのぐ屋根と生活するためのお金を、わたしが必要としているから、というのはいやだった。彼には、わたしがいないと生きていけないから妻になってほしい、と言ってほしかった。彼なしでは生きていけないと、わたしが思っているように。

ティファニーはベッドから出ると、前向きな気持ちで、清潔なシュミーズと丈夫な作業用ドレスに着替えた。掃除をしないままでコテッジを出ていくことはできない。彼女は髪を梳きながら、縮れさせた髪でつくったカールを頭の上でふくらませ、うしろの髪は編んだ。エプロンを着け、紅茶を淹れようと階下《した》におりた。雌鶏が産んだばかりの卵をメアリが持ってきて、ティファニーはそれを茹でた。だれかといっしょに朝食の席につくのはすてきなことだった。

「まず、なにをしましょうか、ミス・ウッダール？」

「ティファニーよ」

「ミス・ティファニー」はにかんだ笑みを浮かべてメアリは言った。

彼女が顔にかかった髪を払った。頬の上のほうに、紫色の痣の痕が残っているのにティファニーは気づいた。若い娘の顔がさっと赤くなり、痣の痕を隠そうと、また顔を髪で覆った。

「わたしたち、双子に見えるかもしれないわね」

「どういうことですか、ミス・ティファニー？」

ティファニーは頬にある痛む痣に触れた。「おそろいの頬をしているじゃない」

メアリはくすくすと笑い、もう顔を隠そうとはしなかった。

「まず、しなくてはいけないことは、あなたの髪を編むことね」ティファニーは言った。「それからお皿を磨きあげ、あとはラグを叩《はた》いてほこりを払いましょう」

メアリは絡まったカールに手をやった。「きちんとしていなくて、すみません。髪の手入れは苦手なんです」

「あなたの髪はとてもきれいよ」ティファニーはメアリに請けあった。「そしてたまたまなのだけれど、わたしは髪を編むのが上手なの。その技術を自分のために使うことは、もう何年もなかったけれど。あなたの髪を編ませてもらえたら、わたしにとってはご褒美だわ」

若い娘の顔に、はにかんだ笑みが浮かんだ。

ティファニーはブラシを手に取ると、念入りに長くゆっくりと動かして、メアリのもつれた髪をしっかり梳いた。学校に通っていたのは何十年もまえだけれど、ティファニーの指はまだ、三つ編みのやり方を憶えていた。編み終わると、その先にリボンをつけた。

メアリはそれが神聖なものだとでもいうように、リボンに触れた。「とてもかわいらしいです、ミス・ティファニー。この半分ほどでもかわいらしいもの、これまで身に着けたことはありません」

「あなた自身もかわいらしいわよ」ティファニーはまた請けあった。「わたしより背は低いけれど、わたしのドレスでも着られると思うの。新しいドレスを縫う時間ができるまでは、それを着ればいいわ」

「わたしに新しいドレスですか？　そんな」メアリが言った。「特別に自分のためにつくられたドレスなんて、一枚も持っていません――お母さんのお下がりのドレスだけです」

「生地も自分で選んでいいわよ」高価すぎなければ、とティファニーは心の中でつぶやいた。

メアリ・ジョーンズが清潔なドレスとエプロンに着替えると、ふたりで階下にもどった。

「さあ、これを物干し綱まで運ぶのを手伝ってちょうだい。そうしたら、どうやって叩くかをお見せするわ」

ティファニーはパーラーのラグを巻いた。メアリが片方の先を持ち、ふたりで裏庭まで運んだ。そこには物干し綱が張ってあった。ティファニーはラグを持ちあげ、綱に引っかけて広げた。

「わたしはね、このラグをだれか気に入らないひとの顔だと思うことにしているの」ティファニーはそう言い、これ以上ないほどの力を込めて、叩き棒を思い切り打ちつけた。

ティファニーは叩き棒をメアリに渡した。彼女は一心不乱にラグを叩いた。それがだれであれ、メアリの頭に浮かんでいる人物は、ひどい折檻を受けている。一分もしないうちに、空中にほこりが舞いあがった。ティファニーはけらけらと笑い、ごほごほと咳きこんだ。ほこりが収まると、ほこりを舞いあげていたのはメアリだけではないとわかった。特別に高級そうな馬車が一台、コテッジのまえの道をやってきたらしい。馬車はいま、玄関の手前に停まっている。ティファニーはコテッジの中を抜けて、玄関へと急いだ。

フットマンが馬車のドアを開けた。さいしょにトーマスがおりてきた。上質なスーツを着ているけれど、フットマンの制服であるお仕着せではない。彼は片手を伸ばして、馬車からおりるボーフォート公爵夫人を支えた。夫人は髪と顔を囲う大きなカラッシュ・ボンネットをかぶり、それに合わせたドレスを着ていた。トーマスは彼女に腕を差しだし、ふたりでコテッジに向かってきた。

ティファニーはあわててお辞儀をしたので、ひらいた玄関扉に向かって倒れてしまった。彼女はぴょこんと立ちあがった。「さあ、どうぞ、おはいりください。奥さま、トーマス」

ティファニーがトーマスと呼びかけたことに、公爵夫人は一瞬、動きを止めた。

「ありがとう、ティファニー」トーマスは笑みを見せながら言い、夫人をふり返った。「監房でいっしょに過ごして、ずいぶんと打ち解けました」

公爵夫人はうなずき、いつもの表情のない顔つきでティファニーの前を通りすぎた。けれどトーマスは、安心させるように彼女に向かってウィンクをした。トーマスは部屋の中でいちばん上等な椅子に夫人を座らせ、自分も並んで腰をおろした。それはティファニーの母親のお気に入りだった。ティファニーは玄関扉を閉め、いちばん上等のラグから叩こうと決めた自分を呪った。

「いつもはここにラグを敷いています」彼女は言いつくろった。「いまは、ほこりを払っているところです」

「すてきな部屋ですね」トーマスが言った。

ティファニーは彼に、ありがとうという表情を見せた。それから公爵夫人と向きあった。

「つぎの図書係のために、このコテッジを必要とされているのは承知しています、奥さま。住むところが見つかり次第、すぐに出ていくつもりです。それで、いままさに掃除をしていました。そうすれば、つぎの方がすぐに使えますから」

「そんなことはしなくていいわ、ミス・ウッダール」ボーフォート公爵夫人は言った。

ティファニーの心臓がぎゅっと縮んだ。あたりまえだ、ここに来て掃除ができる使用人が、夫人のところには大勢いる。

ティファニーはぼんやりとうなずいた。「おっしゃるとおりにします、奥さま」

公爵夫人はトーマスに鋭い表情を向けた。彼はジャケットのポケットから一枚の書類を取りだし、ティファニーに渡した。彼女はそれをゆっくりと広げた。手がぶるぶると震える。書類は権利書だった。ブリストル・コテッジとその周囲の土地の権利書に、彼女の名前が記されている。

「あの――これ――わたし、よくわからないのですけれど」彼女はつっかえながら言った。「テ、テ、ティファ、ファ、ニー・ウ、ウッダ、ダ、ダール」

ボーフォート公爵夫人が意外にもほほえんだ。「とうぜんのことだと思ったのよ、ミス・ウッダール。あなたはわたくしと息子の命を救ってくれたのですから。あなたの献身にくらべたら、このコテッジはささやかな贈りものだけれど」

「奥さまのご子息ですか？」ティファニーは言った。公爵夫人がだれのことを言っているのか、ティファニーもじゅうぶんにわかっていた。

「ええ、夫が死んだいま、トーマスは公爵家の地所の管理を手伝うことに、進んで同意してくれたの」夫人は言った。「息子はもう、使用人として仕える必要はありません。それから、バーナードは解雇しました」

「いい厄介払いをなさいました」ティファニーは言った。

いちばんに笑いだしたのはトーマスだったけれど、ふたりのレディもすぐに彼に加わった。公爵夫人は立ちあがった。トーマスはまた、彼女に腕を差しだした。

「ごきげんよう、ミス・ウッダール」公爵夫人は言った。

「新しい図書係はいつお決めになりますか、奥さま？」ティファニーは急いで訊いた。

夫人は小さく肩をすくめた。「わからないわ。ロンドンの事務弁護士に、募集広告を出すよう頼んでいるところよ。どうしてそんなことを知りたいの？」

「その職にわたしが名乗りでることはできないかと考えていました」ティファニーは言った。

「自分が男性でないことはわかっています。ですが、さまざまに書かれたことばを、わたしほど愛している人物はだれひとりいません」

公爵夫人はトーマスをちらりと見た。彼は夫人に向かって小さくうなずいた。

「では、その職はあなたのものね、ミス・ウッダール……ただし、条件がひとつあるわ」

「何なりと」ティファニーは答えた。図書係になれるなら、膝をついて懇願することもしただろう。

「もっとゴシック・ロマンスを買うと約束してちょうだい」夫人は小さくウィンクをしながら言った。「それから、退屈な本はもうたくさん」

「約束します」ティファニーは緊張しながら笑った。

トーマスが帽子に軽く触れた。「ごきげんよう、ティファニー」

とまどいと感謝の気持ちをこめて、ティファニーはどうにか別れのことばを口にした。公爵夫人は頭をちょこんとさげただけで、息子に先導させて馬車に向かった。母親が馬車に乗りこむのを支えるトーマスのようすを、ティファニーは見守った。御者が馬を追い立てた。

玄関口に立ち尽くすティファニーの横に、外に出てきたメアリが並んだ。

「ラグのほこりを払い終えました」

「おつかれさま」ティファニーは言った。「あと五枚、残っているわよ」

「それが終わったら、出ていかないといけないんですよね」

ティファニーはメアリにも見えるよう、手に持った権利書を掲げた。

メアリは頭を横に振った。字が読めないのね。わたしが読み書きを教えてあげるわ、とティファニーは思った。

「この書類にはね、このコテッジとその周りの三エーカーの土地は、いまはわたしのものになったと書いてあるの。だから、わたしたちは出ていかなくていいのよ」

「この先も？」

「この先も」そう言い、ふたりでいっしょにテ、イ、フ、ァ、ニ、ー、のコテッジにはいっていった。

著者の覚書き

十八世紀のイギリスでは、絞首刑に値する罪が二百以上あり、判決は即座に言い渡されました。裁判はほんの一日で終結しました。犯罪裁判がはじめて一日以上審理されたのは、一七九二年のことです。法による刑の執行は、判決から二日以内に行なうよう決められていました。ロンドンでは裁判と判決言い渡しがすばやく行なわれていましたが、地方の州では巡回判事が裁判にやってくるまで、被告人はほぼ一年待つこともあり得ました。刑の執行につづき、犯罪者の遺体は外科医のところに運ばれて解剖されることも、絞首台に鎖で吊るされたままにされる――ふつうは、十字路に――こともありました。これは一八三二年までつづいた慣行です（一七五二年に、絞首刑に処せられた遺体はのちの医学の発展のために解剖される決まりになった）。

小さな町には公式の警察組織はありませんでした。一七五〇年、ジョン・フィールディングとヘンリー・フィールディングがロンドンで《ボウ・ストリート・ランナーズ》を組織しますが、それは公式の警察組織というよりは、私立探偵の集まりに近いものでした。地方では、地元の治安判事によって一年ごとに治安官が選任されていました。その職に給料は支払われませんでした。治安官の任務は、治安を保つことと悪事を働くひとたちを逮捕することでした。一八二九年、ロンドンで専任かつ有給の治安官が登場しはじめます。しかし地方では、その誕生を一八五六年まで待たなくてはなりませんでした。

非白人であるサミール・ラスロップが治安官に選ばれる可能性は低かったかもしれませんが、ボーフォート公爵の後ろ盾があったことで、彼はその職に就くことができました。非白人がコミュニティで重要な職に就いていたという史実的な証拠は存在します。ディーン・ムハンマドは一七五九年、インドのパトナで生まれました。一七六九年にイギリス軍に加わり、のちにロンドンに移ると、いくつかのコーヒーハウスを開業しました（当時、コーヒーハウスは上流階級の男性たちの社交の場だった）。ブライアン・マッキーの父親は白人のイギリス人で、母親は黒人のジャマイカ人でした。彼はオックスフォード大学のブレーズノーズ・カレッジで教育を受け、グロスターシャー州コーツで教会区牧師になりました（黒人が教会区牧師になったのは、彼がはじめて）。父親が白人だったおかげで就けた地位でした。ナサニエル・ウェルズ（一七七九年～一八五二年）は白人男性と奴隷だった黒人女性とのあいだの息子として、カリブ海のセント・キッツ島で生まれました。父親の死後、彼は自由の身となり、父親の農園《プランテーション》を相続しました。教育を受けるためにイギリスに渡ると、ウェールズ南部の町チェプストウ近くにあるピアースフィールド・ハウスを購入し、ハリエット・エスティという白人女性と結婚しました。彼女の父親は、国王ジョージ二世付きの牧師でした。一八〇三年、ウェルズは治安判事に任じられ、一八一八年にはモンマスシャー州の副知事になりました。

大英帝国ではじめて国勢調査が行なわれたのは一八〇一年ですが、人種や出身地についての調査はされませんでした。当時のイギリスに、非白人が何人住んでいたのかを知ることはできません。ジョージ王朝時代のイギリスで非白人がじっさいに暮らし、結婚し、ときには成功もしたことは、史実上の記述で知ることになります。奴隷制度は一七七二年まで合法でした。それ以降、黒人の奴隷は解放されます。使用人として働きつづけた場合には、給料が支払われました。一八三三年に奴隷廃止法が可決され、ほとんどのイギリスの植民地で奴隷制度が廃止されると、八十万人以上のアフリカ出身の奴隷が解放されました。おなじ年、イギリスの奴隷制度廃止論者たちが奴隷制度の廃止を求めて、百三十万筆を超える署名を集めました。彼らは一七七〇年代からずっと、大西洋奴隷貿易に反対していました。ジェイン・オースティンの『マンスフィールド・パーク』のなかで、登場人物のファニー・プライスはこう訊きます。「ゆうべ、わたくしがおじさまに奴隷貿易について尋ねていたこと、聞いていなかったんですか?」。多くのイギリス人が奴隷貿易に反対していましたが、それは人種間での完全な平等を信じるということではありませんでした。ウィリアム・ホランドは一八〇五年の日記に、ブライアン・マッケイとの面会について記しています。〝西インド諸島出身のひとのことは、あまり好きになれない。とくに彼のように、半分は黒人の血を引いているひとは〟。

トーマス・モンターギュの人物像は、何人かの実在の人物から着想を得てできあがりました。ジュリアス・スービーズ(一七五四年〜一七九八年)はジャマイカで奴隷として生まれた黒人で、十歳のときにイギリスに連れてこられると、贈りものとしてクイーンズベリー公爵夫人の所有になりました。公爵夫人はスービーズにじゅうぶんな教育を受けさせ、ヴァイオリンを弾かせ、フェンシングや乗馬を習わせました。彼はしゃれ男になって借金を重ねましたが、負債はすべて公爵夫人が肩代わりしました。

イグナティウス・サンチョ（一七二九年～一七八〇年）は〝黒人のフォールスタッフ〟を自称していました（シェイクスピアの戯曲『ヘンリー四世』『ウィンザーの陽気な女房たち』の登場人物）。彼は奴隷船で生まれ、モンターギュ公爵夫妻の執事になりました。サンチョは作家でもあり、作曲家でもありました。やがてロンドンに自身の地所を持ったことで、選挙権も得ました。役者で劇場支配人のデイヴィッド・ギャリックや小説家のローレンス・スターンなど、ロンドンの社交界で彼を受け入れたひとたちもいました。しかしサンチョは、毎日のように偏見にさらされました。ある晩、娘たちを連れてヴォクスホール・ガーデンズを訪れたときのことを、彼はこう書いています。

〝水辺を通りかかった――馬車は家に返した――じろじろ見られたり――後をつけられたり、ほかにもいろいろ――だが、それほどひどくはなかった〟。

ダイド・エリザベス・ベル（一七六一年～一八〇四年）は王立海軍のジョン・リンジー大佐と奴隷の女性との間に生まれた娘です。彼女は大おじのマンスフィールド伯爵の邸宅ケンウッドハウスで、伯爵夫妻に育てられました。父親と大おじ、双方の遺産を相続し、やがて白人のフランス人で使用人のジョン・ダヴィニエと結婚しました。彼女に財産はありましたが、社会的地位は不安定でした。というのも、高貴な男性の非嫡出子だったからです。使用人よりは上ですが、教育を受け教養があるにもかかわらず、家柄のよい女性よりは下という住む界隈で暮らしました。

立場でした。ダヴィニエ家に子どもが生まれると、一家はピムリコの中産階級のひとたちが住む界隈で暮らしました。

サミュエル・ジョンソン博士の下男で友人のフランシス・バーバー(一七四二年〜一八〇一年)は、ジャマイカで奴隷として生まれました。ジョンソンはバーバーに教育を受けさせただけでなく、彼を自身の継承者にしました。バーバーは、白人のイギリス人でエリザベス・ボールという名の女性と結婚します。異人種間の結婚は、男女がおなじ階級に属しているかぎりにおいて、イギリスでは認められていました。

教会区牧師のシルヴェスター・トレヴァンは一八〇八年、ある黒人男性の結婚について、つぎのように記しました。

ロシャンボー大将に仕える黒人使用人のピーターは、スザナ・パーカーと婚姻許可を得たうえで結婚。陽気な鐘が一日中、鳴り響いた。デヴォンのモルトンハムステッドではじめて結婚した黒人というもの珍しさで、教会の庭には大勢の人々が集まり、ふたりといっしょに通りを練り歩いた。

上流階級の人々は黒人の使用人のことを斬新で、自分たちをより〝白く〟見せるための手段だと考えていました。作家のポーラ・バーンはつぎのように説明しています。

黒人の子どもたちは愛らしいペットとして見られており、鮮やかな色合いのシルクの衣服を着せられ、サテンのターバンを頭に巻かれた。おどろくことではないが、その子たちが成長して〝かわいらしさ〟を失うと、奴隷としてふたたび売られ、仕事をさせるために農園に送られることもよくあった。

バーンはまた、スービーズやサンチョスのような例外がいくつかあるにしても、ロンドンに住んでいた黒人たちのほとんどは貧しく、基本的な権利を認められていなかったと指摘しています。黒人女性の数は黒人男性より少なかったですが、彼女たちには奴隷でいるか、売春婦になるかの選択肢しかありませんでした。

キャスリーン・チャーターは、一六六〇年から一八〇七年にイギリスに住んでいた黒人について、幅広く研究しました。ほとんどの黒人は、家庭内労働者として暮らしていました。黒人が就いていた職は、ほかにもつぎのようなものがありました。教会区の治安官、教会区の司祭、教会区委員、法廷弁護士、宿屋の経営者、石炭商人、家具職人、女優、訪問販売員、庭師、馬丁、市場向けの野菜農家、民兵、甲板員、操舵員、兵士、剣術の教師、州奉行、治安判事。

女性は、最年長の男性相続人に限嗣相続《げんしそうぞく》が設定されていなければ、お金も土地も相続することができました。『高慢と偏見』（一八一三年刊）では、ミスター・コリンズはミス・ド・バーグについて「ロージングズの相続人で、莫大な財産を所有しています」と語ります。ミセス・ベネットは賢明にも、「それでは、たいていのお嬢さんたちよりも幸福でいらっしゃるわけですね」と答えました。残念ながらティファニー・ウッダールは、おなじ時代の多くの女性たちと変わりませんでした。父親から、ほんの少しのお金も、地所も相続できませんでした。権利書を手にして、ブリストル・コテッジは法的に彼女のものになりましたが、それは結婚するまでの話です。一八五九年に出版された"The What-not, or Ladies Handbook"では、女性が〝所有する、あるいは所有すると見込まれるものは、実質的にすべて、彼女が夫として受け入れた男性のものとなる〟と書かれています。

参考図書

Adkins, Roy, and Lesley Adkins. 2013. *Jane Austen's England: Daily Life in the Georgian and Regency Periods*. New York: Penguin Books.

Burney, Frances. 1782. *Cecilia: Or, Memoirs of an Heiress*.『セシリア：あるいは、女相続人の回想録』（未邦訳）London: T. Payne & Son; T. Cadell.

Burney, Frances. 1778. *Evelina: Or, The History of a Young Lady's Entrance into the World*.『エヴェリーナ：あるいは、若い女性の新世界への旅立ち』（未邦訳）London: Thomas Lowndes.

Byrne, Paula. 2014. *Belle: The Slave Daughter and the Lord Chief Justice*.（二〇一四年に公開された映画『ベル：ある伯爵令嬢の恋』の原作。原作は未邦訳）New York: Harper Perennial.

Fielding, Henry. 1784. *The Female Husband*.『夫は女性』（未邦訳）[pamphlet] [reprint].

Goldsmith, Oliver. 1766. *The Vicar of Wakefield*.『ウェイクフィールドの牧師』（オリヴァー・ゴールドスミス／鏡味国彦他訳／文化書房博文社）London: R. Collins.

Lyall, Andrew. 2017. *Granville Sharp's Cases on Slavery*. Oxford: Hart.

North, Susan. 2018. *18th Century Fashion in Detail*. New York: Thames & Hudson.

Peacock, John. 2010. *The Chronicle of Western Costume*.『西洋コスチューム大全』（ジョン・ピーコック／池野晴美、佐野ヒカル、古賀幸子、仁保真佐子訳／グラフィック社）New York: Thames & Hudson.

Pool, Daniel. 1994. *What Jane Austen Ate and Charles Dickens Knew*. New York: Touchstone.

Reeve, Clara. 1778. *The Old English Baron*.『イギリスの老男爵』（クレアラ・リーヴ／井

出弘之訳／国書刊行会）London: Edward & Charles Dilly.

Reeve, Clara. 1783. *The Two Mentors: A Modern Story*.『ふたりのメンター：新しい物語』（未邦訳）London: Charles Dilly.

Ribeiro, Aileen. 2002. *Dress in Eighteenth Century Europe*, 1715–1789. New Haven, CT: Yale University Press.

Richardson, Samuel. 1748. *Clarissa; or, The History of a Young Lady*.（『クラリッサ』サミュエル・リチャードソン／渡辺洋訳／北海道大学学術成果コレクション）London: S. Richardson.

Walpole, Horace. 1764. *The Castle of Otranto*.『オトラントの城』（ホレス・ウォルポール／井出弘之訳／国書刊行会）London: William Bathoe.

謝辞

作家になることは生涯の夢でした。そしてその夢が叶ったことが、いまでもなかなか信じられないでいます。支えてくれた家族に心から感謝します。ジョン、アンドルー、アリヴィア、アイザック、そしてヴァイオレット。あなたたちがわたしの世界です。書くことを勧めてくれたすばらしいエージェントに巡り合えたことも、わたしには幸運でした。ありがとう、ジェン・ネイドル。わたしの物語を出版してくれた出版社、クルックド・レーン・ブックに感謝の気持ちを表すのに、アルファベットの数だけでは足りません。非凡な独身女性、ティファニー・ウッダールに賭けてくれた編集者のフェイス・ブラック・ロス、ほんとうにありがとう。途方もない校正のみなさんに感謝します。そして、すてきな表紙をデザインしてくれたサラ・ホーガンにもお礼を言いたいと思います。最後に、でも、なによりも特別な感謝の気持ちを、読者のみなさんに。すべて、みなさんのおかげです。

読書会での質問集

1. あなたの誕生日に起こった最悪の出来事は何ですか？　とくに、四十歳の誕生日のときの出来事で。
2. あなたがティファニー・ウッダールで、異母兄が死んでいるのを見つけたらどうするでしょう？　ティファニーがコテッジの裏に彼を埋めたのも、仕方のないことだったでしょうか？
3. サミールが治安官だったことにティファニーはおどろきました。あなたはおどろきましたか？
4. ミスター・ヒッケンルーパーは、ミス・ドッドリッジの身に起こったことはとうぜんの報いだと言いました。あなたは同意しますか？
5. シャーリー牧師が遺体を前にしてティファニーに結婚を申し込んだことは、たしかにおどろくべきことでした。あなたの配偶者は、どこであなたに結婚を申し込みましたか？
6. 「だれかを愛したら、そのひとの秘密もふくめて信頼できる」とティファニーは信じています。あなたは同意しますか？

7. 二十三年まえに手ひどいことばで友情を終わらせたテスのことを、ティファニーは許すべきだと思いますか？
8. トーマスとボーフォート公爵夫人とのほんとうの関係は、どういうものでしょう？
9. なりすましが発覚したとき、ティファニーは自分の身になにが起こることを恐れたのでしょう？
10. 白人男性たちによるトーマスの裁判は正当に行なわれたでしょうか？
11. 愛、または憎しみは、殺人にいたるいちばん強力な動機になると思いますか？
12. ひとは死ぬときに、どんな恰好をするでしょう？ あなたならなにを着ますか？

訳者あとがき

一七八四年のロンドン近郊の村。公爵家の図書係だった兄が亡くなり、住んでいるコテッジを出なくてはならないピンチに立たされたティファニー・ウッダールは、その兄になりすまし、公爵家で図書係の仕事をはじめます。兄の死をどこにも知らせず、死体は裏庭に埋めて……。という、衝撃のエピソードで幕を開ける本書ですが、その後の展開のおもしろさにはぐいぐいと引きこまれます。

舞台となる一七八四年は、イギリスのお隣のフランスでは、マリー・アントワネットがヴェルサイユ宮殿で華やかな生活を謳歌していたころです。本書に出てくるボーフォート公爵夫妻やティファニーのかつての友人のテスも、フランス王妃に負けず劣らず華やかに装い、贅沢に暮らしています。本書を訳すにあたり、当時の服飾や髪型についての本を何冊か参考にしましたが、そこに載っている写真や挿絵はどれも手が込んでいて美しく豪華で、まさに眼福でした。

ティファニーが男性に扮するので、男性の装いや美意識についても、いろいろ書かれています。訳者が気になったのは、ティファニーの異母兄ユライアが、ふくらはぎを力強く見せるために当て物を使っていた、というところです。タルガース卿のふくらはぎも、立派だと書かれています。当時、男性はブリーチズという膝丈のズボンを着用していましたが、その先に伸びる、ストッキングに包まれたふくらはぎがたくましくあればあるほど、男性美の象徴としてもてはやされたそうです。この風潮は、そのころに著しく発展したバレエの影響もあったようです。しなやかで筋肉質のダンサーたちへの憧れがあったとか。貴族の男性の肖像画の多くが、足元はバレエのポーズのような姿勢で描かれているのは、そのせいでしょうか。

一方、女性の装いについても興味を惹かれました。写真や挿絵で見る当時のドレスの美しさにはうっとりするしかなく、見えないところまで細やかにつくられている手の込みようには圧倒されます。いかにも贅沢です。ただ、それをより美しく着るための支度はとにかくたいへんそうで（ティファニーは、拷問のようだと言っていました）、美しくいることは忍耐である、としみじみ思いました。

ヘアスタイルについては、すでに〝パーマ〟が存在したことにたいへんおどろきました。そして何度も出てきますが、鬘の造形の奇抜さは、すぐには信じられませんでした。さいしょはそれほどでもなかったのですが、流行とともにより大きく、より高く、より派手に、となっていったようです。おしゃれがどんどんエスカレートして奇抜になっていくことは、現代でもときどきありますね。当時もそういったことを揶揄する風潮はあり、巨大すぎる鬘をおもしろおかしく描いた風刺画がたくさん描かれました。ネット上でたくさん見ることができるので、ご興味があれば、ぜひご覧ください。

とはいえ、現実は華やかなことばかりではありません。女性というだけで、多くの行動を制限されていた時代です。それに加え、身分の低いティファニーは、理不尽だったり不愉快だったりするできごとに、つぎつぎと直面します。それでも彼女は、自分の足でしっかり立とうとします。毅然とした態度を貫きます。そして、困難な状況に置かれていたのはティファニーだけではありませんでした。貴族であっても、女性なら選択肢は狭まり、男性であっても、白人でなければ屈辱的な目に遭いました。自分の境遇を受けいれたり、精一杯の力を発揮して周りに自分を認めさせたりするしかなかったのです。ティファニーがユライアにした仕打ちは、たしかに褒められたものではありません。でも、そうせざるを得なかった彼女のことを思うと、胸が痛みます。

本書は、シリアスなエピソードもきちんと物語に織りこみながら、ときどきくすりと笑わせてくれますし、ミステリとしてもしっかり楽しめます。なにより、それぞれの登場人物がそれぞれにふさわしく報われるところがいいですね。読み終わって、すてきな気持ちで本を閉じることができます。

最後に、本書を訳す機会をくださった原書房の編集部のみなさんに感謝申しあげます。ありがとうございました。

吉野山早苗

二〇二四年七月

コージーブックス

英国《えいこく》貴族《きぞく》の本棚《ほんだな》①
公爵家《こうしゃくけ》の図書係《としょがかり》の正体《しょうたい》

著者　サマンサ・ラーセン
訳者　吉野山早苗《よしのやまさなえ》

2024年　9月20日　初版第1刷発行

発行人　成瀬雅人
発行所　株式会社　原書房
〒160-0022 東京都新宿区新宿1-25-13
電話・代表　03-3354-0685
振替・00150-6-151594
http://www.harashobo.co.jp
ブックデザイン　atmosphere ltd.
印刷所　中央精版印刷株式会社

落丁・乱丁本はお取り替えいたします。
定価は、カバーに表示してあります。
 ISBN978-4-562-06143-3 Printed in Japan